M. G. Scultetus
Privatdetektiv Rufus – *Band III*
und der Würger von Rom

M. G. Scultetus

PRIVATDETEKTIV RUFUS

und der Würger von Rom

Kriminalroman aus dem alten Rom

Books on Demand

FSC
www.fsc.org
MIX
Papier aus ver-
antwortungsvollen
Quellen
Paper from
responsible sources
FSC® C105338

M. G. Scultetus
Privatdetektiv Rufus – *Band III*
und der Würger von Rom
Roman

Herausgegeben von Helmut Schareika

Bibliografische Information der Deutschen Nationalbibliothek:
Die Deutsche Nationalbibliothek verzeichnet diese Publika-
tion in der Deutschen Nationalbibliografie; detaillierte bibliografische Daten sind im Internet über http://dnb.dnb.de
abrufbar.

ISBN 978-3-7448-9237-7

© Meinhard-Wilhelm Schulz, Seeheim-Jugenheim 2017
Herstellung und Verlag: BoD - Books on Demand, Norderstedt
Umschlag, Layout und Typografie:
textus:VerlagsService Dr. Helmut Schareika,
Gau-Algesheim a. Rh. *www.textus.de*

Inhalt

Prologus des Doktor Sokrates

Liebes Lesepublikum, liebe Freunde des bedeutenden römischen Verlagshauses Atticus, bei welchem zu publizieren ich die Ehre habe, dass mein Freund Lucius Aemilius Paulus, ob seiner feurig roten Haare gewöhnlich »Rufus« (der Fuchsrote) genannt, über außergewöhnliche Gaben des Geistes verfügt, habe ich in meinen beiden ersten, ihm gewidmeten Büchern bereits hinreichend dargelegt.

Dass dieser überragenden Kombinationsgabe die gütigen Götter auch noch ein gerüttelt Maß an Menschlichkeit und Einfühlungsvermögen hinzugefügt haben, sollte aus seinen von mir schon geschilderten Taten klar und deutlich hervorgehen:

Mein Freund ist keineswegs eine kühle oder kalte Verstandesmaschine, wie manch einer seines Berufsstandes, nein, er ist voller Gefühl und Leidenschaft; ein liebenswerter Mensch, obwohl er in seinem kühnen Bestreben nur den Göttern gleicht.

Umso weniger Verständnis hat er dann für das elende Mittelmaß und all die platten Niederungen der menschlichen Existenz, indem er für seine Person stets nach dem Vollkommenen, nach dem Erhabenen strebt, und immer dann, wenn er das ersehnte Ziel verfehlt oder eine seiner schwierigen Untersuchungen abgeschlossen hat, in tagelange Lethargie, manchmal sogar in Depressionen verfällt, aus denen ich ihn mit dem frisch verfassten Manuskript eines seiner Fälle zu wecken suche.

Ansonsten ist er der bescheidenste Mensch, den ich kenne; ja, er überlässt oft genug den Ruhm, welcher eigentlich ihm alleine zufiele, seinem Freund Galba, dem tüchtigen Detektiv von der Stadtwache Roms, zurzeit noch im Range eines Hauptmannes, aber nach Höherem strebend:

Dieser, so betont er dann jedes Mal, habe Erfolge nötiger als er, denn für ihn, Rufus, gehe es nur darum, der Kunst die Ehre zu geben, welche ihr zustehe; der Lohn seines Tuns sei es, der Kunst genüge getan zu haben.

So also um der Kunst willen schaffend, hat er schon manch einen spektakulären Fall anderen überlassen, da ihn das Thema nicht reizte, während er sich mit Feuereifer scheinbar unbedeutenden Affären widmete, nur weil er hier die Gelegenheit hatte, seine sprühenden Geistesgaben unter Beweis zu stellen, und für wenig Betuchte arbeitete er in der Regel, ohne das geringste Honorar einzufordern.

Und mit eben solch einer Lappalie, möchte ich diesmal beginnen; es handelt sich um einen offenbar Irren, der nachts durch die finsteren Schluchten Roms schleicht, um an allen möglichen und unmöglichen Orten die Büsten des vor rund 150 Jahren ermordeten Diktators Gaius Iulius Caesar zu zerschmettern ...

1. Der Caesar-Hasser

1.1 Im Atrium

Einige Tage, nachdem Rufus vor meinen sich weitenden Augen die marmorne Haut seiner herrliche Statue der über alles geliebten, ihm für immer verlorenen Virginia, welcher der Künstler die Gestalt einer göttlich schönen Diana oder Artemis[1] verliehen hatte, von oben bis unten abgeküsst hatte, traf ich ihn in seinem Atrium wieder; es waren über zehn Tage vergangen, seit ich meine Räumlichkeiten auf seinen Wunsch hin in der ihm von Kaiser Traianus geschenkten Villa im Argiletum[2] bezogen hatte, und ein Wetterumschwung hatte die Hitze des Spätsommers mit herbstlicher Kühle vertauscht; mir war das gar nicht gut bekommen:

Als ich ins Atrium eintrat, hockte Rufus, in eine baumwollene Decke gewickelt, missmutig im geliebten Korbsessel und schlürfte ein heißes Getränk; ich grüßte ihn; er antwortete mit einem Kopfnicken und kurzem Grunzen; ich ließ mich im freien Sessel an seiner Seite nieder; der Diener brachte einen Becher Mulsum,[3] den ich so liebe, halb und halb mit warmem Wasser verdünnt; ich räusperte mich; Rufus sah aus glasigen Augen zu mir herüber, gähnte und sprach:

»Ich sehe die Rolle in deiner unruhigen Hand; daraus wäre zu schließen, dass du wieder einmal einen meiner unbedeutenden Fälle zu Papyrus gebracht hast; doch bevor du mit der Lektüre beginnst, verrate mir, warum du heute unser privates Schwitzbad aufgesucht hast; gewiss bist du verschnupft.«

»Ich ... äh ... ja, du hast recht, ich wollte mir die lästige Erkältung, welche mir das stürmische Wetter beschert hat, aus

---

1 Mit diesen Betrachtungen schließt Sokrates seinen Bericht über die bezaubernde Virginia, der Rufus immer noch nachtrauert.
2 Argiletum: Berühmte Straße Roms, in der u.a. Verleger ihr Gewerbe betreiben; der Kaiser hatte Rufus das prächtige Stadthaus geschenkt, weil er seinem Verwandten, dem Senator Ulpius, das Leben gerettet hatte (s. »Rufus und das Drama um die bezaubernde Virginia«.
3 Mulsum ist Honigwein; Römer mischten den Wein meist mit warmem Wasser.

den Gliedern vertreiben; ein Rezept des alten Hippokrates, und immer noch das beste, was man bei Schnupfen, Husten, Heiserkeit tun kann; aber woher weißt du ... gewiss hat es dir einer der Sklaven verraten, nicht wahr? Es ist ein Elend, mit dieser geschwätzigen Bande; man sollte es machen wie weiland Zeus mit der Nymphe[4] Lara.«

»Nein, das wollen wir ihnen lieber ersparen«, sagte Rufus, »aber man sieht es dir an, dass du dir ein Heißluftbad gegönnt hast.« – »Woran?«

»An deinen Schuhen; gewiss hast du sie noch nicht lange.«

Ich hatte mir das heiße Bad selbstverständlich nackend gegönnt; was hatte das mit diesen meinen Schuhen zu tun, die ich am Vortag erstanden hatte? Ich starrte auf die Stiefel hinab, die ich heute trug und konnte nichts Verräterisches entdecken; mürrisch runzelte ich die Augenbrauen; Rufus kicherte:

»Also, mein Bester, es war so: Nachdem du dich der grausamen Prozedur des Schwitzens unterworfen hattest, war die kochende Glut deines Körpers im Nu wieder verflogen, kaum dass du den erhitzten Raum verlassen hattest; heute ist es kühl; es fröstelte dir, wie das bei solchen Erkältungskrankheiten üblich ist; daher hast du dich eilig in Schale geworfen, hocktest du dich ans wärmende Kohlebecken[5] und stelltest doch tatsächlich deine nagelneuen Schuhe auf den ehernen Rand; naturgemäß hattest du kalte Füße bekommen.«

»Da könnte man ja glauben, du wärest dabei gewesen.«

»Gewiss nicht; ich habe bis vor wenigen Augenblicken noch im Bett gelegen und Jupiter einen guten Mann sein lassen, bei diesem Sauwetter ...«

»Aber ... aber ... woher denn sonst?«

»Mein lieber Freund, die immer noch gelblichen Sohlen deiner Stiefel sind unterhalb der Spitze ein winziges Bisschen angesengt und haben ein paar schwarze Flecken; das ist alles.«

---

4   Nana, mein Lieber Sokrates, warum gleich so drastisch: Die hübsche Lara war so fürchterlich geschwätzig, dass ihr Zeus die Zunge heraus schnitt; und wie sie heißen manche Frauen noch heute ... wie sagt der Römer: Nomen est omen.

5   Die Römer haben so manches erfunden, was die Menschheit erst kürzlich wieder erlernt hat, aber den oder einen Kamin kannten sie nicht ...

»Und ich dachte schon, wunder was für ein Hexenmeister du wärest«, maulte ich, »und dann war alles so leicht zu sehen ...«

»Das hat man davon, wenn man seine Methoden dem einfachen Volk preis gibt; nun, dann lies mir jetzt dein neuestes Werk vor; wie ich dir ansehe, hast du es auf den sogenannten Caesar-Hasser abgesehen, nicht wahr?«

»Woher willst du das denn wissen?«

»Weil du gerade auf das Manuskript gestarrt hast, und sich deine Blicke dann auf die Büste unsere prächtigen Herrschers Ulpius Traianus dort drüben auf dem Sockel verirrten, meinen Freund, auf unseren ,Neuen Caesar'[6] ...

Dann blicktest du wieder auf die Schriftrolle und machtest ein zufriedenes Gesicht; gewiss findest auch du, dass es ein Glück für uns ist, unter einem so milden Kaiser zu leben; doch wie auch immer, da die Verbrecher zurzeit Ruhe geben, was man ihnen bei diesen Regenfällen gar nicht verdenken kann, will ich deinen salbungsvollen Ergüssen mit Geduld lauschen; so nimm dir denn die Schrift vor und lies!«

Das tat ich denn auch und las ihm meinen Bericht über ...

1. 2 Das Drama des Caesar-Hassers

...vor:

Gelegentlich leistete uns beiden Hauptmann Galba Gesellschaft, wenn wir abends im Triklinium[7] lagen, um das Leben zu genießen; Rufus freute sich, wenn er uns besuchte, denn auf diese Weise war er stets über die derzeit laufenden Kriminalfälle im Bilde; umgekehrt war es für Galba von Vorteil, Meinung und Rat des Freundes einzuholen.

Eines Tages, als wir wieder einmal beisammen lagen, um zu speisen, wollte unser Gespräch nicht über so banale Dinge wie das Wetter hinaus kommen; schließlich verstummte unser Gast vollends und widmete sich nur noch dem Mahle; Rufus blickte

---

6   Diesen Titel gab man dem großen Eroberer und Heerführer tatsächlich.

7   Triklinium = Drei-Liegen-Raum: Römer lagen bei Tisch; drei Speiseliegen waren um den Tisch gruppiert; den linken Arm stützte man auf die hohe Lehne.

forschend zu ihm hinüber und sagte fragend: »Gar nichts los an der Verbrecherfront?« – »Im Grunde ... eigentlich ... äh ... nichts Besonderes.«

»Na schön, dann erzähle uns, was es gerade an nichts Besonderem gibt.«

Galba musste schallend lachen:

»Wunderschön, lieber Rufus, und ich will gerne zugeben, dass ich mir über die komische Sache schon Gedanken gemacht habe; aber die Sache ist so verrückt, ein solcher Schwachsinn, dass ich dich damit gewiss nicht behelligen wollte.

Immerhin: Auch wenn die Angelegenheit bedeutungslos erscheint, eher wie ein übler Scherz oder Dummejungenstreich, so ist sie doch von seltsamer Natur; und weil ich ja weiß, wie sehr du dich für skurrile Dinge interessierst, wollte ich dir schon davon berichten, obwohl dieser Fall eher in die Hände unseres guten alten Doktor Sokrates gehörte ...«

»Ach, es geht also um eine seltene Krankheit«, ließ ich mich vernehmen.

»So könnte man das nennen; ein Geistesgestörter macht von sich reden, ein Irrsinniger, der jetzt noch, über hundertfünfzig Jahre nach seinem Tode, einen glühenden Hass auf unseren Diktator Julius Caesar hat, so dass er jede Büste unseres ersten Kaisers, die er aufspürt, in Stücke haut.«

Rufus stöhnte und seufzte und murmelte:

»Nein, da hast du recht, das ist kein Fall für einen Detektiv.«

»Höchstens in einer Hinsicht«, knurrte Galba.

»Und das wäre?«

»Dieser Wahnsinnige schreckt nicht einmal davor zurück, in Häuser oder Wohnungen einzubrechen, um sein zerstörerisches Tun fortzusetzen; und in diesem Fall ist die Stadtwache dafür zuständig und muss ihm das Handwerk legen.«

»Was!?«, schrie Rufus, zu neuem Leben erwacht, »er begeht Einbruch, um Caesarbüsten zu zerschmettern? Das gibt es doch nicht; kannst du mit Einzelheiten aufwarten?«

Galba holte umständlich eine Schriftrolle aus der ihn begleitenden Ledertasche, öffnete sie, um auf die dort verzeichneten Notizen gestützt folgendes zum Besten zu geben:

»Der erste Fall dieser Art, der auf meinem Schreibtisch landete, ereignete sich vor vier Tagen:

12

In der Subura[8] liegt der Laden des Griechen Eukrates; er und sein Sklave sind meistens damit beschäftigt, Kopien ehemaliger Meisterwerke der Bildhauerkunst an den Mann zu bringen; am angegebenen Tag war er unterwegs, um von irgendeiner Werkstatt Nachschub zu holen, nur der genannte Diener ist im Geschäft anwesend.

Dann muss er mal und geht rüber zur öffentlichen Latrina, um sich zu erleichtern; er hat vergessen, den Laden abzuschließen; dann, als er auf dem Rückweg ist, hört er ein hässliches Krachen aus den einsamen Räumen; er rennt wie verrückt über die Straße und in den Laden hinein; ein Vermummter stürzt aus diesem hervor und rennt ihn über den Haufen, um dann in der Menge unterzutauchen; der Sklave überkugelt sich zweimal und rappelt sich wieder auf, ist aber dergestalt überrumpelt, dass er keinerlei Angaben zu dem Flüchtigen machen kann, einmal abgesehen davon, dass er über ziemliche Körperkräfte verfügen muss.

Dann betritt er den Laden und findet eine aus Gips gefertigte Caesarbüste an der hinteren Wand zerschmettert vor, eine Ware, die kaum mehr als fünf As (»Pfennige«) wert ist, während die marmornen Werke unversehrt sind; es war übrigens die letzte von mehreren bereits verkauften; er atmet erleichtert auf, denn der Schaden ist gering.

Schließlich kommt sein Chef zurück und besieht sich den Scherbenhaufen; da der finanzielle Verlust von lächerlich geringem Ausmaß und sonst alles unversehrt ist, verzeiht er dem Sklaven und meldet diesen vermeintlichen Bubenstreich nicht einmal bei uns auf der Stadtwache oder erstattet irgendeine Anzeige.«

Rufus rieb sich vergnügt die Hände und kicherte verhalten; Galba fuhr fort:

»Lieber Doktor Sokrates, kennst du deinen Kollegen Hippias,[9] welcher in der Subura seine Praxis betreibt, kaum

---

8   Subura: Ein in der Niederung zwischen den Hügeln Roms gelegenes Stadtviertel mit einer Straße voller Läden und Buden; ca. 250 m. ndl. des Kolosseums; an seiner Südflanke verläuft die Straße Argiletum, wo Rufus wohnt.

9   Ein griechischer Name, von *hippos*–Pferd abgeleitet; fast alle antiken

hundert Doppelschritt von genanntem Laden entfernt?« –
»Gewiss kenne ich ihn; wir sind uns schon mehrfach begegnet;
ein tüchtiger Mann; er betreibt dort eine gut gehende Praxis
für Chirurgie,10 nicht mein Fach; im Erdgeschoss hat er das
Sprechzimmer, oben den Operationsraum.«

»Genau«, sagte Galba, »und es geht bei ihm so munter zu
wie in einem Bienenkorb, so viele Patienten hat er; er wohnt
abseits auf dem Palatinus; unten in der stickigen Subura hat er
nur sein Sprechzimmer und die kleine Chirurgie liegen.

Wie immer, dieser Arzt ist ein Bewunderer das guten alten
Caesar und sammelt alle möglichen Schriften und Bildnisse des
einstigen Diktators.

Vor fünf Tagen, also kurz vor dem ersten zerstörerischen
Wüten des Unbekannten, erstand er im nahe gelegenen Laden
des Eukrates drei Gipsabgüsse des Kaisers; die eine Büste stellte er im Sprechzimmer auf; die anderen beiden links und rechts
im Operationsraum.

Als er nun heute Morgen aus seiner Kutsche stieg, um
die Praxis aufzuschließen, erwartete ihn eine saftige Überraschung: Jemand hatte in der verwichenen Nacht die Tür auf-
gebrochen und war in die heiligen Räume des Doktors eingedrungen:

Wie verrückt rannte er im Sprechzimmer und den zugehörigen Nebenräumen herum, um zu sehen, was gestohlen war,
aber nichts, rein gar nichts, fehlte; der genannte Caesar-Kopf
freilich war an die hintere Wand geschmettert worden und lag
in Trümmern auf dem Estrich.«

Rufus strahlte jetzt über das ganze Gesicht und rieb sich erneut die Hände, bevor er die Fingerspitzen aufeinander legte;
dazu meinte er vergnügt:

»Köstlich, einfach köstlich, und dieser Wahnsinn hat Methode! Göttlich!«

»Ich dachte es mir, dass dir die Sache gefallen würde, aber es
geht noch weiter; ich bin längst nicht am Ende:

Ärzte waren Griechen; so ja auch unser Sokrates.
10 Die antike Chirurgie war auf einem so hohen Stand, dass es nach dem
Untergang des Römischen Reiches bis ins 19. und 20. Jh. dauerte, ihren einstigen Stand wieder zu erreichen.

14

Als der gute Doktor dann die Treppe hinauf in seine Chirurgie bewältigt hatte, fand er auch seine zweite und dritte Caesar-Büste in Scherben vor, während seine ziemlich wertvolle marmorne Augustus-Statuette unversehrt war; ein Beweis dafür, dass der Täter den Hass nicht vom Vater auf den Sohn überträgt.

So, lieber Rufus, liegen die Dinge, und wir von der Stadtwache besitzen nicht die geringsten Hinweise auf den Verrückten.«

»Waren die zerstörten Büsten des Doktors identisch mit derjenigen, die der Unhold im Laden des Eukrates zerstörte?«, fragte Rufus den Hauptmann jetzt und sah zu ihm hinüber:

»Gewiss! Es waren jedes Mal, wie es scheint, billige Abgüsse derselben Form.«

»Und das spräche dann dagegen, dass der Täter einen ganz allgemeinen Caesar-Hass verspürte, denn wenn man bedenkt, wie viele marmorne Statuen des großen Mannes, der mein geliebtes Gallien eroberte, in und um Rom herum in der Gegend stehen, hätte es ja keines Einbruches bedurft.

Also gilt es herauszufinden, warum er ausgerechnet vier der wertlosesten Exemplare vernichtet hat, jedes Mal das gleiche Modell, und dabei sogar einen Einbruch riskierte, für den man ihn den Bestien der Arena vorwerfen könnte.«

»Daran hatte ich auch schon gedacht«, sagte Galba gedehnt und nahm einen tiefen Schluck Wein, der mit warmem Wasser verdünnt war, »aber es ist schon komisch, dass drunten im Tal der Subura, wo Caesar einst wohnte, zurzeit keine einzige Statue des berühmten Mannes aufgestellt ist; die drei Exemplare des Eukrates wären also die einzigen; und das deutet auf einen Täter aus eben diesem Stadtviertel hin, in dem sich ohnehin viel zu viel Ungeziefer herum treibt und die Gegend unsicher macht.

Ich tippe daher auf einen ortsansässigen Verrückten, den es dingfest zu machen gilt, bevor er noch mehr Unheil anrichtet; bist du da nicht einer Meinung mit mir, lieber Doktor?«

»Gewiss, gewiss«, sagte ich, »dem Wahnsinn, der sich stets an ein und derselben Person oder Sache austobt, sind keine Grenzen gesetzt; beim berüchtigten Frauenmörder von Praeneste (heute: Palestrina) brachte eben dies unseren Rufus auf die Fährte des entsetzlichen Täters: Immer waren es jüngere mollige Frauen mit rötlichem Haar, die da umgebracht wurden; jemand hatte ihnen die Kehle abgeschnitten, als sie es wagten, nachts das Haus zu verlassen, und man fand sie anderen Tages im Blute schwimmend vor.

Als wir dann unter Begleitung der örtlichen Wache von Haus zu Haus gingen, war der Täter bald gestellt; seine mollige rötliche Frau verriet ihn, ohne es zu wollen; sie war eine durch und durch üble Xanthippe und unterdrückte den Mann nach Strich und Faden; weil er sich aber vor ihr fürchtete, rächte er sich an unschuldigen Dritten; das war aber auch schon alles.«[11]

»Mein lieber Doktor«, sagte Rufus jetzt, »das mag ja gut und schön sein, aber damit kommen wir keinen Schritt von der Stelle, denn auch der allergrößte Hass auf den vor Zeiten ermordeten Diktator könnte nicht dazu führen, in wildfremde Häuser einzubrechen, um dort ausgerechnet die billigsten Skulpturen, die es zurzeit von ihm gibt, zu zertrümmern; alleine die Mühe, die sich der Unhold gemacht hat, den Ort herauszufinden, wo sie anzutreffen waren, ist bemerkenswert.«

»Einverstanden«, sagte ich seufzend, »aber mit welch besserer Erklärung hättest du denn aufzuwarten?«

»Mit gar keiner«, sagte Rufus, »soweit bin ich noch nicht, das Unerklärliche zu erklären; mir fällt nur auf, dass der Täter systematisch vorgeht; vorerst sind mir freilich die Hände gebunden; aber, mein lieber Galba, es wäre doch verwunderlich, wenn er sein irres Tun nicht in Kürze fortsetzen sollte und es zu Taten kommt, die wir uns jetzt noch nicht vorstellen können:

Noch lächeln oder grinsen wir vergnügt über die zerschmetterten Gipsköpfe; aber es wäre nicht das erste Mal, dass sich eine Tragödie daraus entwickelte; guter Freund, ich wäre dir dankbar, wenn du mich über den Fortgang der Komödie auf dem Laufenden hieltest und stehe sozusagen in den Startrillen[12] des Stadions, bereit zum sofortigen Los-Stürmen ...«

---

11 Die antike Chirurgie war auf einem so hohen Stand, dass es nach dem Untergang des Römischen Reiches bis ins 19. und 20. Jh. dauerte, ihren einstigen Stand wieder zu erreichen.

12 Lieber Leser, vielleicht komme ich eines Tages dazu, den Fall zu besch-

Galba sicherte uns das zu; die übrige Zeit des Abends verbrachten wir dann damit, einen prächtig brodelnden Auflauf in der Tonform zu vertilgen, welchen der Koch aus gekochten Birnen und hinein gerührtem Ei bereitet hatte, fein gepfeffert und gesalzen, mit frischen Lorbeerblättern verfeinert; dazu gab es köstlichen Falernerwein, mit warmem Wasser abgeschmeckt; zuletzt ein Stück Käse; gegen Mitternacht erst trennten wir uns, und das in ausgelassener Stimmung; der Herr Hauptmann lallte im Gehen etwas von lächerlichen Schädeln, die es bald einzuschlagen gelte …

***

Am nächsten Morgen rüsselte ich noch im Halbschlaf vor mich hin, als Rufus wie verrückt an meine Türe hämmerte und dann herein stürmte; ich stand sozusagen senkrecht im Bett:

»Auf, du altes Faultier! Nichts wie aus den Federn, du Schlafmütze; wir müssen uns sputen!«

Er wedelte mit einem Blatt Papyrus in der Luft herum; ich gähnte und murmelte, er solle mir den Wisch bitte vorlesen; er tat es, gnädig, wie er war und sagte:

»Hauptmann Galba hat uns benachrichtigt, über einen Eilboten; hier steht: „Lieber Rufus, komme bitte, so schnell wie möglich, in die Via Triumphalis![13] Es ist etwas Furchtbares geschehen; bis dann: Galba."«

»Und genauer schreibt er nicht, was dort los ist?«

»Nein, aber alles deutet darauf hin, dass wir auf unsere Kosten kommen; ein wüster Einbruch wäre das Mindeste. Ich denke, unser Bilderstürmer hat weiter gemacht und seine Aktivitäten in ein anderes Stadtviertel verlegt; komm ins Triklinium; das Frühstück steht bereit; aber beeile dich! Mein Stallbursche ist schon dabei, das Rösslein einzuspannen.«

Ich fraß ein belegtes Brötchen in mich hinein und stürzte einen Becher warmen Wassers hinterher, dann machten wir

---

reiben.

13 Den Stadionlauf (1 Stadion = knapp 200 m.) begannen die Sprinter mit dem einen Fuß in der Rille der steinernen Startschwelle, wie sie mancherorts noch heute zu sehen ist; der Tiefstart war bis ins 20. Jh. noch unbekannt.

uns schon auf und davon; mir war nicht wohl in der ungepfleg-
ten Haut, aber Rufus duldete keinen Aufschub, und die knap-
pe halbe Meile von seinem Palast im Argiletum bis dort hin
war im Nu zurückgelegt; obwohl das sonst so praktische Rom
keine Hausnummern kennt, blieb uns das Ziel der Reise nicht
lange verborgen; eine Menschentraube auf der Gasse wies auf
das Haus hin, vor dem Galba unser harrte; Rufus rieb sich die
Hände:

»Ein kleiner Mord, mein Bester, ist uns so gut wie sicher;
schau nur, wie sie mit den Armen fuchteln und immer wieder
auf ein bestimmtes Gebäude deuten, ein schmales, hoch auf-
geschossenes typisches Stadthaus übrigens; ach! Und auf der
obersten Stufe vor dem Eingang steht Galba und winkt uns zu.«

Der Hauptmann, eskortiert von vier Wachsoldaten, nahm
uns mit Leichenbittermiene in Empfang und führte uns durch
den Eingangsbereich ins Atrium, wo uns ein ziemlich schmie-
rig wirkender älterer Mann empfing; er stellte sich als Marcus
Hircus[14] vor, Hauseigentümer und zugleich schreibender Mitarbeiter bei den Acta Diurna[15] und in dieser Stellung kein Unbekannter:

»Der Caesar-Hasser hat wieder einmal zugeschlagen«, sagte
Galba grimmig, »und da du, mein lieber Rufus, Interesse an diesem Fall bekundet hast, will ich dich jetzt, wo die Sache solch
eine üble Wendung genommen hat, meinen Bemühungen gerne hinzuziehen.«

»Was ist geschehen?«, fragte ich.

»Mord; glatter Mord; lieber Hircus, würdest du meinen Mitarbeitern noch einmal berichten, was hier geschehen ist?«

Der widerliche Kerl mimte ein verschrecktes Gesicht, zöger-
te ein Weilchen und hub dann wichtigtuerisch an:

»Als Zeitungsmann kenne ich dich natürlich, lieber Herr Aemilius Paulus, Rufus genannt; und es ist mir eine Ehre, dir über
mein grausiges Erlebnis berichten zu dürfen, bevor ich mich
hin setze, um für die Acta einen Bericht zu schreiben:

Die Sache muss irgendetwas mit meiner Caesarbüste zu tun

---

14 Via Triumphalis = Triumphstraße: Sie verbindet das Kolosseum mit dem
südlich davon gelegenen Circus Maximus; sie liegt der Subura gegenüber.
15 Hircus heißt auf Deutsch Bock.

haben, die ich vor ungefähr einem Monat erstanden habe, als ich die Subura zu einem Einkaufsbummel aufsuchte …

Hier auf diesem Sims brachte ich sie unter, und da stand sie in Frieden bis letzte Nacht: Ich hockte im rückwärtigen Zimmer, wo mich der Lärm der Fuhrwerke[16] nicht stört und schrieb an einem Artikel; gegen Mitternacht vernahm ich unheimliche Geräusche aus der Vorderseite meines Hauses kommen; ich lauschte angespannt, aber es war nun nichts mehr zu hören; schon dachte ich, mich getäuscht zu haben, doch da …«

Meister Hircus schüttelte sich theatralisch im nachträglichen Grauen und klapperte mit den Zähnen; Rufus sah ihm erwartungsfroh ins Gesicht; Hircus riss sich zusammen und sagte:

»Plötzlich drang nämlich ein grässliches Heulen in meine Ohren, wie das Kreischen eines auf ewig in den finsteren Orcus Verdammten; nie zuvor hatte ich entsetzlicheres Schreien vernommen; nie wieder werde ich dieses gellende Brüllen loswerden; während das Grauen seine Dolche eisig in meiner Seele versenkte, verharrte ich wie gebannt auf der Stelle. Doch dann nahm ich ein großes Küchenmesser zur Hand und stürmte durch den Korridor nach vorne:

Als ich hier in meinem Wohnzimmer ankam, wehte mir die Zugluft energisch entgegen; das Fenster zur Straße stand sperrangelweit offen; der Vollmond leuchtete beinahe waagerecht herein; ich sah, dass der Sims, auf welchem die Caesarbüste gestanden hatte, leer war; eine Zeitlang schüttelte ich den Kopf und musste über den Dieb lachen, der solch einen wertlosen Gegenstand gestohlen hatte.

Dann trat ich ans Fenster und starrte auf die unmittelbar daneben zur Straße hinab führende Treppe des Hauses; irgendein sackartiger Gegenstand lag schlaff über den Stufen; ich ging in den Korridor zurück, eilte zur Haustür und schob den Riegel beiseite, um hinaus zu treten; der Mond war jetzt hinter den Wolken verschwunden und man sah kaum die Hand vor Augen.[17]

---

16 Acta Diurna = Tagesanzeiger; Roms (Wand-)Zeitung, einst von Julius Caesar gegründet.

17 In Roms Innenstadt herrschte tagsüber Fahrverbot; nachts waren die

Als ich nur einen einzigen Schritt nach vorne tat, stieß ich mit den Füßen gegen einen weichen Gegenstand; ich tastete mich ins Arbeitszimmer zurück, mein Öllämpchen zu holen, um in seinem Flackerschein zu sehen, was da lag:

Es war ein Mensch, ein Mann; er lag mit dem Kopf treppab; jemand hatte ihm die Kehle abgetrennt, bis hin zur offen daliegenden Wirbelsäule; aus dem klaffenden Spalt war das Blut ausgeströmt und in trägem Fluss die Treppe hinunter geronnen; die ersten Fliegen machten sich darüber her.

Ich wusste nicht, was ich tat, als ich eine Kette wildester Schreie ausstieß; etliche Nachbarn riss das aus dem Schlaf, und einer von ihnen holte dann die Männer von der Wache herbei, kommandiert vom stadtbekannten Hauptmann Galba, und ich legte die Sache aufatmend in seine starken Hände.«

»Aha, soso«, sagte Rufus, »und hast du schon herausgefunden, lieber Galba, wer der Ermordete war?«

»Nein; keine Ahnung; niemand scheint ihn zu kennen; aber du wirst ihn bald zu sehen bekommen, wenn du willst; ich habe ihn in den Keller unseres Reviers schaffen und zwischen Eis legen lassen; aber wenn es nicht bald Winter[18] wird und das mit dem Morden so weiter geht, haben wir bald ein Problem …

Doch fürs Erste will ich dir den Mann beschreiben: Es ist ein verdammt groß gewachsener Mann von bräunlicher Gesichtsfarbe und krausem Haar; er hat die Gestalt eines Riesenaffen und dürfte so um die dreißig Jahre alt sein; ich halte ihn für einen Nachkommen von aus Africa importierten Sklaven, freilich nicht mehr von schwarzer Hautfarbe; er steckte in einer geflickten Tunika mit seitlich angebrachten Taschen; die Füße stinkend in uralten abgebrauchten Sandalen.

Neben ihm, im Blute schwimmend, fanden wir eine Sica, diesen mörderischen doppelschneidigen Dolch der Armee; ob er dem Ermordeten oder dem Mörder gehörte und somit die Tatwaffe ist, lässt sich nicht mehr sagen. In den links und rechts auf die Tunika aufgenähten Taschen fand sich nicht der geringste Hinweis auf seine Identität; ich zauberte nur einen

---

Gassen für Fuhrwerke frei …

[18] Der Leser sei daran erinnert, dass Rom keine Straßenbeleuchtung kannte.

Bindfaden sowie eine Birne hervor; dazu ein Bildchen, wie es unsere Straßenmaler in kürzester Zeit anzufertigen verstehen; hier ist es.«

Galba hielt uns ein kleines buntes Portrait unter die Nase; Rufus nahm es an sich, um es zu studieren; es zeigte das Gesicht einer jungen Frau, einer, wenn ich das als anerkannter Schwerenöter so sagen darf, hinreißend schönen Person: Hohe Stirn; mandelförmige blaue Augen unter harmonisch gebogenen Augenbrauen; gerade Nase; sinnlich roter Mund; dann noch ein feiner aber muskulös wirkender Hals, der in bloße Schultern überging; Rufus kicherte, als er mir die Begeisterung ansah:

»Eine hübsche Freundin hatte der arme Kerl«, sagte ich.

»Vielleicht«, entgegnete Rufus, »vielleicht aber auch nicht; wenn sie keine Sommersprossen[19] hätte, könnte ich deine Auffassung teilen; möglicherweise seine Schwester oder Frau, wer weiß? Vorerst können wir nur Vermutungen anstellen, und da wäre es besser, nur die Tatsachen zur Kenntnis zu nehmen.«

Rufus gab Galba das Bildchen zurück: »Und was geschah mit dem gipsernen Caesar?«

Galba schüttelte bedauernd den Kopf, als einer seiner Männer atemlos herbei geeilt kam; er nahm Haltung an, salutierte und sagte dann:

»Herr Hauptmann, wir haben sie; zwei Häuser weiter, das Gebäude ist unbewohnt, habe ich die Trümmer entdeckt; der Täter hat den Caesar gegen die Hauswand geworfen.«

»Dann nichts wie hin«, rief Galba.

»Immer mit der Ruhe; in der Ruhe liegt die Kraft«, entgegnete Rufus: »Zuvor will ich mich hier erst einmal umschauen; wer weiß, was du alles übersehen hast.«

Galba zuckte merklich zusammen, petzte die Lippen aufeinander und schwieg, während Rufus wie ein Spürhund auf allen Vieren durchs Zimmer kroch, um sich schließlich am nach wie vor offen stehenden Fenster aufzurichten:

»Hm«, sagte er, »der Unbekannte hat lange Beine und ist auch sonst ein geschickter Klettermaxe: Er hat von der Straße aus zuerst den Sims oben in der Mauer gewonnen; dabei wurde der Bewuchs mit Algen sichtlich beschädigt; dann hebelte er

---

19   Der gute alte unterirdische Eiskeller war noch bis ins 20. Jh. in Gebrauch.

das Fenster aus den Angeln, und das mit großem Geschick; der Rückweg war recht simpel; er ließ die Skulptur einfach auf den Rasen hinunter fallen; da es die Nacht zuvor geregnet hatte, war der Boden feucht und weich; dort erkennt man die Aufschlagstelle; ich denke, er hat sich dabei so weit wie möglich hinab gebeugt; wie der auf breiter Fläche vom Sims gefegte Staub zeigt, lag er bäuchlings darüber, um sie vorsichtig aus den nach unten gerichteten Händen gleiten zu lassen; dann hangelte er sich hinterher und wurde mit dem Getöteten handgemein; wenn ich die Kratzspuren auf der Treppe und die Fußabdrücke neben ihr im Schlamm richtig einordnete, war es ein Kampf nach dem Motto der oder ich.«

Rufus eilte über den Korridor hinaus und die Treppe hinunter, besah sich die Fußabdrücke aus der Nähe und legte ein leinenes Maßband darüber; indem er es wieder aufrollte und einsteckte meinte er:

»Wenn unser Unhold über normale Proportionen verfügt, so lässt sich seine Größe aus der Länge der Füße bestimmen, und dann ist der Bursche ungefähr sechseinhalb Fuß groß (195 cm.); ich gelte mit meinen sechs Fuß Länge schon als groß; es sollte sich also um einen jungen Riesen handeln; er trug übrigens die genagelten Sandalen der Armee.«

»Wieso jung?«, entfuhr es mir.

»Langer energischer Schritt über den Rasen; geschickt und kräftig; ein akrobatischer Kletterer und exzellent in der Handhabe des Dolches; der Umgebrachte ist körperlich nicht von schlechten Eltern und hatte dennoch keine Chance; suchen wir also nach einer auffällig großen[20] Person! Ach und was ist denn das da auf der Treppe?«

Rufus hielt triumphierend ein blondes Haar in die Höhe; es war ungefähr einen Fuß lang und gewellt:

»Aha«, sagte ich, »er trägt die Haarpracht schulterlang und ist ein langer blonder Athlet.«

»Natürlich nicht«, sagte Rufus und hielt mir das Haar vor die Augen; ich sah nichts:

»Ausgerissen oder von alleine ausgefallen?«

---

[20] Wir wagen es, darauf hinzuweisen, dass Rufus Sommersprossen nicht mag.

22

»Keine Ahnung«, sagte ich.

»Keine Ahnung«, sagte Galba, der jetzt auch darauf starrte.

»Und was ist das da?«, fragte Rufus triumphierend, indem er auf das eine Ende des Haars deutete.

»Hehe«, grunzte Galba, »man erkennt die Zwiebel, aus der es einst heraus gewachsen war; sie ist vertrocknet; es ist also von alleine ausgefallen oder liegt schon länger hier in der Gegend herum.«

»Und mehr seht ihr nicht?«, fragte Rufus.

»Nein«, antworteten wir unisono.

»Bin ich denn unter die Blinden geraten?«, jammerte Rufus und zeigte auf die Stelle unmittelbar oberhalb der trockenen Zwiebel; ich beugte mich darüber und petzte die Augen zu einem Schlitz zusammen:

»Ein winziges Stück lang ist das Ding schwarz, dann geht es in Blond über«, sagte ich und sah Rufus erstaunt ins Gesicht: »Und was ist daraus zu schließen?«

»Der Mörder färbt sich das Haar blond oder bleicht[21] es«, sagte Galba an meiner Stelle, »aber das tun zurzeit zig Tausende in Rom, sowohl Männlein wie Weiblein; blond ist groß in Mode; immerhin könnte uns das bei der Identifizierung des Täters weiter helfen.«

»Und wenn das Haar nur rein zufällig dort lag?«, wagte ich einzuwenden.

»Gut möglich«, sagte Rufus, »man muss alle Details in Betracht ziehen; doch jetzt wollen wir uns den armen in Stücke geschlagenen Diktator einmal zu Gemüte führen.«

Wir ließen den Journalisten zurück; im Gehen hörte ich seinen zugespitzten Schilfstängel eilig über Papyrus kratzen; wir gingen zum Nachbarhaus hinüber, einer baufälligen Bude, in welcher schon lange kein Bewohner mehr zu finden war; ihr Abriss, so Galba, stehe unmittelbar bevor:

Rufus beugte sich prüfend über den wirren Scherbenhaufen; konnte es wirklich der unversöhnliche Hass auf Caesar, den Zerstörer der Römischen Republik sein, der solch hirnrissiges Tun veranlasste? Mein Freund hob einige Bruchstücke auf und drehte sie in Händen hin und her; sein Gesicht nahm dabei

---

21 Im antiken Rom war selten jemand über 165 cm. groß.

einen durch und durch fuchsigen Ausdruck an; aus Erfahrung wusste ich, dass er einer ersten Fährte nachspürte und der Lösung auf der Spur war:

»Hast du etwas herausgefunden?«, fragte Galba.

»Ich weiß nicht; vielleicht; aber es ist noch zu früh; es wäre reine Spekulation; ich brauche weitere Anhaltspunkte; und doch können wir einige Dinge als abgehakt gelten lassen:

Dem großen blondierten Unbekannten oder einem anderen Täter ist der Erwerb dieser lachhaften Skulptur so viel wert, dass er über Leichen geht; freilich nur, um das vermeintliche Kunstwerk dann zu zerstören; ferner legte er größten Wert darauf, diesmal den Gipskopf nicht an Ort und Stelle zu zerschlagen.«

»Wahrscheinlich wollte er nicht vom Hausbesitzer erwischt werden«, wandte ich ein, »während er ja wusste, dass die Arztpraxis nachts leer stand.«

»Das denke ich auch«, sagte Galba.

»Habt ihr denn auch den Ort bedacht, an dem die Zerstörung stattfand?«

»Gewiss«, sagte Galba, »ein leer stehendes Haus, in dessen Hof ihm niemand in die Quere kommen konnte.«

»Schräg gegenüber befindet sich aber noch ein zweites leer stehendes; warum nicht dieses?«

»Zufall«, murmelte ich; Galba nickte zustimmend.

»Ich glaube grundsätzlich nicht an Zufall oder Zufälle«, sagte Rufus spitz, »und vielleicht erinnert ihr euch ja noch an die letzte Nacht?«

»Natürlich«, sagte Galba, »es war Vollmond, nur gelegentlich durch Wolken getrübt; diesem Umstand verdankten wir von der Stadtwache es, den Weg so rasch gefunden zu haben.«

»Gut«, sagte Rufus, »und auf welcher Straßenseite stand der Mond, als ihr am Ort des Schreckens eintraft?«

»Im rechten Winkel auf der linken Seite.«

»Und unser Haus hier, an dessen Wand der Caesar in Stücke gehauen wurde, steht, aus diesem Blickwinkel gesehen, auf der rechten Seite, was für die vergangene Nacht bedeutet: auf der vom Mondschein erhellten, während die Front des anderen leer stehenden Gebäudes im tiefen Schatten lag:

Unser Caesar-Hasser gehört also nicht zum lichtscheuen

Gesindel und suchte für sein zerstörerisches Werk einen möglichst hellen Platz aus; ebenda zerschlug er die Skulptur, obwohl hier viel größere Gefahr bestand, beobachtet zu werden; er tat es also, weil er an dieser Stelle, wo wir stehen, besser sehen konnte.«

»Ihr gütigen Götter«, schrie Galba, »das ist richtig; es erinnert mich daran, dass die drei Gipsköpfe in der Praxis des Hippias jeweils unmittelbar neben einer Öllampe zerschlagen worden waren; der Doktor sagte mir, er ließe in jedem der beiden Stockwerke nachts ein Lämpchen brennen, für alle Fälle; nur habe ich keine Ahnung, was das zu bedeuten hat.«

»Ich denke«, wandte ich ein, »für mich als Arzt ist so etwas typisch bei Wahnsinnigen dieser Art: Sie wollen sehen, was sie tun; erst wenn sie ihr Werk in Augenschein genommen haben, sind sie zufrieden; freilich hält diese Zufriedenheit nicht allzu lange an; es geht ihnen wie den Rauschgiftsüchtigen; sie müssen die Tat bald wiederholen.«

»Daran vermag ich nicht zu glauben; warum denn immer der gleiche Gipsabguss? Ich denke, wir sollten uns davor hüten, voreiligen Schlüssen zu erliegen; wir müssen die ermittelten Tatsachen im Auge behalten und sie gegebenenfalls heranziehen; was wirst du als nächstes unternehmen, lieber Galba?«

»Ich denke, wir haben zuerst einmal herauszufinden, wer der Tote ist; das sollte sich machen lassen; wenn wir dann wissen, mit wem wir es zu tun haben, dann ergibt sich das Weitere; insbesondere werden wir auf diese Weise erfahren, was er in der Via Triumphalis zu suchen hatte und wen er hier treffen wollte; denn von dem, mit welchem er sich anscheinend verabredet hatte, wurde er dann ja umgebracht, dort drüben auf der Treppe von Meister Hircus' Haus.«

»Vieles spricht für deine These, lieber Galba, aber ich persönlich würde der Sache auf andere Weise nachgehen.«

»Und auf welche?«

»Das zu erklären, brauchte zu viel Zeit; besser, jeder von uns gehe seinen eigenen Weg; du hast deine Methoden, ich die meinigen; getrennt marschieren, vereint schlagen, heißt die Devise, und es wird reizvoll sein, einander zu ergänzen und zum Schluss die Ergebnisse zu vergleichen.«

»Einverstanden«, sagte Galba, »aber bevor ich aufs Revier

gehe, dem Tribunus[22] Marcellus Bericht zu erstatten, muss ich noch einmal hinüber zum Zeitungsfritzen, äh, Hircus; wie kann ein Mensch aber auch Hircus heißen ...«

»Hihihi«, kicherte Rufus, »genauso gut wie sich andere Galba[23] nennen, hihihi; aber nichts für ungut; der gute Mann kritzelt gerade seinen Bericht für die Acta zusammen; sage ihm, wir hätten herausgefunden, dass es sich beim Täter um einen Geisteskranken handelt, den sein Caesar-Hass zum Mörder hat werden lassen; das wird er für seinen Bericht gut verwenden können; und er soll sich auf Hauptmann Galba und den bekannten Privatdetektiv Rufus berufen.«

»Aber«, sagte Galba erstaunt, »das glaubt doch kein Hutmacher mehr, wenn er unseren Kenntnisstand besitzt.«

»Natürlich nicht; aber Meister Hircus wird es plausibel finden und seine Leser ebenso, und das ist nur von Vorteil für uns ...

So, mein lieber Freund, nun lebe wohl; und du, guter Sokrates, komme mit mir; wir haben einen anstrengenden Tag vor uns; und dann treffen wir uns bei mir im Argiletum zur abendlichen Cena,[24] kurz vor Sonnenuntergang, wenn ich bitten darf; es sollte ungemein wichtig sein:

Während wir vertilgen, was Köchlein Zylindrus uns auftischt, wollen wir das weitere Vorgehen besprechen; nur eine kleine Bitte noch, lieber, guter Galba:

Könntest du mir das Bild einmal ausleihen, du weißt schon, welches, auf dem die vorgebliche Freundin des Ermordeten gemalt ist; und es ist gut möglich, dass wir dann noch ein kleines gemeinsames nächtliches Unternehmen vor uns haben; bis dahin guten Erfolg!«

---

22 Das Bleichmittel nannte man »Spuma Batava« (batavischer = holländischer Schaum); die alten Germanen waren nämlich gar nicht so blond, wie oft behauptet; weil sie es aber sein wollten, färbten sie sich eben das Haar; und die Römer übernahmen die Methode dann mit Freuden; Germanisch war »in«.

23 Ein Tribunus ist aus unserer Sicht ein Offizier.

24 Dass »Hircus« Bock bedeutet, finden Galba lustig, ohne daran zu denken, dass er mit seinem (in Rom häufigen) Namen Galba »Herr Fettwanst« heißt ...

Galba überließ ihm ohne Weiteres das genannte Portrait; dann trennten wir uns; Rufus stürmte so rasch davon, dass ich ihm kaum folgen konnte; Ziel war der Laden des Eukrates in der Subura; wir betraten die Geschäftsräume, aber der Inhaber war nicht zu finden; nur sein Sklave lümmelte faul hinter der Theke herum und sagte gähnend, der Herr komme erst am Nachmittag zurück; er besuche gerade irgendeinen Hersteller von billigen Skulpturen jeder Art; er selbst, sagte er listig grinsend, sei nicht befugt, Auskunft zu erteilen, nicht einmal einem noch so berühmten Rufus.

Mein Freund zuckte leicht zusammen, als er feststellen musste, dass er nicht Inkognito gekommen war; dann sagte er leichthin, er werde in Laufe des Nachmittags noch einmal einschneien; im Gehen flüsterte er dem arroganten Diener noch etwas ins Ohr, das ihn erbleichen ließ; zitternd stammelte er dies und das und verbeugte sich mehrfach tief vor Rufus; doch da waren wir schon vor der Tür und schritten ins gleißende Sonnenlicht hinaus:

»Was hast du ihm gesagt?«, fragte ich.

»Nichts Besonderes; nur, dass ich ihm demnächst einmal gründlich die Fresse polieren werde, und er sich danach um eine beträchtliche Anzahl von Zähnen ärmer vorfinden wird …

Ansonsten, mein Sokrates, war ja nicht unbedingt damit zu rechnen, dass wir gleich beim ersten Mal Erfolg haben werden; wir müssen eben später noch einmal kommen; und wie du sicher bemerkt hast, geht es mir darum, die Bahnen des Vertriebes festzustellen, vom Hersteller über den Händler bis zum Käufer, auf denen der gipserne Caesar lustwandelte, bevor ihn sein böses Los ereilte und man ihn in Trümmer legte.

Und jetzt wäre es das Beste, wir begeben uns in die nächste Caupona²⁵ und nehmen fürs Erste ein kleines Mahl ein; wenn wir uns dann gestärkt haben, gilt es, mit frischem Elan einen neuen Anlauf zu nehmen.« – So geschah es denn auch; wir aßen und tigerten anschließend zum Laden des Eukrates zurück, um ihm unser Anliegen vorzutragen; es war übrigens ein fetter kleiner Kerl, rund wie ein Fässchen, der Kopf mit Spiegelglatze;

---

25 Die Cena ist die Hauptmahlzeit der Römer und wird abends eingenommen.

das Gesicht rötlich wie ein Schweinchen; er sprach besser Griechisch als Lateinisch, was uns zu seiner Freude nichts ausmachte, denn auch Freund Rufus spricht die Sprache der Hellenen fließend:

»Das ist eine Riesenschweinerei! Eine Unverschämtheit! Da kommt so ein Kerl, mir nichts, dir nichts, in mein Geschäft herein gestürmt, um den letzten Caesar, den ich noch habe, zu zertrümmern; dann stößt er meinen Sklaven zu Boden und haut ab; und da heißt es, die römische Stadtwache sei unser Freund und Helfer! So ein Blödsinn! Hier in Rom, dieser widerwärtigen Jauchegrube[26] des Römischen Reiches, laufen die Spitzbuben scharenweise vor der Nase der Wachmänner herum, und keiner wird eingebuchtet: Wofür knöpft man mir denn die Steuern ab, wenn nichts dagegen geschieht?

Und dem Doktor Hippias hatte ich gleich drei Caesar-Büsten verkauft; und alle sind hinüber, wie ich höre; wenn man mich fragte, aber man fragt mich ja nicht, dann handelt es sich um eine Verschwörung gegen unseren allergnädigsten Kaiser: Caesars Statuen vernichtet man, aber Traianus ist gemeint ...«

Der Händler schnaubte vor Wut; sein zuvor noch rosarotes Gesicht glühte jetzt purpurn auf; Rufus fragte ihn trocken:

»Und von wem hast du die Gipsfiguren bezogen?«

»Von Josephus Levi in der Alta Semita;[27] du kannst seine Fabrica gar nicht verfehlen; es handelt sich um eine angesehene Werkstatt und besteht schon in der zweiten Generation.«

»Wie viele Caesarköpfe hast du dort erworben?«

»Genau vier, mein Herr; drei hat mir Doktor Hippias abgenommen; die vierte war leider noch im Laden, wo sie der Verbrecher zerstörte.«

Rufus zauberte das Bild mit dem Frauenportrait hervor und hielt es dem Händler unter die Nase: »Kennst du die?« – »Nein, nie gesehen ... oder doch? Sie weist eine gewisse Ähnlichkeit mit einer auf, die mir irgendwie bekannt ist; eine daher gelaufene Person, die sich hier mal nützlich machte, nur für ein paar

---

26 Caupona: Eine altrömische Eck-Kneipe mit hufeisenförmiger gemauerter Theke; innen Koch und Kellner; außen herum stehend die Gäste.

27 So nannten schon 150 Jahre vor den geschilderten Ereignissen die prominenten römischen Autoren Sallust und Cicero die Hauptstadt des Reiches.

Tage; sie war nicht unbegabt; zwei geschickte Hände; wir nannten sie Flavilla;[28] seit Kurzem ist sie spurlos verschwunden, ich glaube, zwei Tage bevor mir der Caesar zertrümmert wurde, und ich habe nichts mehr von ihr gehört; wie auch immer:

Solange sie hier war, hatte ich keinen Grund zur Beschwerde, und hübsch war sie auch; süße Sommersprossen; vielleicht ein Wenig zu groß geraten; ein freches Luder.«

Wir verabschiedeten uns, um unseren Weg nordwärts fortzusetzen; Rufus schmunzelte:

»Eine wahre Auskunftei, der gute alte Kaufmann; wir haben wirklich alles erfahren, was wir erwarten konnten; und deine These, unsere Flavilla sei die Freundin des Ermordeten, hat sich in Luft aufgelöst; sie ist nämlich unmittelbar in das Rätsel um die kurz und klein geschlagenen Caesar-Büsten verwickelt, wie auch immer; vielleicht erfahren wir ja am Ort der Herstellung einiges mehr, wer weiß?«

Im Sturmschritt verließen wir die Subura, stiegen den Collis Viminalis[29] hinauf und gelangten zur Alta Semita; die kleine Fabrica war rasch gefunden; eine überlebensgroße Venusstatue, Nachbildung der berühmten Aphrodite von Knidos, für meinen Geschmack allzu kitschig bemalt,[30] zeigte uns, wohin wir uns wenden mussten:

Durch den Eingang hindurch gelangten wir in ein großes Atrium, wo es von Werken der Bildhauerkunst nur so wimmelte; für jeden Geschmack und jeden Geldbeutel war das Passende vorhanden; aus dem Atrium hinaus ging der Blick in die Fertigungshalle, wo sich um die dreißig Arbeiter tummelten; fragend sahen wir uns um; einer der Sklaven erblickte uns, verließ seinen Arbeitsplatz und kam zu uns herüber.

Rufus fragte ihn, wer hier der Chef sei; der Arbeiter zeigte auf einen fein gekleideten Herrn, der gerade aus seiner Wohnung kam, um die Bildhauer zu beaufsichtigen; es war ein ziemlich großer, gut aussehender Mann mit auffälliger Adlernase und krausem Haar; als er uns gewahrte, kam er strahlend auf

---

28 Alta Semita = Hoher Pfad; eine Straße ungefähr 500 m. ndl. der Subura.

29 Flavilla = Blondchen; lat. flavus, a, um = blond.

30 Der Viminal, einer der sieben Hügel Roms; die Subura liegt sdl. davor im Tal.

uns zu, schüttelte uns die Hand und sprudelte los: »Welch Ehre, welch hoher Besuch! Der berühmte Rufus samt seinem Freund, dem Doktor Sokrates! Ich bin Levi, der Inhaber der Bude und, wie mein Name sagt, Israelit:

Kommt mit mir in die Stube! Ich werde euch einen guten Tropfen vorsetzen; das löst die Zunge; gewiss seid ihr auf der Jagd nach irgendeinem Unhold, und ich soll euch dabei helfen.«

Rasch geleitete er uns in sein Triklinium; wir legten uns um den Tisch; ein Sklave brachte stark verdünnten Süßwein herein, eine Wohltat nach diesem Hitzemarsch durch das stinkende Gewimmel Roms; eine junge Sklavin zupfte im Hintergrund die Kithara; wir prosteten einander zu und schlürften das Getränk; Rufus sagte dann:

»Wir sind in Sachen Caesar-Hasser unterwegs; vielleicht hast du schon davon gehört.«

»Gewiss doch; unsere Acta Diurna berichten heute ausführlich darüber und Rom ist bekanntlich eine einzige riesige Klatschbude; mein Sekretär hat den aktuellen Artikel abgeschrieben; er stammt von einem Redakteur namens ... hihihi ... Hircus; der berichtet darüber, wie es ihm mit seinem eigenen Caesarkopf ergangen ist; darf ich es euch vorlesen?«

»Gerne«, sagte Rufus und tat einen tiefen Zug; Blaesus las:

GRAUSIGER MORD IN DER VIA TRIUMPHALIS

Im Weichbild unserer schönen Stadt und Perle des Römischen Reiches geht ein Wahnsinniger um; sein Wüten besteht darin, dass er versucht, alle möglichen Bildnisse des einstigen Diktators Caesar zu zerstören:

Nachdem er am helllichten Tag die erste Büste bei einem Kaufmann in der Subura zerschlagen hatte, drang er mitten in der Nacht bei einem bekannten Arzt ein, der ebenda drei dieser Gipsabgüsse erstanden hatte und zerschmetterte sie an der Wand; zuletzt schlich er sich vergangene Nacht in das Haus unseres geschätzten Mitarbeiters Hircus, um sich an einer dritten Büste zu vergreifen; als ihm dabei ein bislang noch Unbekannter in die Quere kam, schnitt er ihm kurzerhand den Hals ab.

Die Skulptur zerschlug er dann an der Wand eines leer stehenden Gebäudes in derselben Straße.

30

Hauptmann Galba und sein Freund, der bekannte Privatdetektiv Rufus, haben sich der Sache bereits angenommen:

Für sachdienliche Hinweise sind sie jedermann außerordentlich dankbar; für die Ergreifung des Mörders sind hundert Sesterzen als Belohnung ausgesetzt.

Scripsit Hircus.

»Hübsch, wirklich hübsch«, murmelte Rufus und rieb sich die Hände; »dann weißt du ja Bescheid, um welche Skulptur es sich handelt, nicht wahr?«

»Ja, ja«, sagte Levi, »es ist unser preiswertestes Modell, das wir im Angebot haben, und wir stellen es immer noch her; die Nachfrage im ganzen Reich ist groß, seit man sagt, unser Traianus sei ein zweiter Caesar.«

»Und wie fertigt ihr den Gipskopf?«, fragte ich.

»Man muss nur eine zweiteilige, inwendig gut gefettete Form mit flüssigem Gips ausfüllen und diesen trocknen lassen; das Innere der Figur ist freilich hohl; wir erreichen es dadurch, dass wir, wenn ich das so sagen darf, das Gehirn durch einen dicken Klumpen Wachs ersetzen, das nach dem Verfestigen und Trocknen der Büste heraus geschmolzen wird; das feine Loch unten im Halsstumpf wird dann zugegipst; das ist schon alles.«

Ich sah es meinem Freund an, wie sehr er darunter litt, dass der Gegenstand, hinter dem er her war, zur Massenware verkommen war; wo sollte man da anfangen, zu suchen?

»Aber«, sagte Levi, »es ist keineswegs so, dass wir die Köpfe nicht von einander unterscheiden könnten; wir signieren jede einzelne Gruppe, die dann sozusagen eine Serie für sich darstellt; dazu verwenden wir Buchstaben und Zahlen; zum Beispiel: F – 1; das bedeutete: Erstes Exemplar der Serie F.

Haben wir alle Buchstaben durch, nehmen wir sie einfach doppelt und notfalls dreifach; also beispielsweise DD – 3; das wäre das dritte Exemplar der Serie DD. Wenn wir diese Gruppen hinter uns haben, kombinieren wir verschiedene Buchstaben.

Auf diese Weise kann man alle Büsten identifizieren und so sind sie auch in meinen Büchern registriert; wir haben ja unsere Gesetze, und die Behörde will wissen, wie viel Steuern ich zu zahlen habe, und was sie dem Einzelhändler abknöpft.«

»Und wie groß ist die jeweilige Serie?«

»Nur sieben; das ist mir als Israelit die liebste Zahl.«

»Das weiß ich; und immer, wenn ich unter dem Triumph-bogen des Titus hindurch gehe, ärgere ich mich, wenn ich das Relief sehe, auf dem euer heiliger Leuchter, der mit den sieben Armen, abgebildet ist; rohe Legionäre schleppen ihn mit sich fort; aber kommen wir zu den Caesarköpfen zurück ... vielleicht könnte man jetzt den einzelnen Exemplaren nachgehen ...«

Rufus' Miene hatte sich deutlich aufgehellt; auf seine Bit-te hin schnippte Josephus mit den Fingern, und sein Sekretär brachte uns die große Rolle mit den Rechnungen der Caesar-Köpfe; wir beugten uns über sie, um sie zu studieren; nach ge-raumer Zeit konnten wir feststellen, dass alle vier Exemplare, die der Händler in der Subura erstanden hatte, ein und dersel-ben Serie angehörten, eben die vier Abgüsse, die zerschlagen wurden und einen Mord verursacht hatten.

»Wo sind die übrigen drei geblieben?«, fragte ich.

»Einen Augenblick, bitte«, sagte Levi, »aha, ich hab's; hier steht es: Sie wurden an den Einzelhändler Iunius Blaesus in der Via Appia verhökert; und sie unterscheiden sich, bis auf die Zahl, in nichts von den übrigen Köpfen; es ist mir ein Rätsel, weshalb es jemand auf diese billige Massenware abgesehen hat; der Mann muss wirklich wahnsinnig sein.«

»Oh, ihr gütigen Götter«, stöhnte Rufus, selbst dem Wahn-sinn nahe, »warum ausgerechnet die Via Appia? Das ist ja min-destens eine Meile südwärts von hier.«

»Es wäre mir eine Ehre, euch meine kleine Kutsche zur Ver-fügung zu stellen«, sagte Levi.

Rufus nickte ihm dankbar zu und brachte nun das Bildchen zum Vorschein; die Wirkung auf den Judäer war unvergleich-lich; er glühte förmlich vor Wut und schrie:

»Oh, dieses Dreckweib! Oh, ja, die kenne ich, und wie! Wir sind hier eine angesehene und ehrenwerte Werkstatt; nur ein einziges Mal hatten wir Ärger mit der Stadtwache, und daran war dieses Biest da schuld; sie wollte Flavilla genannt werden und war eine durchaus begabte Arbeiterin, aber die Streitsucht in Person; ich hätte sie auf der Stelle entlassen sollen, als sie mir ein paar Denare klaute, war aber zu gutmütig dazu und zog es ihr nur vom Lohn ab; doch eines Tages, ich glaube, es war vor einem Jahr, gerieten sich ein Kollege und sie in die Haare, und im Nu hatte sie ihm das Messer in die Brust gestoßen, diese Furie.«

»Wurde sie dafür bestraft?«, fragte ich.

»Der Mann hatte den Streit angefangen; und er überlebte den Angriff; so ließ man die Süße eines Tages wieder aus dem Carcer Publicus in Freiheit, vielleicht vor einem Monat; sie soll mit einigen Peitschenhieben davon gekommen sein; ich habe sie seit der Bluttat nicht mehr gesehen; aber ... aber ein ... ich glaube ... entfernter Cousin von ihr ist noch bei mir beschäftigt; soll ich ihn herein holen lassen? Vielleicht weiß er, wo sie sich aufhält.«

»Nein, auf gar keinen Fall; die Sache muss unbedingt geheim bleiben; bereits wenn das Geringste ausgeplaudert wird, könnte unser Bemühen im Sande verlaufen; doch als ich eben die Verkaufszahlen durchsah, las ich, dass die ominöse Serie im Vorjahr an den Iden des Augustus (15. August) hergestellt wurde; wann geschah die Messerattacke, die du geschildert hast?«

»Keine Ahnung; weiß ich nicht mehr genau«, sagte Levi, »aber das lässt sich feststellen, denn ich zahle das Gehalt täglich aus und führe darüber Buch.«

Eilig brachte der Sekretär die Lohnliste des vergangen Jahres; in feinen Kolonnen war links der jeweilige Arbeiter und rechts das Datum samt dem Betrag verzeichnet:

Eine gewisse Flavilla war am Tag vor den Iden des Augustus zum letzten Male entlohnt worden; daraus ließ sich schließen, dass der Tag ihrer Verhaftung mit dem Tag der Herstellung der Gipsköpfe zusammen fiel:

»Vielen, vielen Dank, lieber Levi, du hast uns sehr geholfen; ich darf mich mit der Bitte verabschieden, niemandem etwas vom Inhalt unseres Gespräches mitzuteilen; und für deine Kutsche herzlichen Dank im Voraus; sollte mein Freund diesen Fall eines Tages zu Pypyrus bringen, wirst du dich darin wiederfinden.«

Levi strahlte über das ganze Gesicht und geleitete uns in seine Remise, wo der Einspänner schon auf uns wartete; während wir davon ratterten, winkte er uns fröhlich hinterher.

Bereits nach einer halben Meile stiegen wir entnervt wieder aus, schickten die Kutsche zurück zur Alta Semita und gingen zu Fuß weiter, denn bei diesem Menschengewimmel in den verstopften Schluchten der Hauptstadt des Reiches war für Fahrzeuge kein Durchkommen möglich.

***

Die Sonne neigte sich schon den westlichen Gefilden zu, als wir atemlos und von ferne am Kolosseum vorüber hasteten; eine Caupona lud zum Stehimbiss ein; eilig verdrückten wir ein belegtes Brötchen und tranken einen Schluck aromatisierten Wassers; über der Theke baumelte eine schwarze Schiefertafel, auf der heute statt der Tagesgerichte eine gewisse Meldung aus den Acta Diurna abgeschrieben stand:
    GRAUSIGER MORD IN DER VIA TRIUMPHALIS
Im Weichbild unserer schönen Stadt und Perle des Römischen Reiches geht ein Wahnsinniger um ...

Wir kannten den Text ja schon; Rufus rieb sich die Hände, kicherte und meinte, Hircus feiere hier und heute wohl seinen größten schriftstellerischen Erfolg, ganz in unserem Sinne übrigens; und schon ging es weiter, dreihundert Doppelschritte (ca. 500 m.) Richtung Circus Maximus, wo die altehrwürdige Via Appia, von Süden und aus der Ferne kommend, ihr Ende findet; kaum vermochte ich dem Freund noch zu folgen, schweißgebadet, wie ich war; schließlich endlich dort angekommen, gedachten wir Blaesus, den Skulpturenhändler, aufzusuchen. Mit Roms riesiger Pferderennbahn im Rücken, wo die dreihunderttausend Zuschauer gerade ihr Gebrüll ertönen ließen, bogen wir in die altehrwürdige Via Appia ein und sahen uns um, bis wir über einen Rundbogentor eine in leuchtend roten Lettern angebrachte Aufschrift entdeckten:

»M. IVNIVS BLAESVS – SCVLPTVRAE«

»Endlich sind wir an der richtigen Adresse«, keuchte Rufus atemlos, »nichts wie hin!«
    Blaesus war nicht zu Hause; aber sein Geschäftsführer empfing uns mit erlesener Freundlichkeit und versprach, jede ihm mögliche Auskunft zu erteilen; nach einer kurzen Begrüßung

34

fragte ihn Rufus, ob er über den aktuellen Mord im Bilde sei: »Gewiss doch«, sagte er, »es steht ja alles in den Acta; und der Autor des Berichtes, Meister Hircus, ist unser Kunde; auch über die zerschlagenen Büsten weiß ich Bescheid; sie gleichen einander wie ein Ei dem anderen und sind spottbillig; wir haben bei Herrn Josephus Levi insgesamt drei Kopien bestellt; eine davon hat Herr Hircus erworben, der Mann von den Acta Diurna.«

»Und an wen gingen die beiden anderen Abgüsse?«

»Da muss ich in den Geschäftsbüchern nachsehen; das wird sich gleich ermitteln lassen; einen Augenblick bitte.«

Bevor der gute Mann sich noch daran machen konnte, hielt ihm Rufus schon das Bildchen vor die Nase:

»Kennst du die da?«

»Nein, dieses Gesicht habe ich noch nie gesehen; und es ist ja durchaus auffällig; eine Blondine mit Sommersprossen, ist ja wirklich allerliebst.«

Rufus kniff die Lippen zusammen und versagte sich eine Entgegnung; er war ja, was Sommersprossen anbetraf, gänzlich anderer Meinung; dann holte der Geschäftsführer die entsprechende Rolle aus dem Regal, steckte die beiden Stäbe in die entsprechenden Löcher im Schreibtisch und drehte an einer kleinen Kurbel, bis er die gesuchte Stelle gefunden hatte; er sagte:

»Hier! Da haben wir's: Die erste wurde bekanntlich an Meister Hircus geliefert; eine zweite an einen gewissen C. Iunius, wohnhaft im Clivus Suburanus;[31] der Mann ist steinreich; warum er ausgerechnet eine so billige Skulptur gekauft hat, ist schon seltsam; vielleicht ein Geizhals; sein Haus ist auffällig groß, zwar schmal, aber vier Stockwerk hoch, der Dachboden nicht mitgezählt; es hat sogar einen Namen, wie hier im Rechnungsbuch verzeichnet ist:

Über dem Portal ist »Domus Male Parta«[32] eingemeißelt; der Herr verdient sein Geld als Geldverleiher und hat Humor …

Die dritte und letzte dieser unserer Caesar-Büsten ging an Herrn D. Pompeius Magnus; er lebt in Tibur[33] in der Via Roma-

---

31 Diese Straße liegt ca. 250 m. östlich vom Argiletum, wo Rufus wohnt.

32 Auf Deutsch: »ein auf üble Weise erworbenes Haus« (!).

33 Das heutige Tivoli, rund 20 km. östlich von Rom; eine berühmte Klein-

na, letztes Haus, bevor die Straße das freie Gelände gewinnt; man kann es kaum verfehlen.«

»Wunderbar, fantastisch!«, sagte Rufus, »du hast uns einen großen Dienst erwiesen.«

Der gute Mann strahlte vor Freude über das Lob aus dem Munde meines berühmten Freundes; Rufus sagte:

»Könnte es sein, dass ihr hier auch Arbeiter beschäftigt, die ein, äh, leicht afrikanisches Aussehen haben?«

»Ja doch«, sagte der Geschäftsführer erstaunt, »wir haben welche unter unseren Reinigungskräften; einer von ihnen, ein jüngerer, ist heute nicht zur Arbeit erschienen; sein Äußeres erinnert mich immer an einen Affen; aber Faulenzerei ist bei ihm keine Seltenheit; die gesamte Bande ist unzuverlässig; und wenn er eben keinen Lohn will ...«

»Und hatte dieser, äh, junge Mann Einsicht in die Geschäftsbücher?«

»Das ist gut möglich; sie stehen offen im Regal herum; warum auch nicht? Wenn er lesen konnte; aber niemand kann die Eintragungen nutzbringend anwenden; wozu Geheimhaltung?«

»Ich bin da durchaus anderer Meinung, aber das tut nichts zur Sache«, sagte Rufus; wir erhoben uns, um uns von diesem freundlichen Mann zu verabschieden; während wir die Straße gewannen, rief er uns noch »viel Erfolg!« hinterher; Rufus war bester Laune und sagte:

»Wir müssen uns beeilen, sonst ist Galba eher in unserem kleinen Palast angekommen als wir selbst; freilich sollten wir uns den wirklich unbedeutenden Umweg über den Clivus Suburanus nicht entgehen lassen; wer weiß, wozu das noch gut ist.«

***

Das grelle Licht der Sonne war schon dem glühenden Abendrot gewichen, als wir endlich im Argiletum ankamen; Galba thronte bereits stolz wie ein Pfau in einem unserer Korbsessel und mimte ein mehr als zufriedenes Gesicht: »Na, was hab ihr beiden ganz besonders Hübschen denn erreicht«, nuschelte er

stadt.

süffisant grinsend. – »Einiges, lieber Galba«, entgegnete Rufus: »Wir kennen jetzt den Hersteller der Büsten samt den beiden zuständigen Einzelhändlern, die sie verkauft haben; und jetzt kann ich über den Weg, den jede der uns interessierenden Gipsabgüsse genommen hat, genaueste Auskunft erteilen.«

»Bei Jupiter, immer diese lächerlichen Caesarköpfe!«, grummelte der Hauptmann ungehalten, um dann freundlicher fortzufahren:

»Nun, mein Lieber, du hast stets deine eigenen Methoden, und ich will nicht daran herum kritisieren; aber ich darf doch wohl behaupten, heute der bei Weitem Erfolgreichere gewesen zu sein; ich weiß nämlich jetzt, wer der Ermordete ist, äh, war.«

»Na, das ist ja prima!«

»Und ich weiß auch, warum er umgebracht wurde.«

»Fantastisch, mein Bester! Du übertriffst dich selbst.«

»Ich habe da einen Mitarbeiter, Tiro[34] Albus, der sich ziemlich gut unter den Zuwanderern und Nachkommen afrikanischer Sklaven auskennt, und unser Ermordeter war einer von ihnen, wie seine bräunliche Hautfarbe sowie das auffällig krause Haar verrieten; diese Leute bilden jenseits des Tibers ein regelrechtes Stadtviertel, einen wahren Sumpf.

Diesem Albus habe ich die Leiche des Unbekannten gezeigt, tief unten im Eiskeller des Reviers, und er identifizierte ihn auf der Stelle; er war ein berüchtigtes Mitglied unserer Afrikaner-Kolonie, wo es nicht selten zu Mord und Totschlag kommt, ohne dass wir etwas dagegen tun können, denn wenn wir auftauchen, dann halten diese Brüder zusammen wie Pech und Schwefel.

Meiner Meinung nach hat er sich mit seiner Organisation angelegt, und man hetzte ihm einen Killer auf den Hals; wir sollten den Täter also unter genau diesen Leuten suchen; und mein Adjutant ist schon eifrig dabei.«

»Bravo, bravissimo, mein lieber, guter Galba«, rief Rufus und klatschte lebhaft Beifall, »aber da bleiben noch die gipsernen Caesar-Köpfe; was die mit der Sache zu tun haben, hätte ich gerne auch noch erklärt.«

---

34 Ein Tiro ist ein Anfänger; bei der Armee hieße das für uns heutzutage Rekrut; bei der Polizei Inspektoranwärter; Albus heißt übrigens (Herr) Weiß.

»Immer diese lächerlichen Gipsbüsten; immer dieser alte Caesar!«, schnaubte Galba verächtlich, »das ist doch nur eine alberne Diebesgeschichte und für unsere Belange überflüssig wie ein Kropf; mir geht es um den Mord, und da bin ich kurz vor der Aufklärung.«

»Was du nicht sagst«, sagte Rufus gedehnt, »und was wirst du als Nächstes unternehmen?«

»Dumme Frage! Ich gehe zusammen mit Albus ins Afrikaner-Viertel, um die Bekannten und Verwandten des Ermordeten zu verhören; kommt ihr mit?«

»Ich denke, nein«, sagte Rufus, »denn ich habe ein anderes Plänchen im Kopf; einen Weg, auf dem wir rascher ans Ziel gelangen könnten als durch diese mühseligen Verhöre; sicher bin ich mir meiner Sache allerdings nicht; es käme auf einen Versuch an; glückt er, haben wir viel Arbeit gespart; ich denke daher, wir machen es so, lieber Galba:

Sobald wir das Mahl hinter uns haben, begleitest du uns in der kommenden Nacht; ich bin mir so gut wie sicher, dass wir den Mörder dann dingfest machen können; misslingt es, dann werden wir dich am folgenden Tag ins ominöse Viertel begleiten; bist du damit einverstanden?«

»Einverstanden; aber wohin geht die Reise? Etwa zu den stinkenden Afrikanern?«, fragte Galba neugierig.

»Ich denke, nein«, antwortete Rufus, »unsere nächtliche Expedition führt uns vielmehr in den Clivus Suburanus, und das ist ja nur ein Katzensprung von hier entfernt; noch schimmert das Tageslicht rosig herein; wir können uns daher in aller Muße dem widmen, was das Köchlein uns gerade auftischt; sobald es dann stockfinster ist, brechen wir auf; ich darf jetzt schon die nötige Geduld anmahnen, denn es kann längere Zeit dauern, bis sich das edle Wild, welches wir zur Strecke bringen wollen, einfindet.«

»Und du weißt schon, wer es ist?«

»Ich bin mir meiner Sache nicht ganz sicher; aber wenn es so kommt, wie ich es erwarte, dann geht das Abenteuer mit einer gewaltigen Überraschung zu Ende.«

Während Galba und ich uns zu Tische legten, eilte Rufus noch einmal rasch ins Tablinum, um ein kurzes Schreiben zu verfassen, welches er einem Sklaven, den er ob seiner Reitkunst und Ausdauer als Langstreckenläufer besonders schätzte, übergab, der das Haus dann eilends verließ; rasch verhallte das Hufgetrappel in der allmählich aufkommenden Dämmerung.

Dann erst widmete auch Rufus sich dem Abendessen; diesmal bestand das Getränk nur aus einem Viertel Wein; dazu gab es einen altrömischen Getreide-Gemüseauflauf, Pulmentum genannt, der in einer Tonform im Ofen gegart und mit Käse überbacken worden war; insgesamt also leichte Kost; Rufus meinte dazu leise und verhalten kichernd:

»Plenus venter non studet libenter.«[35]

Im Unterschied zu Galba war mir naturgemäß klar, was uns im Clivus Suburanus erwartete: Dort im Hause, dessen Inhaber wir vorhin aufgesucht hatten, befand sich bekanntlich die vorletzte Büste der ominösen Serie, zugleich die letzte in der Stadt! Rufus erwartete also ganz gewiss, dass der Mörder heute Nacht kommen würde, um auch sie zu zerstören.

Auf diese Weise konnten wir ihn an Ort und Stelle verhaften, ohne noch lange nach ihm fahnden zu müssen; ich ärgerte mich freilich, dass Rufus schon eine bestimmte Vermutung hatte, wer es sein könnte, ohne mich einzuweihen; eine riesige Unverschämtheit! Der Getreidebrei schmeckte übrigens köstlich!

***

Dann hatten wir das Essen hinter uns und standen auf; Rufus bewaffnete sich mit seinem kleinen Schwert und der Sica, dem Dolch der Armee; zusätzlich streifte er sich das hauchfeine Kettenhemd über, welches ihm unser Kaiser in Dankbarkeit verehrt hatte, nachdem sein Verwandter dank Rufus' unermüdlichem Einsatz dem Tode[36] entronnen war.

Auch Galba streifte sich ein solches Hemd über; ich gürtete mich mit meinem langen doppelschneidigen Dolch; dann verließen wir das Haus stillschweigend durch das rückwärtige

---

35 Berühmter Spruch der Römer von unnachahmlicher Kürze: »Ein voller Magen bemüht sich nicht gerne, strengt sich nicht gerne an«; oh, wie wahr!

36 Doktor Sokrates beschreibt dieses Drama in seinem reißerischen Buch »Rufus und das Drama um die bezaubernde Virginia.«

Tor, welches als Ausfahrt für die Kutsche diente, um uns auf Samtsohlen in den Clivus Subaranus zu schleichen; auf Rufus Geheiß hatten wir uns Tücher um die Schuhe gewunden.

Kurze Zeit später hatten wir den Clivus erreicht; im aufkommenden Licht des Mondes entzifferte ich über einem besonders trutzig empor ragenden Haus die obigen Worte »Domvs Male Parta«; da wusste ich, dass wir am Ziel waren; der Lattenzaun, welcher den schmalen Vorgarten von der Straße trennte, warf seinen Schlagschatten gegen die Fassade des Hauses; einige Sträucher, die sich sanft im nächtlichen Wind bewegten, bereicherten die gespenstische Szene; hinter ihnen verkrochen wir uns; Rufus flüsterte kaum hörbar:

»Oh, wie gut, dass es eine sternklare Nacht ist; bei Regenwetter wäre alles doppelt schwer; wir werden nicht lange warten müssen, oh – pscht!«

In diesem Augenblick knarrte das Törchen in rostigen Angeln und fiel nach innen; eine lange, geschmeidige Gestalt huschte gebückt über den Kiesweg und auf das Haus zu, in einer schwarzen Kutte steckend, das Gesicht in einer Kapuze mit Sehschlitzen verborgen, um dann gewandt wie ein Affe die Fassade empor zu klettern; auf dem oberen Sims stehend, zog er einen blinkenden Gegenstand aus dem Gewand hervor, offenbar ein starkes Messer und hebelte das Fenster aus den Angeln; leise, leise nur klirrte es; dann verschwand er geräuschlos im Inneren des Hauses; Rufus flüsterte:

»Wir nehmen ihn erst dann fest, wenn er wieder herunter geklettert ist; wenn möglich erst, nachdem er die Büste zerschmettert hat.«

Und schon tauchte der Verbrecher wieder auf; im Licht des Mondes gewahrten wir, dass er einen weißlichen Gegenstand in Händen trug; dann legte er sich bäuchlings über den Fenstersims, ließ einen nunmehr unverkennbaren Caesar-Kopf aus den herab hängenden Händen gleiten, so dass er mit einem leichten Plumps-Geräusch unten im Vorgarten aufschlug; und schon federte er mit einem kühnen Seitwärtsschwung über das Fensterbrett und landete geschickt wie eine Katze auf der Erde; noch ehe wir uns auf ihn stürzen konnten, hatte er die Büste unseres ersten Kaisers schon an der Hauswand zerschmettert, starrte jetzt wie gebannt auf das Gewirr der Scherben hinab und ließ ein enttäuschtes Grunzen ertönen. – Rufus gab uns ein Zeichen: Gemeinsam stürzten wir uns auf den Einbrecher; doch bevor wir ihm noch die Hände auf den Rücken biegen konnten, hatte er schon den Dolch gezückt und zugestoßen; dumpf klirrte Rufus' Kettenhemd, ohne das er eine Beute des Jenseits geworden wäre.

Ich war hinter dem vermeintlichen Mörder zum Stehen gekommen und schlug ihm nun den Knauf meines Dolches über den Schädel; er ließ das Messer fallen, sackte stöhnend in sich zusammen und drohte, zu Boden zu gehen:

Ich kriegte ihn von hinten um die Brust zu fassen und griff in zwei zarte Rundungen; doch schon hatten Galba und Rufus ihm die Hände zusammen gebunden und die Schnur fest gezurrt.

Dann drehten wir den Gefangenen um; ich riss ihm die Kapuze so weit herunter, dass seine unbedeckten Schultern und die Brust eine volle Handbreit darunter weiß in Frau Lunas grellem Licht aufleuchteten; Rufus kicherte schadenfroh; Galba und ich erstarrten; wir waren wir vom Donner gerührt:

Vor uns stand nämlich, wild wie ein Leo Pardus fauchend, eine auffällig große Frau, größer noch als Rufus, und im Mondschein leuchtete uns ihr vor Wut verzerrtes Gesicht entgegen, das unverkennbar große Ähnlichkeit mit dem Portrait auf dem Dir, lieber Leser, schon längst bekannten Bildchen hatte.

Nicht einmal die Sommersprossen, die Rufus nicht mochte, fehlten; kurz: Der gesuchte Mörder hatte sich als eine junge Frau entpuppt, in die ich mich im Nu vergaffte; doch als ich ihr begütigend zur Seite treten wollte, um ihr über das helle Haar zu streicheln, schnappte sie mit Zähnen nach mir ...

Während wir noch staunten, hatte Rufus schon jedes Interesse an dem in meinen Augen bewundernswerten Mädchen verloren und beugte sich nur noch über den Scherbenhaufen; ein Bruchstück nach dem anderen hielt er ins bleiche Licht, aber es handelte sich nur um wertlose Scherben aus Gips; kaum hatte er diese Untersuchung abgeschlossen und rieb sich nun vergnügt die Hände, als sich die Haustür öffnete und der Besitzer mit einem flackernden Öllämpchen in der Hand zum Vorschein kam:

»Lieber Galba«, sagte Rufus, »darf ich dir den ehrenwerten

Herrn Gaius Iunius vorstellen, seines Zeichens Bankier und Immobilienkaufmann?

Und dir, lieber Iunius, darf ich dir Herrn Galba vorstellen, Hauptmann der Stadtwache?«

Beide schüttelten einander die Hände; Iunius sagte:

»Ich habe es genau so gemacht, wie du, verehrter Herr Aemilius Paulus, es vorgeschlagen hast: Die Haustür blieb verschlossen und verriegelt; ich habe im hinteren Zimmer gewartet, was geschehen würde und bin jetzt heilfroh, dass ihr den Schuft festgenommen habt; darf ich euch zu einer kleinen Erfrischung einladen? Das Triklinium ist bereit.«

»Gerne«, sagten Rufus und ich mit einer Stimme; Galba aber meinte, er müsse erst die Gefangene aufs Revier bringen; aus Sicherheitsgründen hätten wir leider dabei zu bleiben, denn das Mädchen fauchte schon wieder wie eine Bestie, und so wurden wir um die uns zustehende Belohnung gebracht.

Also bildeten wir die Ehrengarde und führten die gefährliche Frau durch die finsteren Gassen des Clivus und dann der Subura bis hin zum düster empor ragenden Kapitolinischen Hügel,[37] in dessen Hang der Carcer Publicus eingefügt ist; dort brachte Galba die Gefangene in Gewahrsam; man durchsuchte jetzt auch den Beutel, den sie bei sich gehabt hatte und förderte neben ein paar Kupfermünzen nur noch einen zweiten Dolch zutage, der mit getrocknetem Blut besudelt war.

»So, das war's«, sagte Galba, »wir haben den Mörder, äh, die Mörderin; und wer sie ist, kriegen wir schon noch heraus; man hat da diese und jene Methode, verstockte Verbrecher zum Reden zu bringen. Immerhin darf ich dir, lieber Rufus, dafür danken, dass wir sie so rasch haben verhaften können; wie du das allerdings zuwege brachtest, ist mir immer noch ein Rätsel.«

Rufus gähnte herzhaft und sagte:

»Das zu erklären, braucht einige Zeit; jetzt aber ist es spät in der Nacht oder besser: früh am Tage; komme gegen Mittag zu mir und lass dir einen schmackhaften Happen auftischen; bis dahin hoffe ich, den letzten Unklarheiten zuleibe gerückt zu sein, denn es gibt da noch Dinge, deren Bedeutung du nicht ahnst; habe also Geduld, und auch du, mein lieber Doktor!«

---

37 Die genannte Wegstrecke beträgt immerhin rund einen Kilometer.

42

Galba versprach, pünktlich zur Mittagsstunde bei Rufus einzuschneien und verschwand dann in Dienstgeschäften innerhalb des Kerkers, während wir uns auf den Heimweg machten; das erste Grau zeichnete sich bereits am östlichen Himmel ab.

***

Gegen Mittag gelangte Galba zu uns; wir hockten uns in die Korbsessel, rund um Rufus' kleinen Tisch, auf dem seltsamer Weise neben einem geöffneten Tintenfass und einem frisch zugespitzten Schilfrohr ein kleiner Hammer blinkte; der Küchenmeister setzte uns stark verdünnten Wein und ein paar nette Häppchen vor; der Hauptmann war allerbester Laune und sprudelte nur so vor Geschwätzigkeit:

Seine Bemühungen, sagte er, die Identität der eisern schweigenden Täterin zu lüften, sei erfolgreich gewesen:

Flava oder Flavilla (Blonde-Blondchen) werde sie genannt, eine auffällig große Frau; sie gehe seit einiger Zeit im Afrikaner-Viertel ein und aus; gewisse Männer, so hieß es, hielten sie gegen gewisse Dienste über Wasser; früher habe sie in durchaus ehrbaren Verhältnissen gelebt und sei eine geschickte Bildhauerin gewesen, dann aber völlig ausgeflippt und habe einmal schon im Knast gesessen, und zwar wegen schwerer Körperverletzung; sie gelte insgesamt gesehen als aggressive Person, mit der nicht gut Kirschen zu essen sei ...

Weshalb sie die Büsten zerstört hatte, habe er nicht ermitteln können, und sie schweige dazu wie das Grab; freilich halte er es für gut möglich, dass sie die sechs zerstörten Skulpturen persönlich gegossen hatte, denn sie war damals noch beim Bildhauer Josephus Levi, einem Judäer übrigens, angestellt, den sie, wie er mir versicherte, einmal sogar beklaut hatte; leider aber könnten die Scherben keine Auskunft darüber geben, wer genau der Hersteller des Kunstwerks gewesen war ...

»Da bin ich anderer Meinung«, murmelte sich Rufus in den Dreitagebart hinein, der Galbas Bericht mit größter Geduld gefolgt war, obwohl er all dies ja längst schon wusste; und ich sah ihm an, dass er in größter Unruhe war und voller Ungeduld irgendwelcher neuer Dinge harrte, um plötzlich erregt aus seinem geliebten Korbsessel aufzuspringen:

Schwere Schritte polterten durch das Ostium und hinein ins Atrium; es war der Janitor oder Ostiarius, der einen wohlbeleibten Herrn zu uns hinein geleitete; er hatte ein rötliches Gesicht mit Pausbacken, sah aus freundlichen Schweinsäuglein zu uns herüber und schlenkerte eine große Tasche aus Segelstoff in seiner linken Hand; fragend gingen seine Blicke von einem zum anderen, bis er zielsicher auf Rufus zu trat:

»Sei gegrüßt, edler Herr Aemilius Paulus; seid auch ihr gegrüßt, meine Herren!«

»Auch ich grüße dich, edler Herr Pompeius Magnus aus Tibur, wenn ich mich nicht irre; dies hier ist mein Adjutant Sokrates, und das da Hauptmann Galba; darf ich dir einen Sessel und eine kleine Erfrischung anbieten.«

»Aber gerne«, sagte Pompeius und setzte die Tasche, in der sich ein schwerer runder Gegenstand befinden musste, auf den Tisch, um einen tüchtigen Schluck zu schlürfen:

»Und ich bitte gnädigst um Entschuldigung dafür, dass ich mich ein Wenig verspätet habe, aber meine Kutsche blieb im Menschengewimmel an der Porta Labteana[38] stecken und ich musste zu Fuß weiter gehen; oh, und das bei dieser Hitze! Und hier in der Tasche steckt die Gipsbüste, werter Herr, welche du mir abkaufen willst, oder irre ich mich?«

»Keineswegs; es ist so«, sagte Rufus.

»Gut, lieber Herr Paulus, du bietest mir brieflich zwölf Denare (Silbermünzen) für den Caesar-Kopf, zuzüglich sechs Denare als Reisekosten; hast du das wirklich ernst gemeint?«

»Natürlich; ich stehe zu meinem Wort.«

»Doch dann darf ich meine doppelte Verwunderung aussprechen: Woher wusstest du eigentlich, dass ich im Besitz einer solchen Skulptur bin? Und bist du auch darüber im Bilde, dass ich dafür nur zwölf As (Kupfermünzen) gezahlt habe?«

»Das ist einfach zu erklären: Der Händler sagte mir, dass er sein letztes Exemplar an dich verkauft habe; und wenn ich bereit bin, dir das Zehnfache des Preises zu zahlen, ist und bleibt das ganz und gar meine eigene Sache; immerhin ehrt es dich, dass du mir offen und ehrlich den ursprünglichen Preis genannt hast.«

---

[38] Östliches Stadttor; von dort aus geht die Fernstraße nach Tibur-Tivoli.

»Dann ist ja alles in Ordnung, lieber Herr Paulus; hier in der Stofftasche steckt die Skulptur; ich habe sie mitgebracht, und wir können an Ort und Stelle handelseinig werden.«

Mit diesen Worten öffnete er die Verschnürung, mit welcher der Beutel oben verschlossen war und setzte uns einen unversehrten Caesar-Kopf vor die Nase. Rufus türmte achtzehn nagelneue Silbermünzen auf- und übereinander, legte ein vorbereitetes Blatt Papyrus auf den Tisch und sagte:

»Lieber Herr Pompeius, gewiss ist dir schon zu Ohren gekommen, dass ich stets methodisch vorzugehen pflege; um also das Geschäft unumkehrbar zu machen, bitte ich dich, diesen kleinen Kontrakt da zu unterzeichnen, mittels dem du alle Rechte dieser Skulptur an mich abtrittst; Sokrates und Galba werden ihre Unterschriften als Zeugen hinzufügen.«

Eilig raffte Pompeius die Münzen zusammen und brachte sie strahlend in seiner Geldkatze unter; dann nahm er das Schilfrohr, tauchte die Spitze in die Tinte und unterschrieb den Vertrag; Galba und Sokrates folgten ihm in seinem Bemühen; Rufus rollte das Schriftstück zusammen, verschnürte es sorgfältig, träufelte aus einer Kerze flüssiges Wachs auf den Knoten und drückte ein Siegel in die rasch erkaltende Masse: »Vielen, vielen Dank, lieber Pompeius; ich darf dir noch einen angenehmen Aufenthalt in unserer Stadt wünschen; und dann grüße mir mein wunderschönes Tibur! Vielleicht erinnert man sich dort ja noch an mich.«

»Natürlich! Wie du damals den Mordfall Fimbria Fuscus[39] gelöst hast, einfach genial, das ist noch in aller Leute Munde; und nun: Meine Herren, lebt wohl!«

Pompeius wurde vom Ostiarius hinaus geleitet; Galba und ich sahen ihm erstaunt hinterher: War Rufus verrückt geworden, dieses billige Ding so teuer zu erstehen? Fragend blickte ich zu ihm hinüber, während er eilig Tinte und Stift beiseite räumte, den Caesar-Kopf auf das weißes Tuch stellte und ihn eine Zeitlang in Händen drehte; sein Gesicht nahm dabei einen überaus gespannten Ausdruck an:

Dann nahm er den Hammer und gab dem Diktator einen

---

39 Doktor Sokrates schildert die grausige Affäre zu Beginn seines Buches »Rufus und das Drama um die bezaubernde Virginia«.

heftigen Schlag mitten auf den Scheitel; die Skulptur zerbrach; Scherben rieselten über das Tuch:

Rufus nahm ein erstes, dann ein zweites Bruchstück in die Hände und hielt sie prüfend ans Licht; dann klaubte er noch ein drittes hervor, stieß einen heiseren Schrei des Triumphes aus und hielt uns die Scherbe vors Gesicht: Ein dunkelblauer, fast schwarzer Gegenstand stecke darin, ungefähr von der Größe und Form einer reifen Pflaume:

»Meine Herren«, schrie Rufus mit schriller Stimme, »das hier ist die verschollene Perle der Poppaea Sabina; der wertvollste Schmuck, den einst Kaiser Nero seiner Geliebten nur machen konnte; nachdem er Poppaea umgebracht hatte, nahm er sie wieder an sich; sie verblieb seitdem im Kaiserhaus.«

Verblüfft blieben Galba und ich noch für einen kleinen Augenblick im Korbsessel sitzen; dann erhoben wir uns und applaudierten dem Meister begeistert, und Rufus blühte auf vor Freude, denn in solch grandiosen Momenten verließ ihn die Bescheidenheit, welche ihn sonst so auszeichnet, und wie ein gefeierter Schauspieler des Theaters oder ein siegreicher Athlet des Stadions reckte er triumphierend die Fäuste gen Himmel:

»Es ist ganz gewiss die berühmteste Perle, die es jemals gab«, sagte er, »und nur die am höchsten gestellten Damen des kaiserlichen Hauses durften sie tragen; doch vor ungefähr einem Jahr verschwand sie unter nie geklärten Umständen aus dem Besitz der Kronprinzessin; und jetzt konnte ich ihren Weg rekonstruieren, von dem Entwenden bis zu ihrem Auftauchen in der Skulpturenmanufaktur des Josephus Levi.

Der Verdacht fiel von Anfang an auf die Zofe der Prinzessin, aber man konnte ihr nichts nachweisen; als man nicht mehr weiter wusste, riet unser Herrscher dazu, auch mich um Rat zu fragen, aber auch ich kam der Sache nicht auf den Grund.

Immerhin konnte ich ermitteln, dass die Zofe eine Schwester hatte; die beiden standen aber, so schien es, in keiner Verbindung; und beim letzte Nacht Ermordeten handelt es sich ohne Zweifel um das Opfer eben dieser Frau, die sich Flava nennt; in Wirklichkeit die Schwester der kaiserlichen Zofe.

Ich bin dann der Geschichte der Mörderin, nachgegangen und habe festgestellt, dass die Perle genau zwei Tage, bevor sie wegen einer Messerattacke ins Gefängnis gesperrt wurde, ver-

46

schwand; und die Bluttat ereignete sich in der Werkstatt des Levi Josephus, wo sie gerade mit dem Fertigen der ominösen Gipsskulpturen beschäftigt war:

Als ihr nämlich die Verfolger im Nacken saßen, darunter auch ich, wusste sie sich keinen anderen Rat, als die Perle im Inneren des Abgusses, den sie gerade fertigte, zu verstecken; und schon standen sieben gleiche Gipsköpfe zum Trocknen im Regal; wer sollte auf ein derart wunderbares Versteck kommen?

Kurz darauf kam es zum genannten Streit, und Flava wanderte für ein ganzes Jahr in den Kerker, während sich die Skulpturen in alle vier Winde zerstreuten.

Da sie als entlassene Straftäterin unmöglich wieder beim Judäer anfangen konnte, machte sie sich an einen Mann aus dem Afrikanerviertel heran, der zufällig bei Levi arbeitete, um herauszufinden, wohin die Skulpturen geliefert worden waren; vermutlich hat sie ihm alles im Bett ausgeplaudert; jedenfalls hatte der junge Spund keine Schwierigkeiten, das Erwünschte zu ermitteln, da Levi die Geschäftsbücher grundsätzlich nicht wegschließt.

So erfuhr unsere Flava, wer der oder die Einzelhändler waren bzw. sind und ermittelte den Aufenthaltsort aller sieben gesuchten Skulpturen.

Dann machte sie sich auf die Jagd nach den Einzelnen, ohne daran zu denken, dass ihr Liebhaber, der genannte junge Kerl, gar nicht dachte, den Gewinn mit ihr zu teilen.

Nachdem Flava – als Mann verkleidet – die erste Skulptur beim Händler und drei weitere beim Arzt zerschlagen hatte, schlich er ihr hinterher, um ihr die immer wahrscheinlicher werdende Beute beim fünften Versuch abzujagen, aber Flava war mit dem Messer zur Hand, bevor er sich den Gipskopf sichern konnte und schnitt ihm die Kehle ab; dann zerschlug sie den Abguss – einige Häuser vom Tatort entfernt.

Jetzt gab es nur noch zwei in Frage kommende Abgüsse, einen leicht erreichbaren in Rom und einen im entfernten Tibur; dass sie sich zuerst dem römischen Kopf widmen würde, war mir sonnenklar, und dabei haben wir sie dann festgenommen:

Die Perle ließ jedoch weiterhin auf sich warten; wenn meine Theorie stimmte, dann steckte sie im von Pompeius Magnus, dem Tiburtaner erworbenen Caesar; ich schickte ihm also einen Eilboten mit dem euch bekannten Kaufangebot; er kam; ich kaufte; und dann, ja dann ... mir zitterten die Hände, als ich zum Hammer griff; was wäre, wenn ich mich geirrt hätte?«

Rufus schwieg; wir schwiegen eine Zeitlang mit ihm, bis Galba das Wort nahm:

»Mein lieber Rufus, guter Freund! Wir haben schon manches Mal erfolgreich zusammengearbeitet; aber diesmal ... wie soll ich das nur sagen ... diesmal hast du dich selbst übertroffen; diesmal hast du uns ein Meisterwerk deiner Arbeit geliefert, das wohl kein anderer zustande hätte bringen können; im Namen des Tribunus Marcellus, auch wenn er noch nichts davon weiß, darf ich dich zur Feier deines Triumphes ins Revier einladen; und wie sich unser gnädiger Herrscher Traianus erst freuen wird!«

»Danke, vielen Dank, meine Freunde!«, sagte Rufus tief errötend, »doch jetzt an die Arbeit, lieber Sokrates!

Begib dich zum kaiserlichen Palatium und informiere die Familie über unseren aktuellen Fund; man möge einige Prätorianer[40] schicken, das wertvolle Objekt abzuholen; und richte unserer Majestät aus, es wäre mir eine Freude gewesen, ihm diesen unbedeutenden Dienst erwiesen zu haben!«

***

Auf den Triumph folgte die übliche Depression: Rufus verhockte den Tag in sinnlosem Brüten im Atrium; vergebens versuchte ich ihn aufzumuntern; all seine sprudelnde Energie, die er im abgeschlossenen Fall bewiesen hatte, war wie vom Winde verweht; trübsinnig stierte er zu Boden; er aß nichts und trank nur ab und zu einen Schluck Wasser ...

Da polterte Galba herein, setzte sich, leerte genießerisch einen Pokal, halb Wasser, halb Wein und sagte dann:

»Ich komme gerade vom Gericht, wo ich alle möglichen Aussagen machen musste; die Sache war natürlich klar; Flava oder Flavilla, wie immer sie sich auch nennt, hat gar nicht erst zu leugnen angefangen; und man hat ihre Schwester, die ehemalige Zofe, ebenfalls eingesperrt; auch sie fing gar nicht erst zu

---

40 Die Prätorianer stellen die kaiserliche Garde, eine Elitetruppe.

leugnen an und bekannte sich schuldig.« – »...und das Urteil?«, fragte Rufus tonlos und gähnte.

»Die ehemalige Zofe wurde der Mittäterschaft schuldig gesprochen; sie muss den Rest des Lebens in einem scheußlichen Kaff am Pontischen Meer[41] verbringen, wo sich einst unser dorthin verbannter Dichter Ovidius Naso zu Tode trauerte.

Die Flavilla aber, eine, wie sich jetzt auch noch herausstellte, entlaufene Sklavin, wurde wegen erwiesenen Diebstahls, Einbruchs und Mordes zum Tode verurteilt; in drei Tagen soll sie öffentlich gegeißelt und anschließend gekreuzigt werden; ich werde als Zeuge der Tat am Kreuz stehen müssen.«

»Oh, nein!«, entfuhr es mir.

»Hat ihr Herr denn keinen Einspruch geleistet?«, fragte Rufus, dessen Interesse jetzt geweckt schien. – »Nein«, sagte Galba, »er lebt nicht mehr und hat auch keine Verwandten hinterlassen; Flavilla gehört also dem Staat.«

»Sie darf nicht ans Kreuz genagelt werden, das süße arme Ding!«, fauchte ich wütend.

»Ach, da sieh mal an«, murmelte Rufus, »der gute alte Sokrates hat sich mal wieder verliebt; und das, obwohl das mörderische Biest auch noch Sommersprossen hat ...«

»Dir gefällt sie doch auch«, sagte ich trotzig.

»Ja, sie ist allerliebst, eine rechte Honigpuppe und langbeinige Venus, wären da nur nicht diese scheußlichen ...«

»Gut, sagte ich, dann lege gefälligst Berufung beim Kaiser ein; auf dich wird er hören.«

»Und was soll ich ihm vorschlagen? Soll er sie trotz allem, was sie angerichtet hat, laufen lassen?«

Ich flüsterte Rufus etwas ins Ohr; er rieb sich die Hände, kicherte und nickte zustimmend; Galba fauchte: »Hier wird nicht gemauschelt; ich will wissen, was ihr vorhabt; das ist auch meine Sache.« – »Du wirst schon sehen, mein Lieber, was wird«, sagte Rufus, »doch bis dahin üb dich in Geduld!«

---

41 Das Pontische Meer (heute: Schwarzes Meer) war als Verbannungsort gefürchtet; der berühmte Dichter Ovid flehte den Kaiser Augustus vergebens um Begnadigung an; verbittert schrieb er dann seine »Tristien« (traurige Gedichte).

***

Ein Monat mochte vergangen sein, als wir drei in der ersten Reihe des riesigen Flavischen Amphitheaters (Kolosseum) saßen, Galba links, Rufus in der Mitte und ich zu seiner Rechten; die Sonne des späten Nachmittags lastete auf dem Sonnensegel, das akrobatische Matrosen, hoch oben wie Insekten in einem Spinnennetz schwebend, bis auf ein Oval über der Arena zusammen gezogen hatten.

Auf die Tierhetzen des Vormittags, denen wir beizuwohnen nicht die geringste Lust verspürt hatten, waren jetzt die Meisterfechter der Gladiatoren angesagt, und als sie gleich zu Beginn in der feierlichen Pompa[42] an der Loge des Kaisers vorbei zogen, allesamt noch in einer langen weißen Tunika steckend, gab es für die übrigen Zuschauer, nicht für uns, eine unglaubliche Überraschung, denn in der Mitte der sieben Fechterpaare schritten mit stolz in den Nacken geworfenen Häuptern zwei Frauen daher; unsere Flavilla war unverkennbar eine der beiden ...

Nachdem sie allesamt den Kaiser mit ausgestrecktem rechtem Arm gegrüßt hatten, zogen sie sich über einen Aufzug wieder in die Katakomben des Amphitheaters zurück, während ein großer Ansage-Chorus hervor quoll, an die 150 Mann hoch:

Sie formierten sich zu einem kleineren Oval im riesigen Oval der Arena, die Gesichter dem Publikum zugewendet, formten Schalltrichter mit den Händen und brüllten dann unisono, von welcher Gattung das Paar sei, welches nun die Gala eröffnete:

Rufus gähnte und vergaß dabei, sich die Hand vor den Mund zu halten: Alle paar Tage weilt er im Ludus Magnus[43] der Gladiatoren, um sich entsprechend zu trainieren; stets sagt er,

---

[42] Pompa = Festzug, festlicher Zug; davon unser pompös: Vor Beginn der Kämpfe marschierten die Gladiatoren in feierlicher Weise auf, um sich vorzustellen.

[43] Ludus Magnus = Große (Gladiatoren-)Schule; ihre Reste sind neben dem Kolosseum zu finden; die Athleten konnten von dort aus durch einen unterirdischen Gang unmittelbar in die Kampfbahn gelangen; Arena heißt übrigens Sand: Sie war nämlich mit Sand beschichtet, den man, wenn er blutig geworden war, weg harken und durch neuen ersetzen konnte.

wenn er Lust auf den blutigen Ernst hätte, wäre er zweifellos einer der besten von ihnen; und er kannte die Schlagfolge seiner Kollegen in- und auswendig; der größte Teil des Nervenkitzels, den sie dem Publikum boten, war reines Schaugeschäft.[44] Erst zum Schluss, wenn die beiden Rudes (Schiedsrichter) den Befehl dazu gaben, wurde es ernst; sobald aber einer der beiden eine üble Verletzung eingesteckt hatte, wurde der Kampf abgebrochen und die Entscheidung über Leben und Tod dem Publikum überlassen:

Nur sehr selten verlangte man, dass sich der Unterlegene mit hingestreckter Kehle erdolchen lasse, denn dazu waren die Spitzenathleten viel zu wertvoll; auf die Verwundeten warteten unten in den Gewölben die besten Chirurgen ... – Nachdem wir die beiden ersten Paare hinter uns gebracht hatten – sie hatten prächtige Fechtkunst geboten, ohne dass einer der vier Kämpfer ernsthaft verletzt worden wäre – trat der Chorus wieder in die Mitte; auf ein Zeichen des Führers hin, brüllten sie unisono ins Publikum:

»Edles, unbesiegbares Volk von Rom! Unser allergnädigster Herrscher, Caesar Augustus Ulpius Traianus, präsentiert Dir nun Roms unbesiegte Gladiatorin Ursa (Bärin)! Sie wird dir die große Kunst des Secutors[45] vorführen.«

Aus dem seitlichen Aufzug trat eine mittelgroße Frau von kraftvoller gedrungener Figur heraus, um ihre Runde zu drehen und ins jubelnde Publikum zu winken: Sie trug den auch bei männlichen Gladiatoren üblichen äußerst kurzen Lenden-

---

44 Es gab auch die blutigen Gemetzel, wenn zum Tode Verurteilte, ohne jede Rüstung! aufeinander losgelassen wurden; kein feiner Bürger sah sich diesen Stumpfsinn an! Die artistischen Vorführungen der Profis hingegen waren auch bei Gebildeten äußerst beliebt; höchstens jeder 10. Kampf endete tödlich.

45 Damit ist schon alles gesagt: Der schwerbewaffnete und auf der Vorderseite so gut wie unangreifbare Secutor = Verfolger verfolgt den so bis auf den Lendenschurz nackten, dafür aber umso schnelleren Retiarius = Netzkämpfer; dieser schleudert zu Beginn des Kampfes ein Netz über den Secutor, der sich aber nur selten darin verfängt; dann kämpft er mit einem langen Speer weiter, der wie eine Heugabel in drei Zinken ausläuft; er muss versuchen, dem Secutur in den ungeschützten Rücken zu fallen; das ist seine einzige Chance.

schurz, während ein Mieder, das wie ein vergitterter Schlauch wirkte, die Wülste des Oberkörpers zu bändigen suchte; ihre Füße steckten in dick gepolsterten hohen Stiefeln; die aus ihnen heraus wachsenden Schenkel der Kämpferin strotzen vor Saft und Kraft; ihre Oberarme waren dicker als bei manch anderem das Bein.

Jetzt trat sie in die Mitte der Arena; ein Diener brachte ihr die Waffen: Den Kopf steckte sie in einen bohnenförmigen Helm, der ihn ganz umhüllte; kleine Sehschlitze nur durchbrachen die Wand aus Eisen; oben drauf steckten in kleinen Tüllen bunte Federn, die leicht und leise im Winde wehten.

Dann schnallte er ihr die Beinschienen an; sie schützen das Schienbein auf der Vorderseite bis ans Knie; zuletzt überreichte er ihr den Schild, ein ovales Ungetüm, das sie vom Kinn bis zum Knie unangreifbar machte und gab ihr ein kurzes Schwert in die rechte Hand; der Chorus trat wieder in Aktion: »Edles Volk von Rom! Und jetzt präsentiert Dir unser Kaiser den Tiro (Anfänger) Flavilla! Sie wird als Retiaria auftreten.« – Flava betrat nun die Arena, diese langbeinige Gazelle; ein feuerroter Lendenschurz umwehte ihre schmalen Hüften, als sie mit erhobenen Händen und wehendem Haar die Runde drehte; ansonsten war sie unbekleidet; Rufus murmelte vor sich hin:

»Ausgerechnet in diese Bohnenstange hat sich mein Kumpel verliebt; kaum zu glauben; diese lange Latte hat doch weder hinten noch vorne genügend Rundungen aufzuweisen, um uns Herren vom Hocker zu reißen; zum Glück muss ich aus dieser Entfernung nicht auch noch ihre Sommersprossen ertragen.«

»De gustibus non est disputandum«,[46] sagte ich frech grinsend, während der Arena-Sklave ihr das Netz, den Dreizack und einen Dolch überreichte: »Mir gefällt sie!«

Und schon nahmen Ursa und sie, einander gegenüber kauernd, Aufstellung:

Die Rudes[47] brüllten »accedite (greift an)!« und schon tummelten sich die beiden Frauen im Oval des Kolosseums; der Wurf des Netzes war vergebens; Ursa nahm die Verfolgung auf,

---

46 Lat. Spruch: »Über Geschmäcker kann man nicht streiten«.

47 Rudis = Stock; der Arena-Schiedsrichter trug einen Stock in der Hand; davon erhielt er seinen Namen (Plural: Rudes; es waren i.d.R. zwei).

aber Flava war zu schnell, um sich stellen zu lassen; so dauerte der Kampf längere Zeit, ohne dass Nennenswertes geschah.

Auf Befehl der Rudes betrat nun eine Hundertschaft der Armee die Arena, und die Soldaten bildeten, Schild an Schild, eine erheblich verkleinerte Kampfbahn; Flava müsste sich jetzt dem Kampf stellen, da ihr die Weite der Arena nicht mehr zur Verfügung stand, und das tat sie denn auch:

Im Unterschied zur Secutrix (Verfolgerin) war sie noch ziemlich frisch, tänzelte eine Weile vor ihr hin und her, sie mit dem Dreizack auf Distanz haltend, umging sie dann mit einem plötzlichen Sprung und stieß ihr die Waffe in den Rücken:

Ursa schrie auf, entsetzlich, ließ Schild und Schwert fallen und streckte den rechten Zeigefinger[48] nach oben; wir drei brüllten sofort unser einstudiertes »mitte – mitte – mitte! (lass sie laufen)«, und die Mehrheit der Zuschauer schloss sich an.

Kaum noch konnte sich die Unterlegene auf den Beinen halten; sie blutete heftig; zwei Sklaven stürmten mit einer Trage herein und legten sie darauf; dann eilten sie mit ihr im Sturmschritt zum nächsten Aufzug, während andere Sklaven den blutigen Sand in Körbe harkten und durch frischen ersetzten.

»Für den Anfang nicht übel«, sagte Rufus, der im Aufzug verschwindenden Siegerin hinterher sehend:

»Ich denke, die lange Dürre hat Chancen auf eine Karriere; doch jetzt genug davon; ich mache mich aus dem Staub.«

Mein Freund erhob sich und ging, während sich das vierte Fechterpaar Kaiser und jubelndem Publikum vorstellte; Rufus kann diesen Spielen leider nichts abgewinnen; Galba und ich hingegen blieben bis zum Schluss der Vorstellung; es gab heute keine Toten, und auch Ursa, das erfuhr ich freilich erst etliche Tage später, hat die Verletzung überlebt und bereitet sich jetzt auf das nächste Gefecht vor ...

***

»Aus einem lehrreichen Fall hast du wieder einmal einen Roman gemacht«, sagte Rufus, »und statt der glasklaren Folge meiner logisch angeordneten Gedanken zu folgen, gefällst

---

48 Diese drei Dinge sind nach den Arena-Regeln die Aufgabe.

du dir darin, dem Leser möglichst viel Sand in die Augen zu streuen, und das nur, um ihm, dem nunmehr völlig Verwirrten, einen überraschenden Schluss zu präsentieren, garniert auch noch mit deinem Gladiatorenwahn, während ich von vorn herein Bescheid wusste und das Übrige nur alltägliches Klein-Klein des Detektivs war, lediglich der übliche Sisyphos,[49] denn kaum hatte ich den Fall dieser Perle hinter mir, was mein Konto übrigens prächtig hat anschwellen lassen, bat mich Freund Galba in einer Mordserie um Hilfe.«

»Meinst du die Geschichte mit dem berüchtigten Frauenmörder in der Subura, diesen sensationellen Fall, welchen die Stadtwache ohne deine Hilfe zu lösen außer Stande war?«

»Genau diesen Fall«, sagte Rufus gähnend, und worum es sich dabei handelte, lieber Leser, will ich Dir im Folgenden berichten; auch wenn ich mir sicher bin, dass Rufus meine Art des Erzählens, wie üblich, als unwissenschaftlich beurteilen wird, werde ich alles in der dritten Person wiedergeben:

---

[49] Sisyphos (Sage) muss im Jenseits einen Felsen auf einen Berg rollen, aber unmittelbar vor dem Gipfel entgleitet er ihm und rollt wieder zutale, jedes Mal!

2. Der Frauenmörder in der Subura

2.1 Die Subura

Lieber Leser, dass unser Ewiges Rom auf sieben Hügeln errichtet ist, weiß jedes Kind; aber wo Hügel sind, muss es auch Täler geben, und in das bemerkenswerteste von ihnen habe ich dich bereits oben mit dem Bericht über die zerschlagenen Caesar-Büsten entführt; es ist die Subura, die den Hintergrund auch für die unten folgenden Geschehnisse abgibt:

Sie liegt im Fadenkreuz sämtlicher Diagonalen, welche man durch den Plan der riesigen Stadt ziehen kann, also im Herzen des kaiserlichen Roms und ist an seiner Südseite vom Argiletum flankiert, wo mein Freund Rufus zu Hause ist, ungefähr dreihundert Doppelschritt nördlich des Großen Amphitheaters (Kolosseum) gelegen, ein Viertel voll von sprühendem Leben in seinen unübersichtlichen engen Gassen; alles mit lärmenden Läden, Werkstätten und Kneipen vollgestopft:

Tagsüber drängen und tummeln sich dort Tausende, und nicht einmal nachts erlischt das Leben, wenn bestimmte Damen leicht bekleidet vor grell erleuchteten Wirtschaften stehen, deren Inhaberin sie zugleich sind, um den Gästen gelegentlich noch etwas mehr als nur Speis und Trank anzubieten.

Wo viel Leben, da blüht auch das Verbrechen, und ohne das stete Einschreiten unseres tüchtigen Hauptmanns Galba, dem die gesamte Subura untersteht, käme es dort regelmäßig zu Mord und Totschlag, denn neben den festungsartig gesicherten Palästen weniger Reicher beherbergt diese Gegend vor allem die ärmlichen Mietshäuser des Populus Minutus (Kleinen Mannes), der sehen muss, wie er durchkommt:

Oft ragen die Gebäude dort bis zu sechs Stockwerke empor, und nur wenige Hausbesitzer stellen nachts ein Lämpchen ins Erdgeschoss-Fenster, um der trüben Gasse das Unheimliche zu nehmen, denn die Fronten sind so himmelhoch, dass selbst Frau Luna mit ihrem bleichen nächtlichen Licht nur selten herein scheint:

Ebenda kam es zum ersten Vorfall, der ganz Rom vor Entsetzen erstarren ließ; und als sich die Dinge dann häuften, geriet unser Freund Galba an den Rand des Wahnsinns, denn der berüchtigte Täter ließ sich nicht fassen, ja, man hatte nicht die geringsten Anhaltspunkte, wer es sein könnte und die Stadtwache, angeführt vom Tribunus Marcellus, tappte im Dunklen ...

2.2 Der erste Mord

Es war am sechsten Tag vor den Kalenden des Augustus im zweiten Jahr der Tribunizischen Gewalt[50] unseres gnädigen Caesar Ulpius Traianus; Rom litt wieder einmal unter einer unerträglichen Hitzewelle, und alles, was Rang und Namen hatte, war aus diesem brodelnden Kessel nach Baiae[51] ans Meer geflüchtet; die Masse aber musste in den grauen Mauern der Stadt ausharren, und an Schlaf war kaum noch zu denken.

Als sich die ersten Schatten über die Subura senkten und der Hitze des Tages eine leichte Brise folgte, stürzten sich die Bewohner aus ihren stickigen Häusern heraus und ins Gewimmel der verwinkelten Gassen hinein; überall erwachte das Leben zu pulsierender Heftigkeit; an allen Ecken und Enden Leben, Lärm und Musik, und noch die Theke der letzten Caupona (Eck-Kneipe) war von einer dicht gedrängten Traube durstiger Menschen umdrängt; eine dieser Wirtschaften, das »DOLIVM VINI« (Weinfass), wurde von einer krausköpfigen Dame[52] be-

---

50 Die sonst so praktischen Römer haben eine unmögliche Art des Kalenders: Die »Kalendae« bezeichnen den ersten Tag des Monats; da man stets rückwärts rechnete und jeden Tag mitzählte, haben wir jetzt den 27. Juli; die römischen Kaiser zählten ihre Regierungszeit mit der Zahl der Jahre, in denen sie die »Tribunizische Gewalt« inne hatten, da sie sich als »Volkstribune« verstanden; indem Trajan im Jahre 98 n. Chr. Kaiser wurde, haben wir jetzt das Jahr 100.

51 Baiae: berühmte »Kurstadt« am Meer, zwischen Misenum und Puteoli (nw. Neapels); Augustus hatte ihr einen schönen Hafen geschenkt; Baiae war berühmt durch seine Mineralquellen und Schwefelbäder; im Sommer von Badegästen frequentiert; manche kritisierten die lockeren Sitten dort; in der Gegend hatten viele reiche Römer ihren privaten Sommersitz.

52 Das Betreiben von Herbergen und Wirtschaften durch Damen war im kaiserlichen Rom gang und gäbe; der Römer Apuleius berichtet in seinem Roman von solch einer Frau, die nebenbei die männlichen Gäste vernascht; man nennt sie »Meroe«, was wohl von »Merum – unverdünnter, reiner Wein« abgeleitet ist.

trieben, die aufgrund ihres fast schwarzen Teints den Spitznamen »Merula« (die Amsel) erhalten hatte, unter dem sie stadtbekannt war:

Sie war mittelgroß und von üppiger Gestalt; ihre Art, sich zu kleiden, lediglich als »leicht« zu bezeichnen, sollte schmeichelhaft sein, und manche Bewohner der Subura sagten, indem sie fürchterlich übertrieben, wenn diese mannstolle Person nur die Schuhe ablegte, sei sie bereits nackt:

Die Männer jedenfalls liebten sie ebenso innig, wie manch eine Frau der Gegend sie hasste, aber das ist nun einmal die uralte Tradition dieses seltsamen Roms, dass der Mann sich außer Hauses straflos und folgenlos mit solchem Gelichter verlustieren darf, wenn er nur wieder brav nach Hause kommt und sich dort, ohne zu murren und knurren, der absoluten Herrschaft seiner Ehefrau unterordnet ...

Am oben genannten Tag verließ die »Amsel« ihre Wohnung, aufgrund der Hitze nur in eine kurze, nicht gegürtete Männertunika[53] gehüllt, die klobigen Füße in roten Flipflops steckend; fest geschnürte Sandalen hätten ihr vielleicht das Leben gerettet ...

Sie stieg dann die fensterlose muffige Treppe, aus ihrer trostlosen Kammer im fünften Stock einer Insula[54] kommend, hinunter, um sich, unten angekommen, durch die bereits in Düsteren verschwimmenden Gassen der Subura hindurch in die belebte Hauptstraße zu ihrer Kneipe zu winden, die sie um diese Jahreszeit stets erst bei Einbruch der Nacht aufzusuchen pflegte.

Dort stand sie gewöhnlich samt ihrem Koch und einem Kellner, beides ihre Sklaven, hinter der ein nach hinten offenes Rechteck bildenden Theke zu stehen, um die erwartungsfrohen Gäste zu bedienen, bis es einen der Herren gelüstete, auch das mit Plüsch ausgekleidete Hinterzimmer kennen zu lernen; doch heute kam die Merula nicht mehr an das Ziel, denn eine im schwarzen Mantel gespenstisch vermummte Gestalt heftete sich hartnäckig an ihre Fersen und huschte ihr beinahe lautlos

---

53 Der geneigte Leser stelle sich ein ärmelloses nicht geknöpftes Hemd vor.

54 Insula = Insel; städtebaulich sind Wohnblocks gemeint, die wie eine Insel auf allen vier Seiten von Straßen oder Gassen flankiert sind.

über das unregelmäßige Großssteinpflaster hinterher, immer, immer näher kommend ...

Als die Merula den Atem der Bestie heiß im Nacken verspürte, ohne sich umdrehen zu können, geriet sie in Panik und wollte um Hilfe schreien, aber der Hals war ihr trocken wie der Staub der Wüste; ferner war weit und breit niemand außer dem Verfolger zu sehen; wer also sollte ihr noch zu Hilfe kommen können? Und immer näher das dumpfe Plopp-Plopp der Schritte und Tritte; die Merula begann jetzt, aus Liebeskräften davon zu rennen, während eine glühende Woge ihren Körper überflutete; sie verlor dabei in der Hast die Flipflops und stieß sich die Zehen an den zackigen Kanten der überall von unseren faulen Sklaven so miserabel verlegten Platten blutig ...

Aus dem nämlichen Grunde holte sie der Verfolger, den Kopf in einer Kapuze verborgen, rasch ein, schon deshalb, weil die Merula ein üppiges Leben gewohnt und seit Jahren nicht mehr gerannt war; schon bald blieb ihr die Puste weg; keuchend stand sie nun auf der Stelle; die üppigen Wülste ihres Oberkörpers wogten wie das sturmgepeitschte Meer; schon entwich ihr pfeifend der Atem; jetzt hatte er sie eingeholt; sie erstarrte vor Entsetzen; jede Gegenwehr blieb aus:

Er packte sie von hinten und hielt sie mit dem linken Arm wie in einem Schraubstock fest, während sie die Arme wehrlos sinken ließ; dann setzte er ihr das Messer an die Kehle; wie Rufus später herausfand, war es eine Sica, dieses doppelschneidige Mordinstrument mit seiner gewellten Klinge, welches unsere Legionäre im Nahkampf verwenden.

Die Merula fand gerade noch genügend Zeit, wie verrückt zu kreischen, während der Angreifer seine Arbeit in eisigem Schweigen oder leisem Kichern machte; dann ging ihr Schreien in ein Wimmern über, bis ihr ein letzter Atem aus der aufgeschlitzten Kehle entwich, durch welchen sie den Geist[55] verblubberte:

Der Mörder hatte ihr den Hals abgeschnitten und ließ sie sanft zu Boden gleiten; rasch breitete sich über dem Pflaster

---

[55] Typisch römische Vorstellung: In der Sekunde des Todes blubbert die Seele durch den Schlund und Mund nach draußen, um das Weite zu suchen; auf Lateinisch: »animam rebullire – Seele rausblubbern«.

eine Blutlache aus; zuletzt schlitzte er ihr das Hemdchen auf und zerrte die Stoffbahnen weit auseinander ...

Jetzt endlich kam Leben in die Gasse: Von beiden Seiten stürzten die Passanten herbei; viele hatten Fackeln dabei, welche die Szene gespenstisch beleuchteten; manch einem mochte es dabei so vorkommen, als schnitte die Tote irre Grimassen; man schrie, »haltet den Mörder« und verfolgte den Vermummten, der sich in riesigen Sprüngen von der Walstatt entfernte und in eine enge Seitengasse einbog:

Schon waren ihm einige Männer dicht auf den Fersen, da verschwand er spurlos, wie von Geisterhand ausgelöscht, und die Leute, welche von beiden Seiten in diese städtische Schlucht hinein geeilt waren, starrten einander ins Gesicht, von unerhörtem Grauen geschüttelt.

Dann kam Galba mit seinen Soldaten; er war zu spät gekommen und konnte nichts anderes tun, als die Ermordete in den Eiskeller des Reviers schleppen zu lassen; am nächsten Tag erst fand er heraus, dass es die vermisste Merula war; er kannte sie flüchtig, freilich nur dienstlich, und das auch nur höchst oberflächlich; immer, wenn es in ihrer Kneipe zu einer Schlägerei gekommen war, hatte er mit ihr zu tun gehabt und weinte ihr keine Träne nach; zu seinem Vorgesetzten, dem Tribunus (Offizier) Marcellus, sagte er mit sardonischem Grinsen, der Orcus[56] sei von Ihresgleichen übervölkert.

Am nächsten Tag, dem nunmehr fünften vor den Kalenden des Augustus, machte er sich eifrig daran, all die Personen, welche das Drama irgendwie mitbekommen hatten, zu vernehmen; aber so große Mühe er sich auch gab, er kam keinen einzigen Schritt weiter: Die Beschreibung des Täters war so vage, dass sie auf fast alle Römer gepasst hätte: Ein recht großer Kerl, der in einer langen schwarzen Caracalla[57] steckte, die nach oben in der üblichen Kapuze auslief, dank derer er sein Gesicht vollkommen verbarg; immerhin stellte es sich bald heraus, warum der Mörder so spurlos hatte verschwinden können und dass es

---

56 Orcus: Ort der Verdammten, die Hölle der Römer.

57 Caracalla: Kapuzenmantel der Gallier; ein späterer Kaiser, der sie gerne trug, erhielt davon seinen Spitznamen, unter dem man ihn noch heute kennt, insbesondere durch die von ihm errichteten großartigen Caracalla-Thermen.

mit durchaus natürlichen Dingen zugegangen war: An eben der Stelle, wo ihn die Häscher aus den Augen verloren hatten, führt nämlich eine winzige Treppe, so schmal, dass man einem entgegen Kommenden in den nächsten Hauseingang hinein ausweichen muss, steil zwischen zwei hohen Häusern angeordnet, zum Hügel Viminalis[58] hinauf:

Genau durch diese Lücke musste er geflüchtet sein und war gewiss so ortskundig, dass er sich auch im Dunkeln dort zurechtfand; vielleicht, so dachte Galba, wohnte er ja da oben auf der luftigen Anhöhe und gehörte demgemäß eher zu den betuchten Bewohnern Roms; ferner war einer der ersten Gedanken, welche er hegte, dass es sich beim Mörder um eine Person handeln könnte, der etwas gegen diese besondere Art von Frauen hatte, aus welchem Grund auch immer; aber das waren vorerst nur vage Vermutungen die ins Leere gingen:

Galba klapperte dann das persönliche Umfeld der Gemeuchelten ab, wiederum, ohne fündig zu werden; die Merula hatte keine Familie, keine Verwandten; die von ihr gemietete Kneipe war beliebt und gut besucht; sie habe gewiss keine persönlichen Feinde gehabt, sagten übereinstimmend der Koch und der Kellner aus; nicht wenige Männer mochten sie persönlich; sie war eine stets fröhliche und muntere Erscheinung gewesen, kurz: Unter all ihren Gästen und Kunden herrschte Bestürzung und Trauer.

2.3 Der zweite Mord

Wie ein Lauffeuer hatte sich die schreckliche Nachricht über und in ganz Rom verbreitet; die Acta Diurna brachten einen aktuellen Bericht heraus, in dem Hauptmann Galba sich dahin gehend äußerte, dass hier vermutlich ein Geistesgestörter am Werk gewesen sei, angetrieben von wildem Hass auf die Frauen vom sogenannten ältesten Gewerbe; und er riet diesen Damen, ganz besonders auf der Hut zu sein …

An eben diesem Tag war ich zufällig bei Lucius Aemilius Paulus, genannt Rufus, zur Cena (Abendessen) eingeladen; bis vor Kurzem hatte ich noch in meiner eigenen Wohnung mit mei-

---

[58] Der Hügel Viminal liegt nördlich und nordöstlich der Subura.

ner zweiten Frau zusammen gelebt; nach der Scheidung war ich dann endgültig zu meinem Freund ins Argiletum gezogen, um sein Mitarbeiter zu sein: Noch leuchtete die Sonne rötlich ins Atrium hinein, in welchem wir bei einander saßen, als Rufus sagte:

»Hast du schon von diesem Frauenmord gehört?«

»Gewiss, gewiss«, sagte ich, »Freund Galba hat sich der Sache angenommen; er vermutet, dass es ein Dirnenhasser war, einer, der insbesondere fette farbige Huren verabscheue; das las ich gerade eben in den Acta Diurna; den Bericht hat übrigens, jetzt musst du lachen, ein gewisser Hircus[59] verfasst.«

»Ich habe seine ungemein seichten Ergüsse ebenfalls genossen; mein Diener schreibt mir stets das mich Betreffende ab; als ich es las, musste ich feststellen, dass Galba wieder einmal den letzten Blödsinn angestellt hat.«

»Das verstehe ich nicht; er hat doch alles aufs Genaueste untersucht; der Täter hat leider keinerlei Spuren hinterlassen; man weiß nicht einmal, wie er aussieht; er steckte nämlich in einer Caracalla, das Gesicht vollkommen verhüllt; und außerdem finde ich Galbas Schlussfolgerung plausibel.«

»Sagen wir lieber«, knurrte Rufus, »er hat keine Spuren entdeckt; er hat ja nicht einmal gefragt, welcher Typ der Caracalla getragen wurde; ich könnte dir auf Anhieb drei aufzählen, und es gibt hier in Rom nur zwei Schneider, die das gallische Kleidungsstück herstellen; ich bin bekanntlich Gallier, aber eine Caracalla hab' ich nicht und mag ich nicht, wüsste aber zu sagen, wo sie zu beziehen wäre; ferner hat er sich keine Mühe gegeben, den, wie ich las, langen Schnitt an der Kehle des Opfers auf die Art der Waffe hin zu untersuchen ...

Wir kennen unseren guten alten Galba ja; er ist auf seine Weise recht tüchtig, ein verdammt zäher Bursche und unermüdlicher Verbrecherjäger, aber es fehlt ihm an Vorstellungs- und Kombinationsgabe; auf dem linken Auge ist er blind und mit dem rechten sieht er nichts; es wäre besser gewesen, er hätte mich unmittelbar hinzu gezogen: Warte nur ab, Freundchen, er tanzt bald hilfeheischend bei uns an! Spätestens morgen

---

59 Es sollte doch wohl derselbe Journalist namens »Hircus = Bock« sein, der uns schon oben im Fall des Caesar-Hassers begegnet ist, oder?

zum Ientaculum (Frühstück). – Ferner ist seine Schlussfolgerung, der Täter sei hinter Huren her, voreilig, ja, unverantwortlich und eine Katastrophe; nie im Leben hätte er solch einen hanebüchenen Unsinn daher quatschen dürfen; wenn wir also heute Nacht, wie ich das erwarte, den nächsten Frauenmord zu verzeichnen haben, geht das indirekt auf seine Kappe.«

»Was soll daran unverantwortlich sein, wenn er vermutet, irgendein Mann habe es auf Prostituierte abgesehen? Mir jedenfalls leuchtet das ein; schließlich war es eine Dirne, und indem er ihr das Kleid von oben bis unten aufschlitzte, so dass sie nackt und bloß auf dem Pflaster lag, hat er uns doch wohl mitgeteilt, dass er dieses Gewerbe verabscheue, oder?«

»Nun, wie auch immer, er hat jetzt seine Meinung, seine vage Vermutung ausposaunt; und was würdest du nun an Stelle des Mörders tun, wenn deine gesteigerte Mordlust, wie leider zu erwarten, noch längst nicht gestillt wäre?«

»Hm«, sagte ich, »wahrscheinlich hätte ich den verfluchten Ehrgeiz, es dem naseweisen Hauptmann tüchtig zu zeigen; wenn ich schon mordete, dann auch spektakulär und möglichst unter den Augen der Stadtwache, denn nur so kann ich aus dem Schatten der elenden Bedeutungslosigkeit, welche mich umfängt, heraus treten und endlich zum Thema der Acta Diurna werden:

Ich jedenfalls, hihihi, mordete diesmal zur Abwechslung eine schlanke Blondine oder Brünette, eine mit leuchtend weißer Haut, eine, die nichts mit dem horizontalen Gewerbe zu tun hat, weil ja ab sofort alle farbigen vollschlanken Nutten auf der Hut vor mir und meinesgleichen sind; damit bekunde ich dem Hauptmann, dass ich mich lustig über ihn mache; ansonsten wie gehabt, damit man meine Handschrift erkennt und sieht, dass es derselbe Täter ist: den Hals abschneiden, von Ohr zu Ohr, und dann das Kleid aufschlitzen.«

»Siehst du nun«, sagte Rufus triumphierend, »was Galba da angerichtet hat? Und außerdem danke ich dir für dein ärztliches Dossier; du hast uns in deiner großartigen Gabe, dich in andere hinein zu denken, das Psychogramm des Täters erstellt:

Er will mit seinen Morden Aufsehen erregen; er möchte unbedingt im Mittelpunkt stehen; er gedenkt, sich in seiner frisch errungenen Wichtigkeit zu sonnen und allen, die ihn einst verachtet haben, vergessen machen, dass er im bisherigen Leben nichts als ein Würstchen war, nicht wahr, Herr Doktor?«

»Genau so und nicht anders habe ich es gemeint«, sagte ich, und ich sagte dann:

»Dieser Mann hat längere Zeit, vielleicht schon zwanzig oder dreißig Jahre gelebt, ohne sich das Geringste zuschulden kommen zu lassen; aber dann hat er – die nächste Nacht mitgerechnet – gleich zweimal hintereinander gemordet und wird weiter morden, wenn man ihn nicht dingfest macht; die Frage ist nun für mich, den gelernten Mediziner, was diese neue Haltung ausgelöst hat, warum er gestern plötzlich von einem ehrenwerten Mitbürger zur Bestie geworden ist; ganz gewiss ist sein Seelenleben im Aufruhr:

Leider besitzen wir Wissenschaftler noch zu geringe Kenntnisse, um solche Dinge schlüssig zu erklären; aber dass irgendein die Veränderung auslösender Schock dafür verantwortlich zeichnet, ist bei uns Ärzten unumstritten.

Dieser Mord und der von dir vorhergesagte unterscheiden sich nämlich fundamental von den gängigen Morden, bei denen der Täter aus nachvollziehbaren Gründen so handelte, beispielsweise, um zu Geld zu kommen oder aus Eifersucht; der Mord aus der vergangenen Nacht ist aber – logisch betrachtet – sinnlos.

Aus diesem Grunde neigen medizinische Laien dazu, in dem Täter einen Geistesgestörten zu vermuten, denn er handelt entgegen all unseren alltäglichen Mordphantasien, auf die nur deshalb keine Tat folgt, weil wir die Gesetze, die allgemeine Moral oder die Rache der Götter fürchten; so wird man sagen, wenn jemand Frauen, die er gar nicht kennt, hinschlachtet, um ihnen die Kleider aufzuschlitzen, dann ist er verrückt.

Nur wir Mediziner können durch eingehende Untersuchungen feststellen, ob das tatsächlich der Fall ist und durch welchen körperlichen Defekt der Geist des Täters umnachtet ist.

Meistens sind solche Mörder wie der gesuchte körperlich vollkommen gesund; es sind Menschen, wie sie uns zu Tausenden begegnen; jeder von ihnen oder von uns könnte eines Tages zum Mörder werden, wenn sie nur aus der Sinnlosigkeit und Öde des bedrückenden Alltags ausbrechen wollen.

Fast alle dieser Mörder galten – meist mit Fug und Recht

63

– in ihrer Umgebung als haltlos, minderwertig und bedeutungslos; man hat diesen Leuten die ihrer Meinung nach ihnen zustehende Beachtung verweigert, man hat sie unwillentlich gedemütigt; und dann brechen sie aus dem grauen Kerker des Alltags aus und machen mit einer vermeintlich großen Tat von sich reden:

Gaius Sallustius Crispus ist Roms erster großer Historiker und ich lese seine Werke gerne, obwohl ich Grieche bin: Schreibt er nicht im Vorwort seines Buches „Über die Verschwörung des Catilina" dass sich der gemeine Mann nicht oder kaum von den Vierfüßlern unterscheidet, die da ihren Lüsten ergeben seien? Ruft Sallustius nicht dazu auf, uns mit einer berühmten Tat ewigen Ruhm zu erringen?

Aber wem ist das schon gegeben? Wer schon kann ein großer Staatsmann, Feldherr der Schriftsteller werden? Aber ein spektakuläres Verbrechen kann jeder vollbringen, und die scheinbare Sinnlosigkeit hebt den Täter aus seiner bedrückenden Bedeutungslosigkeit heraus, ganz im Unterschied zu einem Täter, der ein moralisch verwerfliches Motiv hat; der Mann, den wir suchen, strebt mit seinen Taten zu den Sternen; er will, wie das Sallustius schildert, zu den Göttern gehören.

Um dies zu erreichen, muss er weiter morden; da gebe ich dir recht; er ist vom unbewussten Wunsch getrieben, von der Stadtwache verhaftet zu werden, denn nur im öffentlichen Prozess kann der Täter seiner Geltungssucht Genugtuung verschaffen, nur im Licht der Öffentlichkeit; absichtlich und freiwillig wird er sich freilich nicht fassen lassen; je länger er sein Spielchen mit der Polizei treibt, desto größer sein Triumph, wenn er schließlich vor dem Richter steht; manche dieser Leute atmen auf, wenn man sie endlich einsperrt.

Herostratos beispielsweise brannte den Weltwundertempel zu Ephesos nieder, wohl wissend, dass ihn dies aufs Schafott bringen würde, aber er wollte berühmt werden und ist es tatsächlich bis auf dem heutigen Tag geblieben.«

»Gut«, sage Rufus und legte die Fingerspitzen aufeinander, »wenn das so wäre, ließe er sich vielleicht genau damit zur Strecke bringen, mit seiner Eitelkeit und Geltungssucht; man müsste nur eine Scheinverhaftung vornehmen und den dafür anzustellenden Schauspieler die Verbrechen des wirklichen

Mörders offen und freimütig gestehen lassen; dann wäre der Bursche um seinen Ruhm gebracht und könnte einen Fehler machen.«

»Ja«, sagte ich, »das wäre eine Möglichkeit; in diesem Falle würde er sich tatsächlich um seinen Ruhm betrogen fühlen; und es gab vor Jahr und Tag einen Verbrecher, der sogar einen Brief an die Acta Diurna schrieb, als man den Falschen verhaftet und aufgrund fehlgedeuteter Indizien verurteilt hatte.«

»Und wie würde unser Mörder reagieren, wenn ein anderer an seiner Stelle ins Gefängnis geworfen würde?«

»Er sähe sich gezwungen, sofort einen neuen Mord zu begehen, koste es, was es wolle.«

»Ich denke, du hast recht; vielen Dank für dein medizinisches Gutachten; ich weiß jetzt einiges mehr über den Täter, vorausgesetzt, es kommt in der heutigen Nacht zum nächsten Mord.

Doch jetzt lass uns essen; Köchlein hat uns Herrliches aufgetischt; vergessen wir fürs Erste, dass es in Kürze erneut zu einem Frauenmord kommen wird; Galba dürfte die Wachen in der Subura verdreifacht haben, alle natürlich in Zivil, aber der Mörder wird ihn überlisten; spätestens morgen Vormittag sollte der Hauptmann hier einschneien.«

Nachdem wir gegessen hatten, begaben wir uns zur Ruhe; an richtiges Schlafen war freilich nicht zu denken; kaum nämlich war ich eingenickt, da träumte ich schon vom Mörder, der sich mit dem Messer in der Hand über irgendwelche Frauen stürzte, und ich wachte, vom Grauen geschüttelt, wieder auf.

Auch Rufus fand keine erquickende Ruhe, obwohl er sich doch sonst eines besonders gesunden Schlafes erfreute; mehrfach erhob er sich und pendelte unruhig im Atrium auf und ab, wie ein junger Jagdhund, der Witterung aufgenommen hat, aber im Käfig eingesperrt bleibt, denn was würde wohl in der Stille der Nacht in der nahe gelegenen Subura geschehen?

***

Rufus verlegte das Frühstück aus dem Triklinium ins Atrium, wo der Diener einen kleinen runden Tisch aufgestellt hatte, der auf drei löwentatzenartig geschwungenen ehernen Beinchen ruhte; drei Korbsessel standen um ihn herum; wir nahmen Platz; der dritte blieb unbesetzt; gerade wollte uns der Kellnersklave das Essen auftischen, als es am Ostium gegen die Türe polterte, und wenige Augenblicke später stampfte Galba herein, um sich wortlos in den verbliebenen Sessel fallen zu lassen:

Er sah fürchterlich aus: übernächtigt; tiefe Ringe unter den Augen; flackernde Augen; unregelmäßiger Atem; sozusagen frendens gemensque (zähneknirschend und stöhnend); Lippen bläulich zusammen gepetzt; die Mundwinkel fast schon auf dem Schlüsselbein ruhend; der Körper nach Schweiß stinkend; die Kleidung unordentlich; das Schuhwerk schmutzig vom Kot der Gassen; kurz: Er bot ein Bild des Jammers, während er mehrfach den Mund öffnete und dann wieder schloss:

»Sieh zu, dass du erst einmal ordentlich mit uns frühstückst«, sagte Rufus, »und dann wirst du wieder zu Kräften, zur Besinnung kommen; Sokrates und ich wissen schon, was geschehen ist; wir haben dich erwartet.«

»Niemand kann das wissen, einmal abgesehen von den unmittelbaren Zeugen«, murrte Galba tonlos.

»Gemach, gemach!«, sagte Rufus, »erst das Frühstück, dann der große Katzenjammer; lang' zu!«

Der Hauptmann ließ sich das nicht zweimal sagen; auf einem silbernen, einen Fuß breiten Discus lagen nämlich frisch geröstete und mit Käse überbackene Brotscheiben; daneben entkernte Pflaumen und Pfirsiche; ein großer gläserner Krug war mit warmem Wasser gefüllt, dem zur Veredelung des Geschmackes ein Schuss Süßwein beigegeben war:

Der entsprechende Diener füllte alle drei Becher, angefangen mit dem des Gastes; Galba leerte ihn auf einen Zug und ließ sich erneut einschenken; er hatte grausigen Durst; Rufus lächelte versonnen, während wir die kleinen Köstlichkeiten genüsslich verspeisten; Galba verschwand dann, ohne zu fragen, eilig in Rufus' wassergespülter Latrina, um sich zu erleichtern; schließlich kam er wieder zurück; seine Stimmung hatte sich aufgehellt; er hockte sich zu uns und sagte:

»Und was wisst ihr schon?«

»Nichts Genaues«, sagte Rufus, »nur in groben Zügen; soll ich es dir berichten? Du könntest uns dann mit Details aufwarten; das wäre nützlich.«

66

»Gut«, sagte Galba, erneut auf beiden Backen kauend, »fange du an; und zum Schluss vergleichen wir unsere Ergebnisse.«

»Schön«, sagte Rufus und legte die Fingerspitzen aufeinander, »du hast wirklich alles getan, was du deiner Meinung nach tun konntest:

Zunächst hast du sämtliche Huren in der Subura davor gewarnt, ohne Begleiter auszugehen; gewiss haben sie das beherzigt; zum Zweiten hast du alles, was in deinem Revier Beine hat, in Zivil gesteckt und in der Subura verteilt; dennoch ist es dem wieder in der Caracalla steckenden Unhold gelungen, eine Frau zu ermorden; diesmal keine farbige und keine Nutte; eine ehrbare Matrona (lat. für Ehefrau) glaubte an den Hurenhass des Mörders und fiel ihm gerade deshalb zum Opfer; wieder wurde ihr der Hals abgeschnitten und das Kleid aufgeschlitzt; wieder wurde keine Vergewaltigung vorgenommen, nicht wahr?

Er hätte sie ja, das Messer an den Hals gesetzt, zum Schweigen auffordern und in einen heimeligen Winkel dirigieren können, um sich an ihr zu verlustieren; aber das wollte er nicht, was ziemlich bemerkenswert ist ...

Und dann, als sie ihre letzten Schreie ausstieß, sind eure Leute endlich herbei gerannt, aber der ganz gewiss ortskundige Verbrecher hat sich in Nichts aufgelöst, wie gehabt.

Wie du siehst, lieber Galba, wissen wir alles, und das seit unseren logischen Folgerungen von gestern Abend; nur wüsste ich gerne, wer die Ärmste war und in welcher Gasse das Verbrechen diesmal stattfand.«

»Die noch junge Frau eines Handwerkers; Mutter zweier Kinder; Inter Corbifices[60] wird die winzige Gasse genannt.«

»Ach die«, sagte Rufus, der den gesamten Stadtplan im Kopf hatte, »dieses ewig finstere Gässlein mit seinen elenden Korbmacherwerkstätten, in dem man sich zwischen den Wohnblocks geradezu hindurch zwängen muss, und wehe, es kommt jemand entgegen; dann könnte es einem wie weiland dem großen Philosophen[61] ergehen; ihr kennt doch die Geschichte?

---

60 Wörtlich: zwischen den Korbmachern; also: in der Korbmachergasse.

61 Der heutige Leser mag die berühmte Anekdote um den Philosophen Sokrates vielleicht nicht kennen:
Als er einmal durch eine derartig einspurige Gasse ging, kam ihm ein ei-

Sie ist alt und allerliebst; immer, wenn ich durch eben diese Schlucht gehe, muss ich daran denken ... Nicht wahr, die Ermordete war von weißer Haut und hatte blondes Haar?«

»Ja, auch das stimmt; allerdings war sie dunkelblond und hatte dem Blond nicht nachgeholfen; ich habe das überprüft; das Haar hat keinen schwarzen Ansatz an der Kopfhaut.«

»Großartig!«, höhnte Rufus, »und zu welch weiteren Ergebnissen bist du gekommen?«

»Nun, einmal abgesehen von den schon genannten Unterschieden, wurde der Mord auf gleiche Weise verübt; wie du schon sagtest: Hals abgetrennt; Kleid aufgeschlitzt.«

»Womit?«

»Blöde Frage: mit einem Messer; er hat es natürlich nicht am Tatort liegen lassen.«

»Küchenmesser, Taschenmesser oder Sica der Armee, das wollte ich erfahren«, sagte Rufus.

»Woher soll ich das wissen?«

»Von der Art des Schnittes.«

»Was du nicht sagst; es ist ein glatter Schnitt; mehr ist nicht zu sehen.«

»Du meinst, mehr hättest du nicht gesehen; wenn die Ärmste bei euch noch im Eis liegt, hätte ich sie mir gerne einmal angeschaut; lässt sich das machen?«

»Darum bin ich ja hier«, sagte Galba tief seufzend, »denn wenn nicht bald etwas geschieht, findet der dritte Frauenmord statt; Marcellus, mein Tribunus hat mich schon zur Schnecke gemacht und wartet auf Erfolge; die Schreiberlinge von den Acta Diurna werden über mich und meine Männer von der Stadtwache nur so herfallen, wenn es so weiter geht, allen voran dieser widerliche Hircus, dieser ekelhafte hircus olens.«[62]

»Gut, gut«, sagte Rufus, »Sokrates und ich werden uns der

---

liger Passant entgegen gehastet und schrie: »Aus dem Weg, du Blödmann! Glaubst du vielleicht, ich mache einem Idioten Platz?«

Sokrates lächelte, zog sich in einen eingebuchteten Hauseingang zurück und sagte: »Im Unterschied zu dir mache ich das gerne.«

[62] »Hircus« bedeutet »Bock«; Galba macht aus den Namen des Mannes ein »hircus olens – stinkender Bock; Stinkbock«; Ziegenböcke stinken schrecklich.

Sache annehmen; freilich müssten wir dabei freie Hand haben; kannst du uns das zusichern?«

Aufatmend sagte Galba, es sei ihm alles recht, wenn nur dieses Morden endlich aufhörte; Rufus und ich standen auf, um uns frisch zu machen; dann begaben wir uns mi}t Galba aufs Revier; Roms Straßen lagen noch still, einsam und verlassen da; die Sonne war gerade erst aufgegangen; die Kutsche kam rasch voran; schweigend und ohne weitere Zwischenfälle gelangten wir zur Station, wo uns Marcellus schon mit geschwollener Rübe und grimmer Miene erwartete.

2.4 Auf dem Revier

Grußlos wortlos führte er uns die zwei Treppen hinunter ins Gewölbe des Eiskellers; ein Sklave begleitete uns, in jeder Hand eine lodernde Fackel; schließlich waren wir an diesem schaurigen Ort angekommen; etliche Leichen lagen da, die mit Planen bedeckt waren; Marcellus zog die eine von ihnen weg, unter der zwei leblose Körper gleichzeitig verborgen waren, beide auf dem Rücken liegend; ich sah hin und musste würgen; Rufus und Galba hingegen starrten stumm auf die beiden scheußlich zugerichteten kleiderlosen Körper hinab, die da auf und zwischen klein geschlagenem Eis gelagert wurden; unverkennbar waren es zwei ermordete Frauen, wie sie in Gestalt und Aussehen unterschiedlicher nicht hätten sein können:

Die eine war beinahe dunkelhäutig, von gedrungener Figur, eher klein als groß; Arme und Beine dick und kurz; der Körper schien nur aus übereinander liegenden Wülsten zu bestehen; Doppelkinn; dicke Lippen, breite Nase, krauses kurzes Haar.

Leuchtend weiß die Haut, das schulterlange Haar dunkelblond mit einem Hauch von rötlich, ein feines Gesicht mit schmaler Nase und filigranen Lippen, der gesamte Körper schlank und dennoch weiblich, mit auffällig langen Beinen, so erschien die andere, und es war schmerzlich für mich, eine so hübsche Frau, ganz mein Typ, in der Blüte des Lebens hinweg gerafft zu sehen.

Rufus beugte sich erst über das Gesicht der einen, dann der anderen, um sie gründlich in Auenschein zu nehmen; insbesondere den Schnitten durch die Kehlen widmete er sich auffällig lange und gründlich; dann zauberte er ein leinenes Maßband aus der Tasche seiner Tunika hervor und legte es erst neben die eine, dann neben die andere Leiche, um es sorgsam wieder einzurollen; schließlich straffte er sich wieder und sagte:

»Der Mörder hat ungefähr meine Größe und verwendete zu seinen Taten ein und dieselbe Sica; wenn wir ihn fest genommen haben, wird es sich zeigen, dass dieser mörderische Armeedolch einerseits scharf wie ein Rasiermesser ist, andererseits ungefähr in der Mitte der Schneide eine Macke aufweist, eine Beschädigung quer über der gesamten Klinge.

Indem er zwei so gegensätzliche Frauen umbrachte, wollte er uns klar machen, dass er die Meldung der Acta Diurna, er habe etwas gegen Huren, entkräften wollte; ob er ganz allgemein etwas gegen Frauen hat, was man ins Kalkül einbeziehen sollte, muss als unbewiesen in der Schwebe bleiben.«

Galba und Marcellus schüttelten die Köpfe; Marcellus hub in seinem Kohlenkellerbass an:

»Mein lieber, guter Rufus, bekanntlich unterscheiden sich unsere Methoden von den deinigen in dieser oder jener Kleinigkeit, aber deine Mutmaßungen über die Größe des Täters und die Details seiner Waffe entbehren doch wohl jeder Grundlage.«

»Keineswegs«, sagte Rufus bedächtig, »wenn ihr euch die Schnitte nur genau genug anseht, werdet ihr umgehend zu meiner Meinung übergehen.«

Galba und Marcellus beäugten die Kehlen der Ermordeten erneut, ohne irgendetwas Neues zu bemerken; ich schloss mich ihnen an und kam ebenfalls zu keinen bemerkenswerten Ergebnissen; Rufus seufzte und sprach:

»Fangen wir mit der Größe der Hingemeuchelten an; die Merula ist klein und von gedrungener Gestalt; sie reichte mir zu Lebzeiten nicht einmal bis zur Schulter; ihre Leidensgenossin, die Frau des Korbmachers, ist schlank und groß; ich schätzte ihre Größe ungefähr auf meine, und das wäre nicht wenig; das Maßband brachte dann Gewissheit: Sie ist tatsächlich beinahe genauso groß wie ich.«

»Schön und gut«, sagte Marcellus ärgerlich, »aber wie soll uns das bei der Aufklärung des Falles weiterhelfen?«

»Ganz einfach; man muss nur die Verschiedenheit der beiden Kehlschnitte beachten; dann ist alles klar.« – »Lieber Rufus«, mischte ich mich ein, »sie gleichen einander wie ein Ei dem anderen.«

Galba und Marcellus nickten zustimmend; Rufus sagte:

»Bei der Merula geht der Schnitt vom Eintritt in die Haut und dann ins Fleisch hinein leicht abwärts; bei der Korbmacherin erfolgt er hingegen waagerecht.«

Galba, Marcellus und ich beugten uns erneut über die zwei Leichen; der Sklave hielt die Fackeln ganz nahe heran; und indem wir unsere Köpfe gleichzeitig wieder hoben, gaben wir Rufus unumwunden Recht; er hatte besser als wir beobachtet:

»Und was sollen wir damit anfangen?«, knurrte Galba.

»Gehen wir der Schilderung des ersten Falles nach, den ein Passant schildern konnte: Der Mörder kommt von hinten, nimmt die Frau mit dem linken Arm in den Schwitzkasten, um ihr mit dem Dolch in der rechten Hand die Kehle abzuschneiden; wenn sein Schnitt sozusagen von oben nach unten erfolgte, war er größer als das Opfer.

Bei der Ermordung der Korbmachersfrau war kein Zeuge zugegen, aber wir können davon ausgehen, dass der Vorgang dem ersteren aufs Haar glich; hier seht her! Der Schnitt erfolgte waagerecht; Galba, gib mir deine Sica samt Scheide; gut so, und jetzt stelle dich genau vor mich!«

Galba stellte sich vor Rufus; beide erwiesen sich jetzt als ungefähr gleich groß; Rufus setzte ihm den Dolch, den er in der Scheide stecken ließ, an die Kehle, während er ihm den linken Arm um die Brust legte; wir alle sahen, dass die Schneide waagerecht stehend zu sehen wäre, hätte sie Rufus nur der schützenden Hülle beraubt; doch da begann er auch schon, theatralisch mit der Waffe zu hantieren, als wollte er Galba die Kehle abschneiden:

»Gut«, sagte Marcellus gedehnt, »dann wissen wir also mit einiger Sicherheit, wie groß der Täter ist; aber wie kannst du behaupten, dass wir bei der Waffe ausgerechnet nach einer Sica fahnden müssen?«

Rufus stöhnte und seufzte:

»Dann schaut euch den Schnitt an der Kehle beider Frauen doch noch einmal an! Wenn ihr gute Augen habt, seht ihr das Ungleiche der Führung; statt einer geraden Linie sind es kaum wahrnehmbare Schwünge, wie ein ungemein flacher und gewiss kaum sichtbarer Mäander; und so etwas kommt von der Sica.«

»Warum könnte es nicht von irgendeinem anderen Messer kommen«, fragte ich in meiner Dummheit:

»Ich kenne alle römischen Messerschmiede von Berufs wegen und habe ihre Arbeitsweise samt Produkten ausgiebig studiert; nur die Sica weist diesen Wellenschliff auf; all die anderen, für den Haushalt hergestellten Messer haben aus gutem Grunde eine gerade Schneide und sind, obwohl im alltäglichen Gebrauch ebenso gut, vielleicht sogar besser, um einiges preiswerter als ausgerechnet diese Sica der Armee, welche rein zum Töten konstruiert ist; ihr Erwerb ist für den einfachen Mann fast unerschwinglich; also kommt der Mörder wahrscheinlich aus durchaus gut betuchten Verhältnissen.«

»Und woher willst du wissen, dass die Sica beschädigt ist?«

»Davon!«, sagte Rufus und deutete ungefähr auf die Mitte der beiden Wunden:

»Der sonst so glatte Schnitt ist hier von einer Stelle unterbrochen, an welcher die Haut ein Wenig ausgefranst ist; da es bei beiden Frauen so zu sehen ist, vermute ich, dass die Sica auf voller Breite der Klinge eine kleine Beschädigung aufweist und frisch geschliffen werden müsste.«

»Hm«, sagte Galba, »da haben wir ja einiges über den Täter herausgefunden; er ist reich und wohnt wahrscheinlich auf dem Viminalis, von wo aus er in die Subura zum Morden hinab steigt; er ist ungefähr sechs Fuß (ca. 180 cm.) groß und tötet mit einer Sica, wie sie sonst nur die Soldaten verwenden; diese wiederum weist eine kleine Scharte auf.«

»Du hast vergessen, dass ihn die Verfolger beim ersten Mord in einer dunklen gallischen Caracalla steckend gesehen haben wollen«, sagte Rufus und kicherte leise dazu.

»Willst du damit sagen, lieber Rufus«, sagte Marcellus, »dass der Mörder ein Gallier ist, einer deiner Landsleute?«

»Natürlich nicht«, sagte Rufus lächelnd, »einmal abgesehen davon, dass ich Römer bin, von einstigen Zuwanderern abstammend, aber eine Caracalla kann jedermann kaufen, wenn sie ihm gefällt, und sei es der Kaiser, genau so wie diese ekelhaft wallenden persischen Hosen, die man hierzulande immer häufiger sehen muss; ich selbst übrigens als sogenannter Gallier mag die Caracalla überhaupt nicht; habt ihr euch wenigstens schon einmal kundig gemacht, wer sie herstellt und wer sie vertreibt?«

»Wo kämen wir von der Stadtwache denn hin«, grummelte Galba, »wenn wir auch noch sämtliche Kleiderbuden abklappern müssten; und wie sollte uns das weiterhelfen?«

»Mein lieber Rufus«, spann Marcellus den Gedanken weiter und zog die Decke wieder über die Leichen, »gewiss hast du deine eigenen Methoden, aber jetzt gehst du zu weit; ich habe wirklich Besseres zu tun und muss sehen, wie ich zusätzliches Personal für die nächste Nacht in der Subura auf die Beine stelle; dergleichen Mätzchen sind dann doch eher etwas für die Gilde der Amateurdetektive; nun, lass uns jetzt nach oben gehen.«

Wir stapften die beiden Stiegen zu seinem Arbeitszimmer hinauf und hockten uns um einen kleinen Tisch, den drei wackelige Beinchen aufrecht hielten; jeder erhielt einen klapprigen Schemel; ein stinkender Sklave kredenzte uns ein Gesöff, das größtenteils aus purem Wasser bestand, aber der Durst ließ es uns dennoch munden; dann bat Marcellus meinen Kameraden, ihm den Plan zur Ergreifung des Mörders vorzutragen.

Rufus trug ihn in allen Einzelheiten vor; wir drei hörten ihm gespannt zu; es war ein faszinierender Plan, voller Risiken, aber auch mit realen Chancen; Galba und Marcellus gewährten ihm dann freie Hand und sicherten ihm in allen Belangen ihre volle Unterstützung zu; ich aber sagte:

»Die Verwirklichung ist erst morgen möglich; so lange wird es dauern, alles in die Wege zu leiten; und was geschieht in der nächsten Nacht in den schwarzen Schluchten der Subura?«

»Wir können nichts anders tun, als unsere Zivilstreifen zu verdoppeln und zu verdreifachen«, sagte Marcellus, »mehr ist leider nicht möglich.«

»Vielleicht doch«, erwiderte Rufus, »und zwar dann, wenn wir es fertig bringen, uns in den Mörder hinein zu versetzen; was wohl wird er jetzt tun?«

»Vielleicht ist es ihm zu gefährlich und er bleibt diesmal lieber zu Hause«, sagte ich.

»Was meinst du, Marcellus?«, fragte Rufus.

»Dann wäre er bereits letzte Nacht hübsch im Häuslein geblieben«, sagte Marcellus. – »Meiner Meinung nach wird er es darauf ankommen lassen«, sagte Galba, »und wie ich ihn jetzt kenne, lässt er sich etwas völlig Neues einfallen.«

»Höchstwahrscheinlich«, sagte Rufus, »und unser Doktor Sokrates, der erfahrene Arzt, hat ihn als einen Menschen beschrieben, der im bisherigen Leben nichts als ein jämmerliches Würstchen war; er genießt es jetzt, im Lichte der Öffentlichkeit zu stehen und wird nächste Nacht wieder zuschlagen, kühn geworden durch seine beiden Erfolge.«

»Und wie, wann und wo?«, fragte Marcellus.

»Das kann nur er selbst wissen«, sagte Rufus, »aber wenn ich er wäre, dann würde ich es diesmal mitten in einem Kaufhaus oder Dergleichen versuchen; das wäre die größte Steigerung, die er sich nur gönnen könnte.«

»Und was ist, wenn er vermutet, dass wir ihn so einschätzen?«, rief ich in die Runde.

»Da hast du vollkommen recht, lieber Sokrates«, rief Marcellus, »er ist intelligent genug, jeden unserer Schritte mit einzuplanen; dennoch werde ich meine Männer anweisen, sich besonders um die abends noch offen stehenden Läden zu kümmern; wie viele gibt es davon übrigens in der Subura?«

»Weit über zweihundert, einige große und viele winzig kleine«, murmelte Rufus.

»Oh, ihr gütigen Götter«, seufzten Galba und Marcellus unisono, und Galba rief: »Woher sollen wir so viele Wachmänner nehmen, ohne sie zu stehlen?«

Rufus zuckte mit den Achseln; betrübt und betroffen lösten wir unsere Besprechung auf; mein Freund und ich eilten dann in den unfernen Ludus Magnus; was wir dort zu tun hatten, lieber Leser, wirst du später erfahren; nachdem wir dort alles zu unserer Zufriedenheit geregelt hatten, stürmten wir zum gewaltigen Marcellustheater, um uns mit den Schauspielern zu unterhalten und einen von ihnen für uns zu gewinnen, aber es war leider Ruhetag und man vertröstete uns auf morgen; aus diesem Grunde stiefelten wir mit nur halbem Erfolg ins Argiletum zurück, um uns der Cena zu widmen:

Köchlein hatte sich heute selbst übertroffen und einen göttlichen Gemüseauflauf zubereitet, zu dem er gegrillten Aal reichte; als Getränk hatte mein Freund Wasser bestellt, das mit nur wenigen Tropfen Wein aromatisiert war; wir wussten nicht, was die Nacht uns bringen würde und saßen sozusagen auf lebenden Kohlen.

Dann wurde es finstere Nacht, und mit der Nacht zog das Grauen in den engen Gassen der benachbarten Subura ein und benahm den dort lebenden Menschen den Atem; Rufus wusste, was geschehen würde; aber er konnte weder Ort noch Zeitpunkt vorhersagen; dennoch hauten wir uns auf die Pritsche, um am nächsten Tag einigermaßen frisch zu sein; an einen gesunden Schlaf war freilich nicht zu denken.

Als wir uns trennten, um die jeweilige Kammer aufzusuchen, meinte Rufus sarkastisch, er sei gespannt darauf, was sich der Würger diesmal einfallen lasse, und welchen Blödsinn Galba veranstalte; dann zogen wir uns eine Mütze Schlaf hinein; über meine Alpträume zu berichten, bedürfte es eines eigenen Buches.

2.5 Die dritte Nacht in der Subura

Missmutig hockten wir beim ersten Morgengrauen am Frühstück; die Bissen wollten uns im Halse stecken bleiben, wenn wir daran dachte, dass der Mörder erneut zugeschlagen haben könnte; der Stuhl für Galba blieb nur kurze Zeit frei:

Mit bleicher Miene nahm er Platz und griff fahrig und zittrig nach dem frisch gerösteten Brot, welches der Koch mit Gurkenscheiben und Käse belegt hatte; dazu schlürfte er warmes Wasser, das mit herben Kräutern versetzt war:

Die Trauer und Verzweiflung, welche er ausstrahlte, ließ keinen Zweifel daran, dass es in der nächtlichen Subura zum dritten Desaster gekommen war; als er Hunger und Durst gestillt hatte und wir ihn fragend anstarrten, sagte er:

»All unsere Mühe war umsonst; hundert Wachsoldaten in Zivil konnten den Mord nicht verhindern; diesmal traf es ausgerechnet eine siegreiche Boxerin, und der Täter ist uns auf geniale Weise entwischt, spurlos untergetaucht, wie vom Erdboden verschluckt; er hat uns kein einziges Indiz hinterlassen, das unseren Ermittlungen dienlich wäre; ich bin am Rande der Verzweiflung angelangt und weiß mir keinen Rat mehr.«

»Eine ... eine Boxerin?«, rief ich verblüfft in die Runde, während Rufus die Hände zu ringen begann, als machte er sich Vorwürfe, eben diesen Anschlag nicht vorausgesehen und verhindert zu haben.

»Ja, ja, solch eine grässliche Athletin hat es erwischt«, murmelte sich Galba in den Stoppelbart hinein und wischte sich den Schweiß von der Stirn:

»Kaiser Traianus sollte derart rohen Sport endlich untersagen; das ist doch nichts für Frauen! O, tempora, o, mores![63] Wir bewundern inzwischen sogar schon die Gladiatorinnen, wenn sie sich gegenseitig in Stücke hauen. Aber lasst mich von vorne beginnen und alles brav der Reihe nach berichten:

Meine Leute patrouillierten unerkannt durch sämtliche Straßen und Gassen der Subura, mit dem Einbruch der Dämmerung beginnend, und nichts geschah, rein gar nichts; die Zeit rann in unerträglicher und geradezu quälender Langeweile vorüber; schon war Mitternacht gekommen, und schon war Mitternacht vorüber, als ich aufatmete, als ich tief durchatmete; gewiss hatte der Verbrecher bemerkt, dass heute ungewöhnlich viele fremde Männer in der Subura unterwegs waren und seine Tat verschoben, um uns nicht in die Falle zu gehen ...

Ich kam schließlich an einem kleinen privaten Theater vorüber, eher eine Bretterbude denn ein richtiges Odeion,[64] von einer Kette trüber Öllämpchen spärlich beleuchtet; die Sitzreihen waren, wie üblich, im Halbkreis um eine kleine Orchestra gebaut, hinter der sich eine schäbig gezimmerte Skené (Bühne) erhob.

Müde und erschöpft hockte ich mich in die Mitte der zehnten und hintersten Reihe, die leer geblieben war; auf den neun Bänken vor mir saßen um die hundert Personen und genossen ausgerechnet einen Boxkampf; die Männer unter ihnen johlten und brüllten; die Weiber kreischten:

---

[63] Der typische Aufseufzer der römischen Moralapostel: »oh, Zeiten, oh Sitten = was für grässliche Sitten in diesen Zeiten«.

[64] Das Odeion ist ebenso aufgebaut wie das viel größere Theatron; in der römischen Bauweise sitzen die Zuschauer im Halbkreis um die halbkreisförmige Orchestra, hinter der sich rechteckig die Skené (Bühne) erhebt; drei Türen führen aus dem Bühnengebäude zu ihr hinaus; das Sport-Kostüm für Frauen schildert Galba authentisch; es ähnelt unserem Bikini verblüffend.

Zwei junge Frauen maßen nämlich ihre Kräfte, unten in der Orchestra umeinander tänzelnd; sie steckten nur im aus leinenen Dreieckchen bestehenden Höschen und dem fest geschnürten Brusttuch der Athletinnen, den gesamten Körper über und über mit schimmerndem Öl eingerieben; ihre Handschuhe wirkten ballonartig und waren inwendig mit jeder Menge Federn gepolstert, wie das beim Damenboxen so üblich ist, denn niemand will, dass sie sich die Gesichter dergestalt verunstalten, wie das ihre berufsmäßigen männlichen Kollegen[65] leider so tun, bis sie vor lauter Kopftreffern verblöden.

Die eine war eine Schwarze, groß und ausgesprochen weibisch gestaltet, mit überbordendem Gesäß, welches aufgrund seiner wogenden Masse schwabbelnd aus dem Höslein heraus quoll; sie trug einen leuchtend weißen Zweiteiler. Die andere war eine reine Weiße, ebenfalls mit üppiger Figur, wenn auch um einiges schlanker; sie hatte ein pechschwarzes Sportskostüm an; beide Weiber waren vor Muskeln nur so strotzend, und der Kampf, dem ich nun aus purer Langeweile folgte, wogte eine Zeitlang unentschieden hin und her, ohne dass Nennenswertes geschah.

Doch mit der Zeit, vom Sprechchor der geilen Kerle und ihren rhythmischen Schreien »Afra – Afra« angefeuert, gewann die Schwarze allmählich die Oberhand und geriet auf die Siegerstraße, während die Gegenwehr der Weißen abebbte: Schließlich landete sie eine Serie von Treffern an Kinn und Brust der Gegnerin, welche daraufhin schwankte und wankte und dann rücklings zu Boden ging, mit dem Hinterkopf krachend auf den Brettern aufschlug, alle Viere von sich streckte und breitbeinig liegen blieb, die Augen scheußlich verdreht.

Enthusiastischer Beifall brandete auf; die Siegerin tänzelte hin und her; zwei Sklaven schlenderten herein und schütteten der Unterlegenen eine Amphore kalten Wassers ins Gesicht, aber sie wollte und wollte nicht mehr zu sich kommen; da zerrten sie die Bewusstlose an den Beinen über die Treppe auf die Bühne hinauf und durch den linken Eingang hinaus; sie ist üb-

---

65 Wir besitzen die köstliche Statue eines dumm drein glotzenden hockenden Boxprofis mit eingeschlagener Nase; der kaum gepolsterte Handschuh ist mit einem Band voller Bleikügelchen verstärkt, damit der Schlag auch sitzt.

rigens, wie ich vorhin erfuhr, kurz nach dem grausigen Geschehen, das ich gleich schildern werde, ihren inneren Verletzungen erlegen; es sei nur eine billige Sklavin gewesen, sagte der Bretterbudenbesitzer und Kleinunternehmer, und nicht schade um sie; ich bin da zwar anderer Meinung, aber ...

Ja, und die Siegerin, diese vollschlanke Schwarze, kletterte nun ebenfalls aus dem Halbrund der Orchestra, wo der Kampf stattgefunden hatte, zur Skené hinauf, um sich mit weit ausgebreiteten Armen feiern zu lassen, doch da geschah es:

Noch während das rohe Publikum ihr zujubelte, betrat ein hoch aufgeschossener Schauspieler die Bretter; er war in einen bodenlangen pechschwarzen Talar gehüllt und verbarg den Kopf in einer rundum geschlossenen Kapuze; gemessenen Schrittes nähert er sich dieser tierische Jubelschreie ausstoßenden Frau, während derer sie die Fäuste triumphierend in den nächtlich finsteren Himmel stieß.

Die Zuschauer, darunter auch ich, hielten das alles natürlich zunächst nur für den Einfall der Theaterregie und warteten gespannt, was nun kommen würde, während sich von hinten die große schwarze Gestalt der siegreichen Boxerin näherte, ohne dass diese, trunken vor Glückseligkeit, sich auch nur einmal nach ihr umdrehte und aufhörte, weiter ins Publikum zu winken.

Jetzt hatte der Vermummte sie erreicht und legte ihr sanft die linke Hand auf die linke Schulter; es war, wie es schien, eine Knochenhand; erstaunt drehte die Boxerin nun den Kopf zur Seite, um zu sehen, wer da in ihrem Rücken stand.

In diesem Augenblick ließ der Eindringling die bislang zugeschnürte Kapuze fallen; ein Aufkreischen des Schreckens schrillte durch das Dunkel der Zuschauerränge, auf das eine bedrückende Stille folgte; auch Afra stieß nun einen Schrei aus:

Sie blickte nämlich unmittelbar in das bleiche Gesicht eines Totenschädels; kraftlos und von unerhörtem Grauen geschüttelt fielen ihr die Arme herunter, während ihr das Gespenst den linken Arm jetzt von hinten über die Brust legte und sie fest an sich presste; aus dem Ärmel ragte eine Knochenhand hervor.

Mit der Rechten nahm der Unheimliche nun ein Messer hervor, zweifellos eine Sica und säbelte der wehrlos und wie gelähmt Dastehenden die Kehle durch; sie hatte gerade noch ge-

78

nügend Zeit, ein Wenig zu röcheln; und schon vernahm ich das knirschende Geräusch, als die Schneide die widerspenstischen Ringe der Gurgel durchtrennte; danach wischte der Mörder die Klinge am Brusttuch der Getöteten ab:

Für einen kurzen Augenblick hielt er sie noch aufrecht im Arm; alle konnten sehen, wie ihr das Blut in rotem Bogen aus dem Spalt heraus zischte; dann ließ er sie zu Boden sinken, wo sie, auf dem Rücken liegend, im Blute schwamm.

Bevor der Mörder untertauchte, schob er ihr das Messer unter das Brusttuch und schnitt mit einem Ruck entzwei, inzwischen so etwas wie sein Markenzeichen; dann steckte er das Messer weg, und schon war er durch die mittlere Tür der Bühne den Blicken der Zuschauer entschwunden.

Ich zückte das Schwert und rannte wie besessen den Mittelgang zur Orchestra hinunter und dann über die Treppe zur Bühne hinauf, während im Theater wüstes Schreien und wildes Durcheinander los brachen; nur wenige drängten sich zum Ausgang; fast alle blieben da; etliche stürmten sogar zur Skené hinauf und starrten auf die Leiche der Boxerin hinunter; die meisten blieben sogar auf ihren Sitzen hocken, um den Ausgang des Dramas zu erleben, denn sie begriffen immer noch nicht, dass dies kein schlichtes Spiel, kein Theater mehr war ...

Endlich oben angekommen, rannte ich durch die linke der drei Türen ins Bühnengebäude hinein und hindurch zum Hintereingang; dort fragte ich die sich faul in der Gegend herum lümmelnden Sklaven, ob wie etwas gesehen hätten, aber sie konnten mir nicht weiterhelfen; getrieben von der Annahme, der Mörder müsse sich noch im Gebäude versteckt halten, durchsuchte ich also die einzelnen Zimmer und machte im Umkleideraum der Schauspieler eine grausige Entdeckung:

An einem der dortigen Haken hing der schwarze Talar des Mörders; er war bluthesudelt; auf den beiden Schemeln darunter lagen schwarze Handschuhe, auf die aus weißem Stoff so etwas wie die Knochen einer Hand aufgenäht war; daneben fand ich eine Theatermaske, den bleichen Tod darstellend:

Wie mir der Inhaber der Bude später mitteilte, handelte es sich um Requisiten seines kleinen Unternehmens; wer sie sich für diesen makabren Auftritt angeeignet hatte, wusste er nicht zu sagen, denn seine Anlage sei nie zugesperrt und für jedermann offen; er beschäftige übrigens nur Laienschauspieler. – Wiederum eilte ich zu den Sklaven am Hintereingang; aber sie waren viel zu betrunken, um Genaueres schildern zu können; einer lallte, mehrere Personen hätten wohl das Theater auf diesem Wege verlassen, vielleicht aber auch keiner.«

Galba schwieg nun und schüttelte sich vor verspätetem Grauen; Rufus rieb sich die Hände; er kicherte verhalten; dann murmelte er, die Fingerspitzen aufeinander legend:

»Ein verdammt intelligentes Bürschlein, dieser Würger von Rom; hat sich da ein tolles Plänchen einfallen lassen und vor der Nase des berühmten Hauptmanns Galba einen netten kleinen Mord inszeniert, um ihm dann auch noch ungesehen zu entwischen; mein lieber Sokrates, auf welche Art und Weise ist er deiner Meinung nach verduftet?«

»Er ist doch wohl durch das Hintertürchen gerannt, und als Galba kam, war er schon weg; er hatte ja genügend Vorsprung, um ihm zu entwischen und kennt bekanntlich alle Schliche und Gassen der Subura bestens«, sagte ich. – »Wie auch sonst soll's gewesen sein?«, murmelte Galba.

»Oh, ihr gütigen Götter, welch Begriffsstutzigkeit! Seid ihr denn all eurer kleinen grauen Zellen verlustig gegangen?«, rief Rufus in komischer Verzweiflung:

»Jeder denkt, solch ein Mörder machte sich in aller Heimlichkeit aus dem Staub; aber wenn man unserem Doktor glauben darf, will er seinen Triumph doch genießen und wird von Mal zu Mal kühner und verschlagener; ferner bezieht er das mögliche Vorgehen seiner Verfolger stets mit ein ins Kalkül; lieber Sokrates, wage es, dich deines Verstandes zu bedienen und sage uns dann, was du an seiner Stelle getan hättest!«

Ich dachte einen Moment lang nach; dann sagte ich, von einer plötzlichen Erleuchtung durchdrungen:

»Gut, ich spreche jetzt für den Mörder; hört zu:

Niemand kennt mich; keiner weiß, wie ich aussehe; die sattsam bekannte Caracalla habe ich aus bestimmten Gründen diesmal zuhause gelassen und bin als stinknormaler Theaterbesucher aufgekreuzt, um mich als der leibhaftige Thánatos zu verkleiden und das Ende des Boxkampfes abzuwarten; als ich mich nach geradezu genial vollbrachter Tat des Talars und der Handschuhe entledigt hatte, schlenderte ich in aller Muße, das allgemeine Tohuwabohu ausnutzend, über die Bühne und dann in den Zuschauerraum, wo ich es mir gemütlich machte, um den Fortgang des von mir inszenierten Theaterstücks zu genießen, denn gewiss kamen jetzt die Männer der Stadtwache zuhauf herein geströmt; danach irgendein kopfschüttelnder Arzt, der für die gemeuchelte Afra naturgemäß nichts mehr tun konnte.

Schließlich endlich schleppte man, vor meinen Augen, die von mir Ermordete auf einer Bahre in die Gewölbe des Reviers, um sie zwischen Eis zu legen, und ich war bis zuletzt unter den Leuten, die voller Neugier diesem makabren Zug folgten und tat mich durch wüste Verwünschungen auf den Täter hervor.«

Selten habe ich Galba, diesen an sich tüchtigen Polizisten, so dumm aus der Wäsche gucken sehen; Rufus hingegen klatschte begeistert Beifall und rief:

»Großartig, mein lieber Sokrates, du hast dich heute wieder einmal selbst übertroffen und gezeigt, dass du das Zeug zu einem pfiffigen Mörder hast; ferner hast du mich davon überzeugt, dass der Täter eben diese von dir so lebhaft geschilderte Kaltblütigkeit besaß und seinen Triumph tatsächlich in vollen Zügen genoss; aber genau mit Hilfe dieser seiner überbordenden Eitelkeit werden wir ihn demnächst zur Strecke bringen.

Und wenn ihr nichts dagegen habt, werde ich nun das berühmte Marcellustheater[66] aufsuchen, dessen Pforten gestern geschlossen waren; jeder, der mich kennt, weiß, wie sehr ich diese Theateraufführungen liebe.«

Was Rufus dort plante, flüsterte er Galba zu, der sich eilig aufmachte, Marcellus, seinen Vorgesetzten im Range eines Tribunus, in dieses Vorhaben einzuweihen oder wenigstens seine Zustimmung dazu einzuholen.

2.6 Neues auf dem Revier

Bevor ich zu den Dingen übergehe, die sich gegen Mittag auf dem Revier, welches Marcellus kommandierte, ereigneten, will ich Dir, lieber Leser, den Ort des Geschehens kurz beschreiben: Denke Dir ein großes Atrium; vier Säulen stützen das Dach, welches in der Mitte eine Lücke aufweist, damit Licht in diesen zur Hälfte überdachten Innenhof unserer Stadtwache fallen

---

66 Das Marcellustheater lag am Tiber und fasste vielleicht 20.000 Zuschauer; es war sozusagen Roms »Großes Haus«.

kann; durch Eingang und Korridor herein kommend, waren die heutigen Besucher nur bis an eine Absperrung gelangt; davor waren einige Sitzbänke gebracht worden, auf denen sie dann murrend Platz nahmen:

Gekommen waren Vertreter der römischen Wandzeitungen, allen voran Hircus von den offiziösen Acta Diurna; jeder einzelne Schreiber hatte sich seinen Schnellzeichner mitgebracht, der in Windeseile alles, was er sah, zu Papyrus bringen oder vor schwarzem Hintergrund im weißen Wachs der Schreibtafeln einritzen konnte, um es später für die Zeitung zu kopieren.

Erwartungsfrohe Ruhe herrschte, als Galba endlich beschloss, aus dem hinteren Eingang hervor zu treten, um die eigens dafür hierher zitierten Journalisten zu informieren; Rufus war, wenn ich das so sagen darf, Regisseur der Inszenierung, hatte alles sorgsam vorbereitet und hielt sich jetzt verborgen ... Alles verlief wie am Schnürchen: Schleppenden Schrittes und eine mehr als besorgte Miene mimend, trat Galba vor die neugierigen Zeitungsfritzen; gerade, so schien es, wollte er eine Ansprache halten, als zwei seiner Soldaten laut polternd den Raum betraten; in ihrer Mitte führten sie einen Mann, der sich sichtlich unwohl in seiner Haut fühlte und unter ihrem festen Griff wand und aufbäumte; er trug einen langen Mantel und hatte sich die Kapuze über das Gesicht gezogen; Meister Hircus von den Acta Diurna sprang auf und rief voller Erregung:

»Herr Hauptmann, wer ist das?«

Wenn nämlich zwei von Galbas Mitarbeitern einen Mann aufs Revier schleppten, war die Botschaft doch wohl eindeutig:

»Ist er verhaftet? Hat er etwas mit den Morden zu tun? Wird er zu Marcellus gebracht?«

Galba antwortete nicht, ging zu Marcellus' Türe hinüber und klopfte respektvoll an; auf ein »herein« verschwanden er, seine beiden Männer und der Vermummte im Arbeitszimmer des Tribunus, und die Tür schloss sich hinter ihnen:

»Hast du ihn erwischt?«, fragten Hircus und Kollegen den jeweiligen Zeichner:

»Das schon«, antworteten sie unisono, »aber sein Gesicht war leider unter der Kapuze verborgen; im Mantel steckend, sieht einer wie der andere aus; wir hätten uns die Mühe sparen können.«

Und schon kam Galba wieder zum Vorschein: »Wer war dieser Mann?«, fragte Hircus, »ein Verdächtiger? der Täter?«

Galba tat verlegen und schien sich zu winden: »Darüber darf ich euch leider gar nichts sagen; fragt doch den Tribunus!«

»Wenn es der Mörder war, warum trug er die Hände nicht auf den Rücken gefesselt?«

»Auch darüber zu sprechen, bin ich nicht befugt.«

Galba ging wieder zum Tribunus hinein; die Zeitungsmänner kritzelten während dessen ihre vagen Berichte und schickten sie mit Sklaven zur jeweiligen Redaktion; dort würde man die Reportage dann reißerisch aufbereiten, um sie noch in der Nachmittagspublikation unter das gemeine Volk zu bringen, während die Männer der schreibenden Zunft geduldig der Dinge harrten, welche sich bei Marcellus noch abspielen sollten; darüber war einiges Wasser den Tiber hinunter geströmt und die Sonne unaufhaltsam gen Westen gewandert:

Immer häufiger sahen sie nun aufgeregte Polizisten durch das Atrium hetzen, um bei Marcellus vorzusprechen; kurz darauf verließen sie wieder das Haus, ohne sich auch nur ein Wort entlocken zu lassen, während schon andere vorsprachen; drinnen aber schien das Verhör des vermeintlichen Verbrechers weiter zu gehen; laute Stimmen drangen durch das Holz der Tür, gelegentlich sogar ein wüstes Fluchen …

Inzwischen brachte ein Sklave den schwitzenden Journalisten etwas zu Trinken, samt ein paar Häppchen; eine glühende Hitze lag nämlich über der Stadt und benahm den Bewohnern den Atem; dankbar schlürften die Zeitungsleute das Getränk, um dann weiterhin Maulaffen feil zu halten.

Als die Sonne schließlich blutrot im grauen Dunst des Westens hing, öffnete Galba wieder die Tür; einen Augenblick lang schien es so, als wollte er auf die Journalisten zugehen, doch dann besann er sich eines Anderen und machte wieder kehrt; die Tür schloss sich wieder hinter ihm.

Dann begann das Dämmerlicht allmählich herein zu sickern, und jetzt endlich hörte man aus Marcellus' Zimmer heraus ein rumpelndes Stühlerücken:

Galba verließ das Zimmer als erster; ihm folgte der Unbekannte, der wiederum die Kapuze fest um das Gesicht herum gezurrt hatte; neben ihm schritten, grimmig drein blickend, zwei Wachmänner; Marcellus beschloss den Zug:} Wortlos gingen sie hinüber zu der mit Eisen beschlagenen Türe, die ins kleine Gefängnis des Reviers führte; dort stießen sie den Mann hinein; Galba wuchtete die Pforte geradezu theatralisch ins Schloss und schob einen Riegel zu; ein Wachmann lege noch ein Schloss davor; dann drehte sich Galba zu den Männern um, die ihre Fragen nur so auf ihm niederprasseln ließen:

»War das ein Zeuge oder ein Tatverdächtiger?«

»Ich bin nicht befugt, darauf zu antworten.«

»Herr Hauptmann, ist das eine heiße Spur?«

»Vielleicht; fürs Erste tut es mir unendlich leid, dass ich euch nichts sagen kann; wirklich, ich habe nichts zu berichten.«

»Gehst du noch heute zum Präfekten der Stadt, um einen Haftbefehl zu erwirken?«

»Vielleicht morgen; heute ist es zu spät dafür; der Mann da ist hinter Schloss und Riegel und entwischt uns nicht.«

»Beendest du für heute deine Arbeit?«

Galba richtete seine Blicke hinauf in die quadratische Öffnung des Daches; grau rieselte das Licht des endenden Tages hinein; die Vögel waren bereits mit dem allabendlichen Konzert beschäftigt; er sagte stöhnend und seufzend:

»Es ist spät geworden, verdammt spät; der Tag war lang; und ich habe bei dieser Hitze alles durchgeschwitzt; gegenüber hat eine Caupona noch geöffnet; ich gehe jetzt hinüber, um eine Kleinigkeit zu trinken und zu essen; ich habe es bitter nötig; ich habe es verdient; ich bin mit meinen Kräften am Ende; morgen ist wieder ein Tag.«

Die Zeitungsfritzen sagte jetzt nichts mehr: Man sah Galba und Marcellus gemeinsam fort gehen; die Journalisten schlossen sich ihnen an; der Tag ging zur Neige; dann standen sie einträchtig um die Theke herum und prosteten einander zu; Galba und Marcellus bemühten sich, weiterhin sorgenvoll drein zu blicken, während sie ihre Bestellung aufgaben; noch aßen sie und kauten auf beiden Backen, da verabschiedeten sich die Zeitungsleute, einer nach dem anderen; sie hatten begriffen, dass es heute nichts Neues mehr gab und strebten zur jeweiligen Redaktion, um noch rasch einen Bericht unters Volk zu bringen.

Als schließlich der letzte von ihnen verschwunden war, brach Marcellus in ein wahrhaft homerisches Gelächter aus;

glucksend vor Lachen sagte er halb erstickt: »So, das hätten wir; den Göttern sei Dank, es ist ausgestanden; kaum zu glauben, dass sie das Theater abgenommen haben, welches die Marcellus-Leute inszeniert haben; wenn mich der Kaiser eines Tages bei der Stadtwache rausschmeißt, werde ich Schauspieler und trete postwendend im Marcellustheater auf; ihr werdet schon sehen!«

»Und ich bin dein Kollege«, sagte Galba grinsend, »aber was ist, wenn sie uns auf die Schliche kommen, wenn sie feststellen, dass wir sie verarscht haben?« – »Sollte der Rufus-Plan so ablaufen, wie gedacht, werden sie gar nichts davon erfahren; wenn nicht, lassen wir uns etwas einfallen, irgendeine Ausrede oder Lüge; wie heißt es doch?

Mundus vult decipi.«[67]

Es begann zu dunkeln, als sie sich trennten, um unabhängig von einander die dreihundert Doppelschritt hinüber zur Subura zurück zu legen; sie hätten eine Kutsche nehmen können, gingen aus bestimmten Gründen aber lieber zu Fuß.

Häufig begegneten ihnen Frauen, die bei ihrem Anblick hektisch das Weite suchten, bereit, beim geringsten Verdacht lauthals um Hilfe zu rufen; schließlich waren in den vergangenen drei Nächten in der Subura drei Ihresgleichen auf grässliche Weise hingeschlachtet worden, und dass der Täter womöglich immer noch frei herum lief, schrie zum Himmel; doch überall in der Riesenstadt waren inzwischen die Wandzeitungen der Acta Diurna sowie der privaten Verlage erschienen, mit der sensationellen Meldung, dass Galba und Marcellus endlich einen Verdächtigen festgenommen hätten; die reißerischen Schlagzeilen lauteten:

Hat die Stadtwache den Frauenmörder verhaftet?
Ist der Verhaftete der gesuchte Frauenmörder?

Galba und Marcellus lasen es mit heimlichem Vergnügen; die Einzelheiten, welche unter der Blockschrift zum Besten gegeben wurden, interessierten sie weniger; sie wussten schließlich, was da geschrieben stand und stapften in die allmählich

---

67 Lateinisches Sprichwort: »Die Welt will betrogen werden«.

im Dunklen versinkenden Gassen der Subura hinein, der Dinge harrend, die da kommen würden, denn sie alle waren davon überzeugt, dass der Mörder dem obigen Berichteten jetzt mit aller Macht entgegen treten müsste, und das durch einen vierten Mord, wenn er sein Gesicht nicht verlieren wollte:

Diesmal aber war seine Ausgangslage eine andere; diesmal war er der Reagierende; und diesmal hatte er keine Zeit mehr zu verlieren, um in Aktion zu treten; Rufus baute fest darauf, dass er versuchen würde, die erstbeste junge Frau niederzustechen, und das war unsere Chance; dabei könnte man ihn vielleicht überrumpeln; würde er uns in die Falle gehen?

Alle Hoffnung der Stadtwache lagen darauf, dass der zweite Teil des Planes, den ihnen Rufus vorgelegt und den sie genehmigt hatte, ebenso erfolgreich wie der erste verlaufen würde …

2.7 Die vierte Nacht in der Subura

Dann verblich allmählich das letzte Grau der Dämmerung und wich dem samtenen Schwarz der Nacht; ich begab mich hämmernden Herzens zusammen mit Rufus in die Subura; könnte es diesmal gut gehen? Würde sich der vierte Mord noch verhindern lassen?

Und so fanden wir das aufgeregte Stadtviertel vor:

Die beiden vom Argiletum in die Subura hinein abzweigenden Hauptstraßen waren im Unterschied zu den in Dunkel und unheimlicher Stille versunkenen kleinen Gassen allenthalben grell erleuchtet; überall Fackeln oder Lämpchen in den Fenstern; in Buden und Tavernen herrschte gespenstisches Leben, wild und zügellos, voller erregter Menschen, die so taten, als erwarteten sie das Ende der Welt und müssten zuvor noch einmal über die Stränge schlagen; in Wirklichkeit war die Seele der Subura erstarrt vor unerhörtem Grauen, indem Freund und Feind wie gelähmt auf die unvermeidlich kommende Untat warteten.

Vergebens suchte Galba mit seinen Zivilstreifen ein Gefühl der Sicherheit zu verbreiten; vergebens suchte Marcellus, die Ausgänge des Tales mit Soldaten zu bewachen; man wusste ja um die Kühnheit und bösartige Schläue des Wahnsinnigen.

Ansonsten fielen manch einem alteingesessenen Bewohner

nur noch einige fremde Damen auf, die sich hier und da durch die Achsen des Stadtviertels schlängelten, um hin und wieder an einer Kneipe halt zu machen und dort etwas zu trinken oder einen kleinen Happen zu sich zu nehmen:

Es waren ausnahmslos junge Frauen, die sich so furchtlos bewegten, als wäre nichts geschehen; ihre Kleidung noch als ‚züchtig‘ zu beschreiben, hieße, ihnen der Ehre ein wenig zu viel anzutun; vom ältesten Gewerbe unterschieden sie sich immerhin darin, dass sie sich keine unnötige Blöße gaben; gelegentlich versuchte ein junger Spund, die eine oder andere der Süßen anzuquatschen, aber sie waren allesamt auf keine Liebeshändel erpicht und wiesen solchen Anträgen die kalte Schulter.

Was aber nur Marcellus, Galba und Rufus wussten:

Es waren Gladiatorinnen des Ludus Magnus, welche furchtlos, wie solch mörderische Furien nun einmal sind, für die Stadtwache, die dem Verbrecher auf eben diese Weise eine Falle zu stellen versuchte, den Lockvogel spielten …

Die Zeit ist ein seltsames Ding:

Beobachtet man sie mittels der Wasser- oder Sonnenuhr,[68] so scheint sie sich mit majestätischer Regelmäßigkeit voran zu bewegen und keinen Blick zurück zu gestatten; daher halten sie manche für ein fest zusammenhängendes Band, das aus der Vergangenheit über die Gegenwart in die Zukunft reicht, aber das ist grundlegend falsch; als Beweis dafür folgende Überlegung, um dies näher zu erläutern:

Wir Griechen verehren seit alters den Gott Kairós, und unsere Künstler stellen ihn folgendermaßen dar: Er ist ein schnell dahin eilender nackter Jüngling, der in der erhobenen Rechten ein Messer trägt, die Spitze nach oben gerichtet; auf der Stirn trägt er eine üppige Haarlocke; sein Hinterkopf ist kahl rasiert.

Dieser unser Kairós symbolisiert die Zeit: Wir leben stets nur im winzigen Augenblick, sozusagen auf des Messers Spitze, und wenn wir die Gelegenheit nicht beim Schopf ergreifen, ist sie vorüber, denn der Hinterkopf lässt sich nicht mehr fassen;

---

[68] Die Technik der Sonnenuhr hat sich bis heute erhalten; die römische Wasseruhr entspricht in Etwa unserer Sanduhr; aus einem oberen Gefäß tropft das Wasser in ein unteres, wo mittels Schwimmer ein Zeiger bewegt werden kann, falls man nicht eine einfache Skala in der Gefäßwand benutzt.

daraus folgt, dass alles Vergangene für uns verloren ist, während die Zukunft nur durch den energischen Zugriff auf des Kairós Haarlocke zu sichern und zu bewältigen ist ...

... und auf diesen Kairós warteten wir alle, Marcellus, Galba, Rufus und ich samt den Bewohnern der Subura mit klopfendem Herzen, aber eine scheinbare Ewigkeit geschah nichts, denn die Zeit, die sonst vor uns so unerbittlich flüchtet, wollte und wollte nicht vergehen. – Mitternacht mochte schon längst vorüber sein und damit die unmittelbare Gefahr, als ich neben Rufus durch die östlichere, dem Viminalis ganz nahe Achse der Subura schlenderte, den Blick nach vorne gerichtet, wo sich rund dreißig Doppelschritt (≈ 50 m.) vor uns die hoch aufgeschossene Gladiatorin Amazon, welche ich als fleißiger Besucher der Munera (≈ Spiele) ganz besonders verehrte, mit geradezu katzenhafter Geschicklichkeit bewegte; ich wand meine bewundernden Blicke los von dieser prächtigen Blondine in ihrer am Körper klebenden schulterfreien viel zu kurzen Tunika, reckte mich ein wenig, blickte leise lächelnd zu Rufus empor und dachte ganz im Stillen:

»Das sollte der Mörder einmal wagen, sich mit der besten Gladiatorin Roms anzulegen; sie wird ihn auf der Stelle mit der Sica, die sie unter dem Gewande trägt, abstechen.«

»Da wäre ich gar nicht so sicher«, flüsterte mir Rufus ins Ohr, »denn wir haben es mit einem extrem gefährlichen Gegner zu tun; keiner weiß, was und wie er plant; immer besitzt er die Initiative, und das ist sein Vorteil; ferner hast du recht; das Mädchen ist einen Kopf zu groß für dich, hihihi.«

Ich ärgerte mich fürchterlich darüber, dass Rufus sich wieder einmal erfolgreich ins muntere Spiel meiner Gedanken eingeklinkt hatte und beschloss, künftig gleichmütig wie die Stoiker aus der Wäsche zu gucken; ferner nahm ich mir vor, es ihm eines Tages heimzuzahlen und auf gleiche Weise auch einmal seine Gedanken zu erraten.

Noch tobte ich vor innerer Wut und sandte meine begehrlichen Blicke wieder auf den Rücken der anmutig mit schlenkerndem Gesäß daher schreitenden Gladiatorin, da ging sie an der Einmündung einer winzigen, in östlicher Richtung abzweigenden, kaum wahrnehmbaren Gasse vorüber, leichtfüßig wie die Gazelle der Steppe.

Doch kaum war sie nur einen einzigen Schritt hinter diesen Schlund geraten, als eine große, in eine schwarze Caracalla gekleidete Gestalt aus ihm heraus federte, eine hoch aufgeschossene schlanke Person, das Haupt vollkommen in der Kapuze verborgen; mit zwei-drei Sprüngen hatte er sie eingeholt und rammte ihr den Dolch unterhalb des linken Schulterblattes bis ans Heft in den Rücken und zog ihn wieder heraus. – Während sie tierisch kreischend aufschrie und zu taumeln begann, ließ er das Messer klirrend zu Boden fallen und nahm sie für die Dauer weniger Herzschläge in die Arme, als wäre sie seine Geliebte, um sie dann sanft über das grobe Pflaster zu legen, wo sie, auf dem Rücken liegend, ihr Herzblut verströmte.

Für einen winzigen Augenblick sahen wir ihre rechte Hand empor zucken und sich im Saum der Caracalla verkrallen; ein knirschendes Geräusch deutete darauf hin, dass der Stoff des Kapuzenmantels eingerissen war.

Doch da griff der Mörder schon nach seiner auf dem Pflaster liegenden Sica, trennte der zuckend im Blut Liegenden mit einem energischen Schnitt das Gewand auf, von oben bis unten, und legte die beiden Teile links und rechts neben sie, um schon mit einem riesigen Satz im undurchdringlichen Schwarz der engen Gasse unterzutauchen; dabei glitt ihm die Kapuze vom Kopf; wir gewahrten helles schulterlanges Haar, das über einem auffällig schlanken Nacken im Winde wehte.

Obwohl Rufus und ich, sobald wir die beginnende Katastrophe erkannt hatten, wie verrückt zum Tatort hin gerannt waren, kamen wir zu spät; auch eine andere Gladiatorin, die den Ort des Verbrechens noch vor uns erreicht und dem Mörder beinahe Aug in Aug gegenüber gestanden war, konnte nichts mehr tun; wie gelähmt stand sie vor der Blutlache, bevor sie wie verrückt zu kreischen begann:

Die Gladiatorin lag jetzt, im Todeskampf mit den Armen das Pflaster schlagend, vor uns; ich fühlte ihr den Puls, nichts; sie war tot; wir ließen sie liegen und stürmten in die Finsternis der Gasse hinein, welche stufenweise bergan führte und wo wir fernes Tappen von Füßen vernahmen. – Die heulende Gladiatorin blieb bei der Leiche zurück, und wir beiden eilten dem Verbrecher hinterher, aber das Tappen der Füße hörte plötzlich auf; wir standen inzwischen an einer Gabelung des Weges, also

mitten im jähen Aufstieg zum Viminalis, auf dem Clivus Viminalis; geradeaus führte diese Gasse auf den genannten Hügel
hinauf, nach links und rechts befand sich nichts anderes als
die unbeleuchtete Schlucht einer Seitengasse; wir stießen mit
den Zehen an die ersten Treppenstufen, welche da tückisch im
Dunklen lauerten und lauschten, die Hände ganz fest hinter die
Ohrmuscheln gepresst, und da!

Ein fernes Kichern ertönte, von oben nach unten herab
kommend; es war das schrille Kichern eines Irren, das immer,
immer lauter wurde, ein so lautes Kreischen schließlich, dass es
schneidend die Gasse durchschrillte und ein mehrfach gebro-
chenes Echo fand, von Hauswand auf Hauswand prallend, um
auf gleiche Weise wieder abzuebben; dann wieder Stille, eisige
Stille, Totenstille!

Vom Grauen überwältigt standen wir auf der Stelle; ich
blickte gen Himmel und flehte die unsterblichen Götter um
Beistand an, während mir ein feines Geräusch den Magen zu-
sammenkrampfen ließ; ein Schlucken und Schluchzen war es,
Ausdruck der grenzenlosen Verzweiflung:

Rufus stand tief gebeugt im gebrochenen Schein des gerade
eben aufgehenden Mondes und hatte sich die Hände vors Gesicht geschlagen; Entsetzen, Trauer und Schuldgefühle drohten
ihn zu überwältigen; er tat mir unendlich leid; ich legte ihm den
Arm über die knochige Schulter und sagte:

»Geschehen ist geschehen; du hast dein Bestes gegeben; wir
können nichts mehr tun; es ist ein unerklärlicher Ratschluss
der Götter; lass uns zur Getöteten gehen!«

»Gut«, flüsterte Rufus stimmlos-heiser, »gut; lass uns gehen, auch wenn ich mich tausend Meilen weit weg wünschte,
denn es gibt Augenblicke, an denen ich nach dem Tod verlange
und meinen Beruf von Herzen verwünsche.«

Wir eilten zur Walstatt zurück, wo Galbas Männer mittlerweile eingetroffen waren und die neugierigen Passanten zurück drängten; mit finsterer Miene und herunter gezogenen
Mundwinkeln stand der Hauptmann da, starr und steif; er
hatte inzwischen den Namen der Gladiatorin notiert, die einen
winzigen Augenblicklang den Mörder gesehen hatte; dann endlich beugte er sich über die Leiche der Frau und zog das Kleid
sorgsam über ihrer Brust zusammen; ein Kollege deckte ihr

das grässlich verzerrte Gesicht mit einem kleinen Tuch zu; und schon hatten wir den Ort des Grauens erreicht:

»Ach, da bist du ja, Rufus«, sagte er unnötiger Weise, »und wie ich leider sehen muss, ist dir der Mörder entwischt.«

»Er hat im Schutze der Dunkelheit eine der winzige Passagen hinauf zum Viminalis genommen; wieder zeigt er damit, wie genau er sich hier auskennt, so gut, dass er sich sogar blind zurecht findet, und dass er dort oben zu Hause ist; ferner konnte ich mich davon überzeugen, dass er, wie erwartet, ungefähr von meiner Größe ist und das blonde oder blondierte Haar schulterlang trägt; sein Hals ist von filigraner Gestalt; er ist kaum älter als dreißig Jahre oder noch darunter; er hat erneut mit seiner Sica zugeschlagen.«

»Sag's doch gleich«, maulte Galba, »dein Plänchen ist in die Hose gegangen; wir haben hier die vierte Ermordete und sind keinen einzigen Schritt weiter gekommen.«

»Vielleicht doch, zumindest ein Wenig«, sagte Rufus, »denn ich sah, wie sie sich, als er sie aufs Pflaster legte, im Saum seiner Caracalla verkrampfte; das zugehörige Geräusch deutet darauf hin, dass ihr ein Teil des Mantels in der Hand geblieben ist.«

»Und was willst du damit anfangen? Wenn ich er wäre, ließe ich das beschädigte Gewand umgehend verschwinden.«

»Und dennoch kann uns das weiter helfen«, sagte Rufus und beugte sich zu ihr hinunter; sie lag mit weit ausgestreckten Armen auf der Straße; ihre rechte Hand war zur Faust zusammen gekrampft; Rufus öffnete ihr vorsichtig die Finger, lupfte einen Stoff-Fetzen hervor und hielt ihn ins Licht einer Fackel, um ihn dann in der Tasche seiner Tunika verschwinden zu lassen:

»Reine Seide«, sagte er, »bemerkenswert!«

»Was sollen wir mit so etwas schon anfangen? Und was hast du vor?«, fragte Galba.

»Ich kann es noch nicht genau sagen«, erwiderte Rufus, »aber es ist gut möglich, dass wir den Mörder morgen fassen werden; einstweilen halte dich mit deinen Männern bereit; ich gebe dir Bescheid, sobald ich Beistand brauche.«

Dann zu mir: »Gehen wir, lieber Sokrates; es wartet einiges an Arbeit auf uns; ich habe die erforderlichen Adressen im Kopf; zuvor aber müssen wir drüben ins Argiletum und zu mir nach Hause; ich muss den Fetzen dort genauer untersuchen.«

»Welche Adressen?«, fragte ich, blöde glotzend, und hatte keine Ahnung, was Rufus plante.

»Du wirst schon sehen«, sagte er und ging eilig mit mir davon, während Marcellus mit militärischer Macht den Schauplatz der neuerlichen Tat besetzte; wie ich später erfuhr, schäumte er vor Wut, sich auf das Plänchen dieses neunmalklugen Privatdetektivs eingelassen zu haben, der da wieder einmal seinen eigenen unfehlbaren Methoden gefolgt sei; dann ließ er die Leiche weg schleppen und in den Eiskeller des Reviers überstellen, wo sie neben die anderen Opfer des Wahnsinnigen gebettet wurde:

Bemerkenswert war noch Folgendes: Marcellus hatte auf den ersten Alarm hin sämtliche Ein- und Ausgänge der Subura mit seinen Soldaten besetzen lassen, und sie alle konnten später schwören, dass in der Zeit nach dem Mord niemand den Ausgang gesucht hatte, auch nicht hinauf auf den Viminalis.

Wie der Mörder trotzdem hatte entkommen können, blieb daher ein Rätsel; Marcellus meinte, seiner Meinung nach liege Rufus schief mit der alten Annahme, der Täter hause hoch oben auf dem Viminalis; wahrscheinlicher sei es jetzt geworden, ihn mitten im Weichbild der Subura zu suchen; für den nächsten Tag ordnete er deswegen eine Haussuchung an, von Wohnblock zu Wohnblock gehend; dem gütigen Leser sei im Voraus gesagt, dass diese gut gemeinte Maßnahme im Sande verlief, denn für wie dumm hielt der Tribunus diesen Mörder eigentlich?

Wir waren mittlerweile in Rufus' kleinem Palast angekommen; er hieß den Hausmeister einige der hellsten Lampen anzünden und auf einen Tisch stellen, über den ein weißes Tuch gebreitet war; dann holte Rufus sich ein bauchiges Gefäß, eine Art Flasche, die inwendig mit Wasser gefüllt und mit einem Korken fest verschlossen war, legte das erbeutete Stück Stoff über das Tuch und betrachtete es durch das Glas hindurch, welche es auf überraschende Weise vergrößerte: »Gewiss willst du wissen, lieber Doktor«, sagte er, »woher die Caracalla stammt, von der dieser Fetzen da abgerissen wurde.«

»Natürlich«, sagte ich und starrte durch das Glas, »das könnte uns weiter bringen.« – »Um es kurz zu machen: Der Stoff ist von allererster Qualität; keiner, den man für Alltagsgewänder nimmt; und ich denke, es ist nicht schwer herauszufinden, wer der Hersteller ist; meiner Meinung nach kommt nur die Weberei Claudius in Frage, welche auf solche Luxustextilien spezialisiert ist; vielleicht auch die Weberei Syricus, aber daran glaube ich weniger.«

»Und was ist mit dem Faden, der da lose heraus hängt?«

»Er stammt vom umgenähten Saum und ist ebenfalls von bester Qualität, aber leider weit verbreitet; so gut wie jeder renommierte Schneider Roms verwendet ihn, und derer gibt es zurzeit zahllose; nur der Stoff also ist für uns interessant:

Wie du in Vergrößerung deutlich sehen kannst, ist das tief schwarz gefärbte Gewebe in kurzen Abständen von einen feinen grauen Streifen unterbrochen, was ihm etwas Schillerndes verleiht; ein ziemlich kompliziertes Verfahren, und dafür, das glaube ich, zeichnet einzig und allein die Weberei Claudius, die erste in Rom; nur ihr traue ich ein derart filigranes Gewebe zu; daher sollten wir Herrn Claudius unseren ersten Besuch abstatten; er kann gewiss in den Büchern nachsehen, welche Schneider er damit beliefert hat …

Die Nacht haben wir uns ohnehin schon um die Ohren gehauen; also los! Nutzen wir Auroras himmlisches Rosarot, um sehenden Auges dort hin zu eilen; ich kenne ihn übrigens von einem anderen Fall, den ich nur aufgrund meiner Fachkenntnisse im Gewerbe der Webereien lösen konnte, und bis zu seiner Werkstatt in einer engen dunklen Seitenstraße des Vicus Longus (Lange Gasse) sind es nur ungefähr dreihundert Doppelschritt (ca. 500 m.); also lass uns sputen!«

Von neuer Hoffnung beflügelt, machten wir uns auf den Weg und schüttelten uns im raschen Voranschreiten durch die kühle und frische Luft des gerade eben erwachenden Tages die elende Müdigkeit aus den Knochen …

2.8 Ein hektisches Intermezzo

Während wir durch das morgendliche Rom stürmten, war auf dem Revier bereits einiges im Gange, denn der vierte Mord innerhalb der vierten Nacht hatte sich längst herumgesprochen:

Die Vertreter der Zeitungen hatten samt sie begleitenden Schnellzeichnern das oben schon genannte und beschriebene Atrium gestürmt; nun warteten sie ungeduldig auf das Erscheinen der edlen Herren Marcellus oder Galba, die ihnen Rede und

Antwort zu stehen hatten, aber eine quälende Zeitlang tat sich nichts; schließlich wagte sich Galba aus dem Verschlag hervor; ein wüstes Stimmengewirr empfing ihn; schließlich verstummten die Vertreter der privaten Wandzeitungen und blickten auf Herrn Hircus von den staatlichen Acta Diurna; dieser räusperte sich feierlich, um dann zu fragen:

»Herr Hauptmann, ist der Gefangene geflüchtet?«

»Niemand ist aus unserem Gewahrsam geflohen. Welchen Gefangenen meinst du eigentlich?«, fragte Galba, sich vorsätzlich dumm stellend.

»Den du gestern vor unser aller Augen festgesetzt hast.«

»Davon weiß ich nichts; das muss ein Irrtum sein; ich habe gar nichts von einem Gefangenen gesagt.«

»Aber vergangene Nacht hat es in der Subura den vierten Mord gegeben; eine junge Frau wurde durch einen Stich in den Rücken getötet; der Täter hat ihr dann in altbekannter Manier das Kleid aufgeschnitten, das Opfer nackt liegen lassen und ist im Schutze der Finsternis durch die schmale Gasse INTER SUTORES[69] und die zugehörigen Treppen, den sogenannten Clivus Viminalis, Richtung Viminalishügel verschwunden; ist das korrekt?« – »Ja, das stimmt«, sagte Galba lahm.

»Und konnte es dazu kommen, weil der gestrige Gefangene auf freien Fuß gesetzt wurde? Hat er erneut zugeschlagen?«

»Nein, das hat nichts damit zu tun; ihr seid da einem Irrtum aufgelaufen; er ist nicht der Täter.«

»Aber der Mord ist geschehen, und einer von uns hat gesehen, wie die umgebrachte Frau hierher geschafft wurde, um sie zwischen Eis zu legen; dürfen wir ihre Leiche sehen, um ein Bild von ihr zu publizieren?«

»Nein, das kommt überhaupt nicht in Frage.«

»Warum nicht? Wer ist sie? Wie heißt sie? Weshalb war sie zu dieser späten Stunde noch in der berüchtigten Subura unterwegs? Hatte sie denn keine Angst?«

»Fragen über Fragen! Die Antworten darauf wüsste ich selber gerne; nur sie wusste das alles; aber sie kann es uns nicht mehr sagen; sie ist tot.«

---

[69] INTER SUTORES = Zwischen den Schustern (Schustergasse; Roms Handwerker legten ihre Werkstätten gerne in dieselbe Gasse).

»Willst du nur ihren Namen geheim halten?«

»Ja, aus ermittlungstaktischen Überlegungen.«

»War sie etwa ein, wie sagt man dazu doch, ein Lockvogel der Stadtwache, und ihr wollt jetzt nur nicht zugeben, dass euch der Plan daneben gegangen ist?«

»Nein; sie war keine von uns.«

»Warum war sie dann alleine in der gefährlichen Subura? War sie dort in Liebeshändeln unterwegs, obwohl sie verheiratet war, und ihr wollt dem Ehemann einen Skandal ersparen? Wenn ja, wer ist ihr Ehemann?«

»Davon ist mir nichts bekannt; die Ermittlungen laufen noch, und davon, dass sie verheiratet war, weiß ich nichts; von daher ist es klar, dass ich einen möglichen Gatten nicht kenne.«

»Unser Mann, der zufällig vor Ort war, sagt, dass auch der berühmte Privatdetektiv Lucius Aemilius Paulus vor Ort war und ums Haar das Verbrechen verhindert hätte; hat er eine Beschreibung des Täters gegeben?«

»Er war leider um die dreißig Doppelschritt vom Tatort entfernt, als der Mord sich ereignete; der Überfall, so er, geschah dermaßen rasch, dass er ihn nicht verhindern konnte, obwohl er sofort hin rannte; danach verfolgte er den Mörder in der Stiege hinauf zum Viminalis; dort aber, INTER SUTORES, verloren sich alle Spuren; Paulus schließt daraus, dass der Täter beste Ortskenntnisse besitzt; ferner sagt er folgendes:

Der Mörder sei in eine Caracalla gehüllt gewesen; auf der Flucht sei ihm die Kapuze vom Kopf geglitten: Er sei ungefähr sechs Fuß (180 cm.) groß, schlank und flink und habe schulterlanges helles Haar; als Waffe habe er wieder eine Sica der Armee benutzt.«

»Und mehr weiß man nicht?« – »Nein, dazu war es viel zu dunkel.«

»Welche Meinung hat sich, äh, Rufus zurecht gelegt?«

»Keine Ahnung; ich habe Herrn Aemilius Paulus seit dem Mord nicht mehr gesehen; er hat seine Methoden, wir unsere; mal sehen, wer zuerst am Ziel ist.« – »Werdet ihr den Mann, den ihr gestern vor unseren Augen weggesperrt habt, jetzt freilassen, wo doch bewiesen ist, dass er nicht der Mörder ist?«

»Das habt ihr vollkommen falsch verstanden; es war gar kein Tatverdächtiger sondern nur ein Zeuge; er befindet sich längst wieder auf freiem Fuß; wer es war, kann ich in seinem eigenen Interesse nicht sagen.«

»Darf ich die Vermutung äußern, dass sein, äh, spektakuläres Wegsperren vor aller Augen dazu da war, den eigentlichen Täter in Sicherheit zu wiegen?«

»Vermuten darf jeder; ob's so war, ist eine andere Sache.«

»Und dann sagt der Augenzeuge, die Ermordete habe etwas in der Hand gehabt; Rufus habe es an sich genommen.«

»Davon weiß ich nichts; ich glaube, euer Mann irrt sich; und dennoch darf ich sagen, dass unsere Ermittlungen auf Hochtouren laufen; sobald es Neues gibt, werde ich euch hierher einladen, um zu berichten.«

»Heißt das, dass es noch nichts Konkretes gibt?«

»Noch nichts, leider, leider! Doch jetzt lasst mich meiner Arbeit nachgehen; und außerdem: Ich bin hundemüde, todmüde; valete, mi domini!«

Murrend und scharrend erhob sich die ganze Meute der Zeitungsfritzen und drängte zum Ausgang; wenig später kam ein atemloser Bote zu Marcellus und Rufus geeilt; er hatte die aktuelle Meldung der Acta Diurna abgeschrieben und überreichte den Zettel jetzt dem Tribunus, der sofort zu lesen begann; Galba las mit, ihm über die Schulter blickend:

Subura-Mörder entkommt
aus der ihm gestellten Falle

Galba, der anerkannt tüchtige Hauptmann unserer Stadtwache, konnte vor uns Zeitungs-Schreibern nicht abstreiten, dass er dem Täter in der letzten Nacht eine Falle stellte: Man nahm eine Scheinverhaftung vor, um den Ehrgeiz und die Eitelkeit des wirklichen Täters zu verletzen; dadurch sollte er zum sofortigen Zuschlagen angeregt werden.

Zu diesem Zweck postierte man weibliche Lockvögel in der Subura, ausgebildete Kämpferinnen, indem man davon ausging, dass sie der Mörder von vorne angreifen würde, so dass sie ihn erledigen könnten. – Er aber stach sein Opfer diesmal hinterrücks nieder und flüchtete in die dunkle Gasse, welche man Inter Sutores nennt, wo es ihm mühelos gelang, sogar einen Rufus abzuschütteln; es fehlt seitdem von ihm jede Spur; man weiß nur, dass er groß und blond oder blondiert ist und eine Caracalla trägt.

»Verdammte Schweinerei«, sagte Marcellus, »wir hätten nicht auf diesen Amateurdetektiv hören sollen; jetzt gilt für uns: Wer den Schaden weg hat, braucht für den Spott nicht zu sorgen; und mit welchen Worten berichte ich das unserem Befehlshaber, dem Praefectus Urbis (Stadtpräfekt)? Wie ich ihn kenne, ist er bereits am Rande eines Tobsuchtsanfalles.«

»Aber Rufus ist mit dem Stoff-Fetzen, den er aus der Hand der Ermordeten nahm, inzwischen unterwegs; er will den Hersteller herausfinden, um über den entsprechenden Schneider an den Täter heran zu kommen; vielleicht kommt er ja weiter, denn dieser Fetzen ist zurzeit unsere einzige Spur; vielleicht hat er Glück; er will mich jedenfalls auf dem Laufenden halten.«

»Immer dieser alberne Rufus mit seinen Hirngespinsten! Und dann dieser Blödsinn mit dem Stückchen Stoff; wir haben hier in Rom über ein Dutzend kleinere Webereien, die allesamt mit unzuverlässigen Sklaven arbeiten:

Gehe doch einmal Inter Textores,[70] die nordöstlich vom großen Vicus Longus abzweigt, und du verzweifelst; eine Weberei neben der anderen, und drinnen hunderte von scheußlich stinkenden Textores und Textrices bei der Arbeit.

Und da ist es mir schleierhaft, wie Rufus bei diesen schäbigen Sklaven zur Sache kommen kann; das dauert doch Tage, wenn nicht gar einen ganzen Monat oder noch länger, und das eine, das schwöre ich: Wenn wir nicht bald etwas unternehmen, geht das Morden munter weiter; wie immer, ich muss jetzt hinüber gehen, um dem Praefectus Bericht zu erstatten; er wird schäumen; hoffentlich reißt er mir nicht den Kopf ab ...«

Soweit, mein herzallerliebster Leser, zu all den Dingen, welche sich auf dem Revier abspielten; nun wieder zu meinem Freund Rufus; sind wir beide nicht schon längst auf dem Weg in die Webergasse, auf dem Weg in das Textrinum des Claudius?

---

70 Inter textores = zwischen den Webern (die Weber-Gasse; Roms Handwerker waren oft gassenweise vereinigt): textor = Weber; textrix = Weberin (Plural: textores & textrices).

***

Es dauerte nicht mehr lange, und wir hatten die Webergasse erreicht: Soweit das Auge reichte, kleine und kleinste Webereien, eine an der anderen; unschlüssig blickten wir auf und ab, bis Rufus mit einem zufriedenen Grunzen ein Haus entdeckte, das sich durch Größe und Schönheit von den übrigen, die ich als Buden bezeichnen möchte, unterschied; zum Eingang hinauf, welcher durch zwei dicke Halbsäulen flankiert war, führten fünf marmorne Stufen einer im Halbrund angeordneten Treppe; über dem Portal stand in Blockschrift eingemeißelt:[71]

M. Claudius Caecus
Textrinum Romae Primum

»Da sind wir an der richtigen Adresse«, sagte Rufus und nahm gleich zwei Stufen auf einmal; kaum vermochte ich ihm zu folgen und nahm sie einzeln; oben angekommen, ließ er den Türklopfer gegen die eherne Pforte donnern; wir warteten ungeduldig.

Schließlich öffnete ein Sklave, vermutlich der Janitor, eine kleine Klappe im rechten Flügel und blinzelte verschlafen in die Morgensonne; dann murmelte er:

»Welcher Depp verdrischt da zu nachtschlafender Zeit unsere Haustür; gleich hetze ich ihm die Hunde an den Leib.«

»Du verdammter Sklave«, herrschte ihn Rufus an, »warte nur! Ich bin es, Lucius Aemilius Paulus und muss deinen Herrn sprechen, und das auf der Stelle! Melde mich bei ihm an, sofort, falls du nicht den Löwen und Tigern im Amphitheater vorgeworfen werden willst.«

»Oh, ihr Götter!«, flüsterte der Türhüter entsetzt, »der berühmte Rufus persönlich ist gekommen!«

Und dann laut:

»Mein Herr schläft noch; wenn ich ihn wecken soll, muss ich wissen, was dein Begehr ist? Liegt etwas gegen uns vor? Haben wir was ausgefressen? Nein! Unmöglich! Wir sind eine anständige Firma und haben uns nichts zuschulden kommen lassen.«

»Darum geht es doch gar nicht«, knurrte Rufus, »wir brau-

---

71 Textrinum = Weberei; Textrinum Romae Primum = Roms Erste Weberei.

98

chen nur ein kleines Gutachten des Fachmanns für Textilien; mache endlich auf!«

Der Sklave hantierte nun umständlich mit dem Balken, der auf der Innenseite vor die Flügel des Tores gelegt war, öffnete eilig die Pforte und führte uns dann ehrfürchtig durch das Atrium hinüber ins Tablinum (Büro), wo er uns zwei bequeme Korbsessel anbot und einen anderen Sklaven anherrschte, er solle uns auf der Stelle ein erfrischendes Getränk anbieten.

Dort hockten wir nun eine Weile und befeuchteten die Kehle mit einem wunderbaren Fruchtsaft, bis der alte Claudius endlich herein gewackelt kam, vor lauter Schläfrigkeit ein Auge zugekniffen; statt uns zu begrüßen, hockte er sich einfach hin und sah uns fragend an; Rufus hielt ihm den Stoff-Fetzen unter die Nase:

»Stammt das Muster von dir?«

Der alte Mann drehte es mehrfach in Händen; Rufus reichte ihm sein Vergrößerungsglas; jetzt blühte Claudius sichtlich auf und sagte:} »Natürlich! Jetzt erkenne ich es; das ist unser edelstes und teuerstes Gewebe, welches wir zurzeit herstellen; drei Viertel schwarze Seide; ein Viertel graue Seide; beides kunstvoll ineinander gewebt; ein Stoff der Träume.«

»Wird das viel verlangt?«

»Wenig, edler Herr Paulus, wenig; es ist so teuer, dass es sich der gemeine Mann nicht leisten kann.«

»Hast du eine Liste der Schneider, die du damit belieferst?«, fragte Rufus und nahm die Probe wieder an sich:

»Es gibt insgesamt nur vier von diesen; gerne will ich in den Büchern nachschauen und dir die Adressen geben.«

»Das wäre nett«, sagte Rufus, und Claudius holte eine dicke Rolle aus dem Regal, um sie zu öffnen; nicht lange, und er war fündig geworden; rasch rief er den Sekretär herbei und diktierte ihm die gesuchten Anschriften, um Rufus dann freudestrahlend die Liste zu überreichen: »Großer Meister, ich hoffe, dir damit gedient zu haben.« – »Sehr sogar«, sagte Rufus und nahm sie an sich; dann verabschiedeten wir uns, um eilig das Weite zu suchen; nach meiner Einschätzung lagen mindestens drei Meilen Weges vor uns, weil die verdammte Schneiderzunft ihre Werkstätten über die Stadtmitte Roms verstreut hat und keine eigene Gasse belegt:

»Ein Königreich für eine Kutsche!«, stöhnte Rufus, »aber unsere Majestät hat ja leider tagsüber Fahrverbot über die ganze Stadt verhängt, seit die wild gewordenen Ochsentreiber die Passanten zu Tausenden zerquetscht haben ...«

»Gehen wir zuerst hinüber in die Alta Semita (Hohe Gasse), wo Schneidermeister Marcus Gallicus zu finden sein soll; sein Name deutet darauf hin, dass er ein Landsmann von dir ist.«

»Gut«, sagte Rufus, »obwohl uns das um mindestens siebzig Doppelschritt von der Stadtmitte weg lockt; aber wenn es dein Wunsch ist, dann bitte!«

Und schon überquerten wir den Vicus Longus, um durch eine enge Gasse zur einigermaßen parallel verlaufenden Alta Semita zu rennen; dort angekommen, fragten wir einen der vorüber Gehenden nach dem Schneider, und er zeigte auf ein nahes Haus, in dessen gewölbtem Erdgeschoss eine Werkstatt untergebracht war; als wir näher kamen, lasen wir den Namen des vermeintlichen Galliers in vergoldeten Buchstaben über den Eingang; wir waren am Ziel und gingen hinein; ein stämmiger rothaariger Mann war drinnen mit Nadel und Faden beschäftigt:

»Salve, Marce Gallice!«, sagte Rufus.

»Salve, Aemili Paule«, entgegnete der Schneider voller Freude, »welch' Ehre! Roms bekanntester Gallier stattet mir einen Besuch ab; was kann ich für dich tun?«

Rufus hielt ihm den ominösen Fetzen unter die Nase:

»Verarbeitest du dieses Material da?«

»Gewiss; aber nur für betuchte Kunden; der Populus Minutus (kleine Mann) kann sich so etwas nicht leisten.«

»Hm, und stellst du gelegentlich auch eine echt gallische Caracalla daraus her, du, der Gallier?«

»Höchst selten; nur so ein paar verrückte Landsleute, die es in Rom zu Geld gebracht haben, kommen dafür in Frage; die letzte Caracalla aus Seide habe ich vor drei Monaten gefertigt.«

»Und wer war der Kunde oder Einzelhändler?«

»Ich liefere nur an Einzelkunden; an welchen es war, weiß ich nicht mehr; da muss ich in den Büchern nachsehen; ich hebe sie stets fünf Jahre lang auf, wie das der Kaiser verlangt.«

Gallicus legte Nadel und Faden beiseite und ging hinüber in sein Büro; kurz darauf kam er mit einer Rolle zurück und drehte so lange an der Kurbel, bis er den Verkauf der letzten Caracalla geortet hatte; schmunzelnd schrieb er einen Namen auf den Zettel, den ihm Rufus vorlegte, strahlte und sagte: Mein letztes dieser Meisterwerke ging vor genau einem Monat über den Tresen; der Kunde heißt, äh, ist oder war ein gewisser ...

GAIVS FVRIVS BONONIENSIS[72] – VICVS VIMINALIS

»Da haben wir den ersten fetten Fisch an der Angel; gratuliere, dass ich auf dich gehört haben; hihihi, auch das blinde Hühnchen findet hin und wieder einmal ein Korn; freilich können wir erst aktiv werden, wenn wir die übrigen fünf Schneider abgeklappert haben; das Langstreckenrennen geht weiter; ich denke, wir werden uns bei den nächsten Olympischen Spielen hervortun«, sagte Rufus kichernd und händereibend:

Auf und davon ging es im Sturmschritt zu Nummer zwei, einem gewissen Marcus Paganus;[73] er war ein unappetitlich fetter Kerl, wo man doch sonst sagt, alle Schneider seien klapperdürr; am Rande der Subura war er zu Hause und beteuerte, noch nie im Leben eine Caracalla geschneidert zu haben; er sei ein Römer, sagt er und kein Barbar aus Gallien; Rufus widersprach dem nicht und war mit seiner Auskunft mehr als zufrieden.

Und weiter ging's im Sauseschritt; durch die Subura hindurch, über das Argiletum, in dem wir wohnen, hundert Doppelschritt weiter bis zum Großen Amphitheater (Kolosseum), achtlos an seiner majestätischen Fassade vorüber, ohne auf das dumpfe Brüllen der Zuschauer zu hören, denn heute waren Spiele angesagt, vorbei am Ludus Magnus und unmittelbar dahinter hinein in eine finstere Gasse, wo wir unmittelbar auf die Schneiderei Sextus Popilius & Sohn stießen; der Junior war gerade damit beschäftigt, den Gladiatoren in der nahe gelegenen Arena zuzuschauen; der Vater aber, der solchen Schlächtereien

---

72 Der Nachname Furius deutet auf Adel hin; durch den Zusatz Bononiensis (= aus Bononia = Bologna) wird dies aber widerlegt; diese Familie wurde irgendwann aus der Sklaverei entlassen und in die Anhängerschaft der altadeligen Furier aufgenommen; der letzte Furier brachte aber schon unter Kaiser Tiberius († 37 n. Chr.) sein Geld durch und wurde des Senates verwiesen.

73 Paganus: »Herr Dörfler«.

nichts abgewinnen konnte, war zu Hause und saß gebeugt über einer entstehenden Toga; er war standesgemäß von dürrer Gestalt:

Rufus grüßte, stellte sich vor und legte auch ihm den Fetzen hin; als er ihn sah, leuchtete sein Gesicht; er murmelte etwas von einem Stoff der Reichen, nichts für den Pöbel: »Hast du jemals eine Caracalla daraus gefertigt«, fragte Rufus.

»Bin ich denn wahnsinnig? Sehe ich aus, als könnte ich nicht auf drei zählen; ich als Römer soll Schneider für diese fürchterlichen Gallier sein, die der gute alte Julius Caesar auszurotten vergessen hat?!«

Rufus hatte Mühe, ein wieherndes Gelächter zu unterdrücken, verabschiedete sich artig von diesem Gallierhasser und ging samt mir im Schlepptau kichernd Richtung Kolosseum:

»Bleibt nur noch Nummer vier«, sagte er, »und wenn ich eines schätze, mein Lieber, dann Menschen, hihihi, die offen und ehrlich ihre Meinung sagen.«

Wir umrundeten das Amphitheater und gelangten vollkommen außer Puste in die Via Triumphalis (Straße des Triumphes), an dessen Ende sich Roms Circus Maximus riesig abzeichnet; wir ließen diese Rennbahn rechts liegen und bogen im Winkel von ungefähr 90 Grad in die nach Südwesten gehende Via Appia ein; sie hat vom Circus Maximus bis zur Porta Appia eine Länge von ungefähr neunhundert Doppelschritt (fast 2 km.) und ist zum Glück auch tagsüber für den Verkehr freigegeben, da außerhalb der Innenstadt gelegen:

Rufus winkte einem Kutscher, der sich faul in der Sonne aalte, steckte ihm eine Münze zu, und schon ging es auf und davon, denn in der Weberei hatten wir erfahren, dass der Schneidermeister Titus Columba (Taube) ganz in der Nähe des Stadttores hauste; und dort fanden wir ihn denn auch; Rufus hieß den Kutscher auf uns warten. – Nach einer artigen Begrüßung zeigte Rufus auch ihm den Fetzen, und auch er bestätigte uns, was wir schon wussten; Rufus stellte dann die bekannte Frage:

»Hast du aus solch kostbarem Stoff jemals schon eine gallische Caracalla hergestellt?«

Der Meister sprang empört aus seinem Korbstuhl und brüllte mit sich überschlagener Stimme wie ein Stier:

»Wenn das eine Beleidigung sein soll, dann darf ich euch des

Hauses verweisen; ich, erster Meister der Zunft und scheußliche Barbaren-Klamotten; ich glaube, mir wird schlecht.«

»Nichts für ungut«, sagte Rufus und legte ihm begütigend die Hand auf den Arm, »und ich konnte mir Dergleichen bei einem so großen Könner des Faches wirklich nicht vorstellen; aber meine Ermittlungen müssen stets gründlich sein, und daher pflege ich auch das Unmögliche in meine Überlegungen mit einzubeziehen; und wenn eines Tages sogar unser Caesar Augustus eine Caracalla tragen sollte, werden sie die Schneider Roms um die Wette anfertigen, wer weiß? Lebe denn wohl, großer Meister, du hast uns wirklich sehr geholfen.«

Die Zornesader dieses sich als Künstler verstehenden Mannes schwoll rasch wieder ab, und er geleitete uns höflich zur Türe hinaus; unten in der Kutsche angekommen, sagte Rufus:

»Wir haben eine heiße Spur; Kutscher, fahre uns zum Circus Maximus zurück; von dort aus, lieber Rufus, stehen uns rund tausend Doppelschritt (ca. 1, 5 km.) bis zum Vicus Viminalis bevor; die Sonne steht schon im Zenit; ich denke, wir machen unterwegs eine kleine Pause und stärken uns an der nächstbesten Caupona; Freund Galba schicken wir über einen Boten die entsprechende Nachricht, dass er sich mit mindestens zwei Soldaten am entsprechenden Haus einfindet; ich habe ihm genügend Hinweise geliefert; wenn er wieder einmal blind ist, kann ich ihm nicht helfen; ich denke, wir werden den Fall auf unsere Weise zu einem befriedigenden Ende führen und ihm unten auf der Straße den Täter überlassen.«

Mittlerweile waren wir zurück zum Circus Maximus gelangt; Rufus bezahlte noch rasch den Kutscher, kritzelte einen Zettel und gab ihn einem unbeschäftigt herum lungernden Eilboten, samt dem obligatorischen Denar, in treue Hände, und auf ging's, hinein in das stinkende Menschengewimmel von Roms verstopfter Innenstadt und hin zur nächsten Kneipe, wo wir einen ganzen Eimer Wasser hinunterspülten und einen Tontopf frisch gegarter Hirse zu uns nahmen, die der geniale Koch mit würzigem Käse überbacken hatte.

Danach waren wir so weit wiederhergestellt, um die verbliebene Strecke zu bewältigen; Rufus federte leichtfüßig vor mir her, als wäre das noch gar nichts; ich humpelte ihm stöhnend hinterher, denn ich hatte mir schon Blasen über Blasen gelau-

fen und verfluchte den Tag, an dem ich mich dem Meister an-
geschlossen hatte; dann waren wir zum Vicus Viminalis hinauf
geklettert, er ein Liedchen pfeifend, ich schwer atmend und
keuchend; ja, ich hatte den hinunter gespülten Eimer Wasser
längst in hervor geblubberten Schweiß umgewandelt ...

2.9 Eine bezaubernde Frau

Als wir uns schließlich endlich zur richtigen Adresse[74] durch-
gefragt hatten, standen wir vor einem zweistöckigen Haus der
absoluten Luxusklasse, das in den Strahlen der frühen Nach-
mittagssonne gleißte; dass es eine Heimstatt der Reichen war,
bezeugte schon die Gestaltung der Fassade, welche mit Marmorplatten belegt und durch korinthische Halbsäulen, welche
scheinbar die einzelnen Stockwerke trugen, künstlerisch ge-
gliedert war.

Das Erdgeschoss beherbergte offenbar zwei großzügige
Wohnungen, das Obergeschoss, dessen Giebel zur Straßenseite hin in Form eines griechischen Tempels gestaltet war, bildete
sozusagen ein Haus auf dem Haus; ein Blick schon genügte, um
zu sehen, dass der majestätische Aquaeductus der Aqua Mur-
cia, welche den Viminalis versorgt, hoch genug geführt wurde,
um auch das Penthaus mit fließendem Wasser zu verwöhnen.

Unser freundlicher Passant zeigte nach oben auf diesen
köstlichen Ansitz; Rufus nickte; ich dankte ihm; wir schritten
die fünf Stufen zum ehernen Portal hinauf und betätigten den
ringförmigen Türklopfer; der Janitor bemerkte uns, aus seiner
Kammer heraus und durch die entsprechende Luke blickend,
und fragte nach unserem Begehr, nach dem Woher und Wohin,
denn ohne Weiteres, so er wichtigtuerisch, komme man hier
nicht an ihm vorbei und in dieses Haus hinein; dieses Gehabe
ärgerte Rufus; und er zischte durch das geöffnet Fensterlein:

»Ich bin Lucius Aemilius Paulus, besser bekannt als Rufus,
und das da ist mein Freund und Kollege, der berühmte Doktor
Sokrates; wir müssen Herrn Furius sprechen.«

»Oh, ihr gütigen Götter«, schrie der Sklave verblüfft und be-

---

74 Nur für Vergessliche: Rom kannte keine Hausnummern.

geistert zugleich und öffnete augenblicklich die Tür: »Der große Detektiv persönlich! Nie werde ich mir das verzeihen, ihn nicht sofort erkannt zu haben; und den wunderbaren Doktor hat er auch gleich mitgebracht; meine sehr verehrten Herrschaften ...«

Er riss die Türflügel auf, verbeugte sich vor uns fast bis auf den Estrich und zeigte dann auf die marmorne Treppe, welche gemächlich nach oben führte:

»Gaius Furius ist im Obergeschoss zu Hause; aber ich fürchte, er schläft noch; er ist in letzter Zeit ein Nachtarbeiter ...«

»Wir werden sehen, lieber Herr, äh ...«

»Man nennt mich Borysthenes.«[75]

»Ein schöner Name; heißt so nicht der große Fluss, welcher ins Pontische Meer mündet?«

Der brave Kerl strahlte; Rufus hatte ihm eine große Freude gemacht; etwas traurig sagte er dann:

»Meine Großeltern lebten noch dort; dann wurden sie ins Römische Reich exportiert; ich war noch nie da.«

»Es soll eine wilde Gegend sein; jedenfalls gehört das Land dort nicht zum Reich; ferner hörte ich, dass dort hervorragende Pferde[76] gezüchtet werden; wie auch immer, lieber Borysthenes, habe vielen Dank! Und ist dein Herr auch letzte Nacht wieder spät nach Hause gekommen?« – »Keine Ahnung! Wirklich nicht! Mein Dienst endet stets mit Sonnenuntergang; anschließend muss sich ein jeder Bewohner mit dem Schlüssel[77] abquälen; jedenfalls war Gaius Furius noch zu Hause, als ich meinen Feierabend nahm; er geht gewöhnlich erst später aus.«

»Vielen, vielen Dank, lieber Herr Borysthenes; Sokrates wird dich in seinem Bericht gebührend würdigen, denn du hast

---

[75] Borysthenes hieß damals eigentlich der große Fluss, der ins Pontische = Schwarze Meer mündet und heute Dnjepr genannt wird.

[76] Hadrianus, Nachfolger des Traianus, nannte sein Lieblingsross Borysthenes.

[77] Der Leser sei noch einmal daran erinnert, dass römische Türen verschlossen werden, indem man im Weggehen von außen einen riesigen Riegel mit einem Riemen zuzieht; man schließt auf, indem man einen recht großen Schlüssel durch das Schlüsselloch steckt und in einer Zahnleiste des Riegels einklinkt.

uns sehr geholfen; auf Wiedersehen!« – Ehe es sich der verdutzte junge Mann versah, blinkte eine Silbermünze in seiner Hand, die da doch kaum einmal eine kupferne zu fassen kriegte; er brachte vor Glückseligkeit keinen Ton mehr heraus; dann stapften wir die Stiege hinauf.

Oben angekommen, standen wir vor einem Portal aus Edelholz mit silbernen Beschlägen; darüber war bogenförmig in goldenen Buchstaben vor weißen Hintergrund der Name des Wohnungsinhabers aufgezeichnet war:

Gaivs Fvrivs Bononiensis – Artifex

Ein eherner Löwenkopf fauchte uns entgegen; in seinem Maul hing der kupferne Ring zum Anklopfen; Rufus nahm ihn und ließ ihn gegen die Türe des vorgeblichen Künstlers[78] poltern; und dann noch einmal, aber es dauerte scheinbar eine halbe Ewigkeit, bis sich die Tür auftat, einen kleinen Spalt breit nur; darin sozusagen eingeklemmt steckte eine mollige schwarze Sklavin, um die zwanzig Jahre alt, an der Küchenschürze leicht als Hausmädchen und Köchin erkennbar; ein Hauch von Pfeffer wehte uns entgegen, während sie uns schweigend musterte und aus großen weißen Kulleraugen ansah; dann sagte sie spitz:

»Mit wem habe ich die Ehre?«

»Detektiv Aemilius Paulus samt Doktor Sokrates.«

»Oh, ihr gütigen Götter, auch das noch! Haben wir etwas ausgefressen?«, rief sie und schlug die Hände über dem Kopf zusammen, als ob sie böses Unheil über ihre Herrschaften herein brechen sähe:

»Ist dein Herr zu Hause?«, fragte Rufus.

»Um diese Zeit pflegt er noch zu schlafen.«

»Dann wecke ihn!«

»Er wird mich halb tot schlagen.«

»Ist wenigstens seine Frau zu sprechen?«

»Wohl kaum! Sie ist gerade im Bad verschwunden; auch sie wird fürchterlich wütend sein, wenn ich sie störe; das Baden ist

---

[78] Lat. artifex kommt von ars = Kunst und facere = machen; der Herr des Hauses hält sich also für einen Künstler.

ihr heilig; soll ich sie trotzdem rufen?« – »Gewiss doch, es ist bitter ernst.«

»Gut, dann gehe ich«, sagte sie zögerlich und trippelte davon.

Wir sahen ihr durch die offen stehende Türe hinterher und begaben uns dann frech in den Korridor hinein, während sie kopfschüttelnd in den hinteren Gefilden verschwand, uns in der durch zwei Bogenfenster erleuchteten Halle stehen lassend, von wo aus wir ein sanftes Plätschern sowie das zauberhaft melodische Klingen einer glasglockenreinen Stimme vernahmen, welches nicht nur mich in Begeisterung versetzte; still und voller Wonne lauschten wir dem Gesang der Unbekannten, die da gerade ihr Bad genoss; dann brach das Singen ab; ein Dialog zorniger Stimmen drang an unsere Ohren, darunter daher gekeifte Worte wie »erbarmungslos auspeitschen«; Rufus kicherte; ich schaute verärgert zu Boden und dann nach links und rechts:

Neben uns, an sämtlichen freien Flächen der Wand, hingen Gemälde, die ich mir jetzt gründlicher ansah, um sie als höchst mittelmäßig einzustufen ...

Noch schüttelte ich den Kopf über die erbärmliche Arbeit dieses Stümpers, da kam die Herrin des Hauses auch schon aus dem Badezimmer heraus geschritten, wie es schien, auffällig rasch und sogar ein klein Wenig atemlos, denn wir hatten uns auf eine längere Wartezeit eingestellt; man kennt ja die Damen und ihre Badegewohnheiten; doch als sie hervor trat, verschlug es uns die Sprache; wie gebannt sahen wir dieses langbeinige Wesen von einer anderen Welt auf uns zu schweben, die göttliche Anmut in Person; eine Grazie aus dem Bilderbuch; ihre kaum verhüllte Haut leuchtete so weiß wie Schnee:[79]

In scheinbar unerklärlicher Hast und Eile hatte sie sich nichts anderes als ein schmales blaues Handtuch um die Hüf-

---

[79] Bis an den Rand der Neuzeit galt weiße Haut als besonders schön, denn braun waren ja alle Bauern auf den Feldern und ihre Sklaven; braun galt demnach als hässlich und ordinär; der Dichter Theokritos lässt einen schmachtenden Riesen die Angebetete so besingen: »Oh, du leuchtend weiße Galathea, weißer noch als Käse«; im griechischen Namen »Galathea« steckt übrigens »gala = Milch«.

ten geschlungen, war in schwarze Flipflops geschlüpft, deren einziger als grüne Schlange gestalteter Riemen, in welchem der Große Zeh steckte, mit jeweils zwei funkelnd roten Perlen besetzt war, welche die Augen des Reptils bildeten ...

Während sie sich rasch näherte, hob sie die Arme hoch und kreuzte sie über der bloßen Brust; die Hände hatte sie dabei in dem jeweils gegenüber liegenden Oberarm verkrallt; am rechten Ringfinger blinkte ein goldener Ehering; die Nägel an Händen und Füßen waren rosarot lackiert:

So stand sie denn in voller Größe vor uns und lächelte freundlich verlegen; sie hatte nicht einmal die Zeit gefunden, sich abzutrocknen; eine Pfütze breitete sich unter ihr aus:

Fast so groß wie Rufus war sie und schlank wie die afrikanische Gazelle, keine Unze[80] Fett am Leib: prächtige, weiblich geschwungene auffällig lange Schenkel, sehr schmale Hüften; kleines Gesäß; wenig Taille; breite gerade Schultern und muskulöse Arme; das Bezauberndste an ihr war freilich der göttliche Kopf, der über einem filigran modellierten Hals thronte:

Ein ovales Gesicht von nassem, an Hals und Schultern klebenden dunkel- bis rotblondem Haar umsäumt, das sich aber nach dem Trocknen noch aufhellen dürfte; hohe Stirn; gebogene gepflegte Augenbrauen; große, seltsam hellgrüne Augen, die mich an ein Reptil erinnerten; fein modellierte Nase, welche unmittelbar aus der Stirn heraus wuchs; ein üppiger und überaus roter Mund mit dermaßen spöttisch gekräuselten Lippen, dass ich das Brennen der eigenen Lippen verspürte; darunter ein feines straffes Kinn; kurz: ein Antlitz, so schön und ausdrucksvoll, wie ich selten eines sah, wenn auch mit ersten Ansätzen feiner Linien; eine Frau, so schätzte ich, von Mitte bis Ende Dreißig. – Bewundernd glitten nun meine Blicke über ihre Blöße hinauf und hinunter, wo ich doch als fein erzogener Mensch dezent beiseite hätte sehen sollen, während Rufus so feuerrot anlief, dass ich schon fürchtete, er könnte vor ihr die Flucht ergreifen; doch dann riss er sich zusammen und sagte kurz angebunden und trocken:

---

[80] Lat. »uncia« bedeutete ganz allgemein »ein Zwölftel«; als Gewichtsangabe ist die Unze ein Zwölftel des As, der damals nur eine Kupfermünze, ein »Pfennig« ist; daraus folgt, dass die Dame für uns »kein Gramm Fett« am Leib hat.

»Das ist da mein Kollege Sokrates; ich bin Lucius Aemilius Paulus, der Detektiv; wir müssen deinen Mann sprechen, und das unbedingt; wir haben keine Zeit zu verlieren; doch zuvor könntest du uns die Ehre erweisen zu sagen, mit welchem Namen wir dich anzureden dürfen.«

»Cornelia heiße ich«, flötete sie atemlos, »und stamme aus einer Nebenlinie der uralten Adelsfamilie der Cornelier, aber ich bin nicht das, was ihr euch vorstellt; ich will gar nicht erst um den heißen Brei herum reden und euch nichts vormachen; einem Rufus etwas vorzumachen, ist ja sinnlos:

Ich bin schon gut achtunddreißig Jahre alt; in besseren Jahren sind mir all die Heiratskandidaten abhanden gekommen, einer nach dem anderen; in einige von ihnen war ich heiß und innig verliebt, aber sobald sie mich das erste Mal nackend gesehen hatten, nannten sie mich eine abscheuliche Adrógyne,[81] mit der sie nichts anfangen könnten und suchten eilig das Weite; das trieb mich an den Rand des Wahnsinns; ich wollte mich umbringen.

Doch dann habe ich meinen lieben Gaius Furius aus Bononia kennen gelernt und geheiratet, einen biederen Bürgerlichen zwar, aber jemanden, dem das, was andere abstößt, gar nichts ausmacht; es war vor nunmehr sieben Jahren, und damit ihr endlich begreift, dass es bei mir nichts, wirklich nichts zu sehen gibt und ihr endlich das Gaffen bleiben lasst ...«

Scheinbar wütend blitzte uns Cornelia an, ließ die Arme sinken, eine Weile schlaff baumeln, stemmte sie dann lässig in die nur angedeuteten Hüften und sah uns herausfordern an; den unter tausend glitzernden Wassertröpfchen schimmernden Körper bog sie dabei wie eine geschmeidige Schlange, so dass die rechte Hüfte höher als die linke und im Gegentakt die linke Schulter höher als die rechte empor ragte, während sie auf dem linken Fuß zum Stehen kam und den rechten nur mit den Zehenspitzen aufsetzte; in dieser Haltung sah sie uns trotzig aus hellgrünen Augen an und zeigte dabei zwischen frech aufgeworfenen wulstigen Lippen eine Reihe makelloser Zähne:

Welch ein göttlicher Anblick! Gerade weil es in gewisser

---

81 Das griech. Wort »andrógynos = mannweiblich; zwitterhaft« kommt von »anér, (Genitiv) andrós = der Mann« und »gyné = das Weib, die Frau«.

Hinsicht bei ihr nichts zu sehen gab, gab es Unermessliches, gab es Himmlisches zu sehen:

Ich, der gelernte Grieche, war hingerissen von so viel erhabener, ja, göttlicher Schönheit; vor mir stand nämlich, das Gesicht inzwischen purpurrot überflutet, von Kopf bis Fuß eine lebendige Kopie, ja, ein Ebenbild der herrlichsten aller hellenischen Statuen, diesmal aber aus Fleisch und Blut; vor mir sah ich das leibhaftige Bild des Hermes, gemeißelt vom göttlichen Bildhauer Praxiteles, welches in seiner unübertrefflichen Lieblichkeit und Anmut immer noch in Delphi[82] zu besichtigen ist, obwohl es jetzt in groß und klein zahllose Nachbildungen dieses schönsten männlichen Aktes aller Zeiten gibt.

Wir schwiegen; wir staunten; war das wirklich eine Frau oder doch nur ein Mann voller weiblicher Züge? Unwillkürlich dachte ich an die Sagengestalt des Hermaphroditos, der im Oberkörper wie eine Frau aussieht, aber unverkennbar den Unterleib eines Mannes vorweist; Cornelia, offenbar genau umgekehrt gestaltet, erriet meine Gedanken, lächelte giftig und fauchte:

»Muss ich erst das Handtuch fallen lassen, damit ihr mir glaubt, dass ich eine Frau bin?«

»Da seien die gütigen Götter vor«, sagte ich, während Rufus betroffen schwieg; ich tönte:

»Dennoch sei mir die kleine Bemerkung gestattet, dass du in meinen Augen eine unvergleichlich schöne Gestalt besitzt; doch wir sind nicht gekommen, dir die Bewunderung, welche du mit Fug und Recht verdienst, zu schenken, sondern um einen Kriminalfall aufzuklären; darum wollten wir eigentlich deinen Mann sprechen, aber er schläft ja noch; vielleicht könntest du uns an seiner Stelle einige Fragen beantworten?«

Sie nickte und sagte, »am besten gehen wir dazu nach drüben ins Arbeitszimmer«, schlenkerte die kostbaren Flipflops beiseite und tänzelte auf den Zehenspitzen und mit wiegendem Gesäß vor uns her, hinein in ein freundliches Zimmer, in dem sich einige mit Kissen gepolsterte Korbsessel um einen

---

82 Zur Zeit des Traianus, in der unser Roman spielt, war diese Statue bereits fast 400 Jahre alt; man fand das Original fast unversehrt in den Trümmern von Delphi; es zeigt einen nackten Jüngling von fast femininer Schönheit.

runden dreibeinigen Tisch gruppierten. – Wir nahmen Platz; sie wickelte sich jetzt bis auf die Höhe der Achselhöhlen in ein Badetuch, das ihr die Zofe gebracht hatte, setzte sich, wischte sich die feuchten Haare aus dem Gesicht und sah grünlich schillernd zu uns herüber; Rufus nahm das Wort:

»Dein Mann schläft also noch; hat er die Gewohnheit, immer um diese Zeit zu schlafen?«

Sie errötete ein wenig; ihre Lippen bebten:

»Was willst du damit sagen?«

»Nun, gewiss ist er spät in der Nacht oder erst am frühesten Morgen nach Hause gekommen, oder?«

Sie lächelte versonnen und kuschelte sich in das Badetuch und räkelte sich wie das berühmte Kätzchen, die aus Marmor gemeißelten Arme in die Höhe streckend und herzhaft gähnend:

»Er ist Künstler und arbeitet am liebsten bei Kerzenschein; das inspiriere ihn am meisten, sagt er; und wenn er schöpferisch tätig sein muss, pflege ich zu schlafen; er mag es nicht, wenn ihm dabei jemand über die Schulter blickt.«

»War er letzte Nacht zu Hause und hat gearbeitet? Oder war er im Getriebe der Stadt untergetaucht, um seinem Vergnügen nachzugehen?«

»Ich habe nicht die geringste Ahnung; wir besitzen getrennte Schlafzimmer; aber wenn es so wichtig ist, will ich gerne gehen, ihn zu wecken.«

Sie erhob sich, schlängelte sich aus dem Badetuch, faltete es sorgsam auf der Sessellehne zusammen und begab sich hinüber ins Atrium; durch eine Flügeltür fielen unsere Blicke in diese prächtige Halle hinein:

Vier korinthische Säulen trugen das Dach, welches, aus hauchfeinen Mormorziegeln bestehend, das Tageslicht gedämpft herein fluten ließ; ringsumher an den vier Wänden waren herrliche Statuen aufgestellt; alles wirkte geschmackvoll und wenig aufdringlich; in der Mitte befand sich ein mit goldfarbenen Mosaiksteinchen ausgelegtes Wasserbecken; nur die überall vorherrschenden bunten Bilder, doch wohl vom Hausherrn selber auf frischen Putz gemalt, fanden unseren Beifall weniger; kurz: Dies war ein Haus, in dem es sich leben lässt.

Wir erhoben uns, blieben wie eine Schildwache vor der Tür

zum Atrium stehen und dachten, »sicher ist sicher«; doch unsere Vorsicht sollte sich als übertrieben heraus stellen, weil Galba mittlerweile die Haustür besetzt hatte.

Kurze Zeit später erschien Cornelia wieder; sie hatte sich einen Hauch von rosafarbener Seide übergestreift, schulterfrei, ärmellos und bis über die Mitte der Oberschenkel reichend; das Haar ausgekämmt und aufgetürmt; ein Geflecht feinster Sandalen an den Füßen; Armillae aus Gold ringelten sich in mehrfachen Spiralen um ihre Unterarme und endeten in je einem Schlangenkopf, die Augen aus funkelnden Diamanten:

»Mein Mann kommt gleich und bittet um etwas Geduld; er ist in gewisser Hinsicht das genaue Gegenteil von mir und zeigt sich höchst ungern, wenn er nicht in seiner feinsten Tunika steckt; ja, er hasst es, sich nicht in Schale sehen zu lassen und ist gerade dabei, sich fein heraus zu putzen.«

»Du sagtest doch«, sagte Rufus, »ihr hättet getrennte Schlafzimmer, nicht wahr?«

Rufus wollte durch diese Frage herausfinden, ob sie mit ihrem Mann, wenn man das so sagen darf, unter einer Decke steckte und über das vielfache Morden unterrichtet, oder von seinem mörderischen Treiben völlig ahnungslos war; doch sie wusste entweder überhaupt nichts oder war intelligent genug, das Vorhaben meines Freundes zu durchschauen; sie zuckte nur lässig mit den Achseln und sagte:

»Getrennt, wie die meisten Eheleute, oder? Aber vielleicht wollt ihr euch ja die Zeit ein Wenig vertreiben?«

Sie öffnete die Seitentür zu einem ziemlich geräumigen Studio mit Zeichenbrettern, Papyrusrollen und allerlei aus Gips gefertigten Modellen; daneben das zugehörige Zeug an Pinseln und Farbstoffen; ferner jede Menge angefangener Gemälde; Furius arbeitete offenbar an mehreren zeitgleich.

Die Wände des quadratischen Raumes gingen in etwa sieben Fuß Höhe (ca. 210 cm.) in ein Achteck über, über welchem sich dann eine kreisrunde Kuppel erhob, deren festes Gerippe mit durchsichtig weißem Glas gefüllt war:

»Das spendet jedem schaffenden Künstler ein wirklich ideales Licht«, flüsterte ich Rufus ins Ohr; er nickte:

»Arbeitet dein Mann viel?«

»Viel zu viel! Es überkommt ihn wie ein Rausch; aber der

Markt für solche Produkte ist beschränkt; reich werden kann man damit nicht; zum Glück sind wir auf die Einnahmen nicht angewiesen; ich habe genügend zu unseren Unterhalt beigesteuert; er hat es nicht nötig zu arbeiten.

Gaius ist nie besonders kräftig gewesen; jetzt im August sollten wir eigentlich am Strand des neapolitanischen Baiae sein, um uns zu erholen, aber leider hat er einen Auftrag angenommen und wir müssen hier im römischen Backofen ausharren.«

Wir blickten einander an, Rufus und ich, und verstanden uns auch ohne Worte: Selten hatten wir eine dergestalt selbstsichere Frau gesehen; hätte sie nicht völlig verwirrt sein müssen, als wir bei ihr vorsprachen, nachdem die Klatschblätter der Stadt voll von Berichten über die Mord-Serie waren? Wusste sie etwa nicht, dass Rufus zu den Ermittlungen hinzugezogen worden war?

Und diese bezaubernde Schlange beobachtete uns jetzt so, als ob sie es spannend oder spaßig fände, den berühmten Detektiv einmal aus nächster Nähe mustern zu können, einmal abgesehen von ihrem ersten Auftritt, durch den sie uns auf geniale Weise das Heft aus der Hand genommen hatte.

»Ich gehen jetzt einmal hinüber«, platzte sie in unsere Gedanken hinein, »und sehe nach, ob er fertig ist.«

Während sie sich schlangengleich hinaus begab, sahen wir ihr bewundernd hinterher, dann schlenderten wir wieder ins Arbeitszimmer zurück und schlossen die Tür:

Die im Studio aufgestellten Werke des Meisters fanden wir nämlich abstoßend; immer nur die grausigsten Szenen der griechischen Sage, darunter, wie Eteokles und Polyneikes, die im Inzest gezeugten Söhne des Ödipus, sich hasserfüllt gegenseitig das Schwert in die Brust stoßen, oder Apollo und Artemis die zwölf Kinder der Niobe mit Pfeilschüssen töten, um sich an deren Mutter zu rächen (s. Anm. 86); all dies war nur stümperhaft nachempfunden, nichts von Geschmack; wir waren froh, dem Studio entronnen zu sein; Rufus sagte:

»Ein ganz schön berechnendes Luder, unsere Cornelia, aber eines muss man ihr lassen; die bald vierzig Jahre, die sie auf dem Buckel hat, haben ihrer Schönheit keinen Abbruch getan; und wenn du mich fragst: Ich kann die blöden Hunde nicht verstehen, die sie sitzen haben lassen, nur weil sie keine weibliche

Brust aufzuweisen hat; als ob das das Wichtigste wäre; ich hätte das jedenfalls nicht getan«, sagte Rufus.

»Ich auch nicht; aber auch wenn ich dir Recht gebe und Cornelia ebenfalls für berechnend halte, so ist dies meiner Meinung nach verzeihlich; überlege doch einmal, was ihr all die blöden Kerle, in die sie als Mädchen verliebt war, angetan haben, nur weil sie ... und sie ist doch auf ihre Weise eine richtige Honigpuppe; ich bin schon ganz gespannt, wie der Bursche aussieht, der sich ihrer erbarmt hat.«

»...oder umgekehrt«, sagte Rufus seufzend, während sich die Tür öffnete; leider war es nicht die Süße, sondern einzig und alleine ihr Mann, der nun zu uns herein kam:

Es war ein blässlicher schmallippiger junger Spund, so an die dreißig und nicht älter; dünn und ziemlich groß; leicht gebeugt; er trug, in der Taille mit einer grauen gedrehten Kordel gegürtet, eine bernsteinfarbene Tunika aus Seide, die das schüttere Blond seiner nackenlangen Haare, das weibisch Weichliche seiner Gesichtszüge und das wässrig Blau der Augen noch betonte:

Er trat schlurfenden Schrittes vor uns, die Füße in Latschen dieser Art, welche nur einen einzigen Riemen kennt, verbeugte sich förmlich und sagte, während wir uns erhoben, um ihn mit ausgestrecktem, leicht angewinkeltem rechtem Arm zu begrüßen, mit sanfter Stimme und einer fahrigen Handbewegung, während ein flüchtiges, fast kindliches Lächeln über sein Gesicht huschte, in welchem zahllose Schweißperlen glitzerten:

»Entschuldigt bitte, meine Herren, dass ich euch so lange habe warten lassen; meine Frau hat mich aus tiefstem Schlaf geweckt und mir gesagt, wer gekommen sei.

Wisst ihr, ich habe in letzter Zeit ziemlich viel mit der Ausmalung einer im Bau befindlichen Villa Maritima in der Nähe von Ostia zu tun; sie wird auf dem Ende eines künstlichen Dammes errichtet, der ins Meer hinaus gebaut wurde, so dass sie an drei Seiten vom Wasser bespült wird; ich habe den Auftrag erhalten, sämtliche Wände des Trikliniums mit Szenen aus der griechischen Sage zu gestalten; und hier in meinem Studio leiste ich die Vorarbeit, indem ich die Motive auf Karton vorzeichne; und das braucht Zeit und Geduld.«

Er wischte sich mit einer weißen Mappa aus Leinen über die Stirn und dann über den Mund; wir schwiegen und musterten den schlaksigen Jungen, der auf ersten Blick die Harmlosigkeit in Person zu sein schien und den Eindruck erweckte oder erwecken wollte, er könne weder ein Wässerchen trüben noch irgendeiner Fliege etwas zuleide tun; nervös redete er weiter:

»Man könnte glauben, es wäre heute noch heißer und stickiger als gestern; das macht mich wahnsinnig; hoffentlich zieht bald ein Gewitter herauf; ich muss alle Fenster geschlossen halten; es kommt nur Hitze herein.«

»Entschuldige bitte«, unterbrach ihn Rufus grob, »wir sind nicht hergekommen, um über die derzeitige Hitzewelle zu lamentieren; ich möchte von dir wissen, was du gestern an hattest; könntest du es mir einmal zeigen?«

»Warum auch nicht?«, sagte der junge Mann, »es war meine blaue Tunika aus Seide; ich trage bei diesen Temperaturen grundsätzlich nur Seide; das bekommt der Haut am besten; einen Augenblick bitte!«

Er schlenderte schlaff wie eine Schlenkerpuppe hinaus, um kurze Zeit später mit einer frisch gewaschenen und frisch geplätteten blauen Tunika wieder zu erscheinen; er lächelte ein Wenig schief und war rot angelaufen:

»Darin steckte ich bis zur Cena (Abendessen); danach habe ich einen leinenen Kittel angezogen, um zu arbeiten; ich arbeite am liebsten nachts, wisst ihr.«

»...und gegen Mitternacht bist du nicht zufällig noch einmal ausgegangen, beispielsweise, um frische Luft zu schöpfen?«

»Nein, ich habe durchgearbeitet, bis zum Morgengrauen, wie das meine Gewohnheit ist; dann habe ich mich aufs Ohr gehauen; ich bin ein ziemlich nervöser Mensch und brauche meinen Schlaf; und darum schlief ich auch noch, als ihr kamt.«

Aus seinen großen wässrigen Augen, die feinen Händen leicht ineinander verkrampft, sah er uns an, als wartete er beifallheischend auf zustimmende Worte, aber wir schwiegen und musterten ihn wenig freundlich:

Auch aus der Nähe betrachtet wirkte Furius eher wie ein dummer Junge denn ein erwachsener Mann; wenn man aber genauer hinsah, was wir jetzt ausgiebig taten, dann erkannte man zweifellos, dass dieser irgendwie vorzeitig verbrauchte Mann seine besten Jahre längst hinter sich hatte:

Die Haut wirkte gelblich wie Pergament und war bereits etwas welk; feine Fältchen durchzogen sein Mienenspiel, wenn er versonnen lächelte; das blonde Haar fade und glanzlos; er war, wie er war, ganz der Typ, dachte ich, auf den das ewige Mauerblümchen seine letzten Hoffnungen und Erwartungen setzt ...

»Dürfen wir dich nun darum bitten, uns deinen Garderobeschrank zu öffnen und all deine Kleider zu zeigen?«

Furius zuckte zusammen; für einen winzigen Augenblick verfinsterte sich sein Gesicht; ein Wutanfall drohte auszubrechen, aber schon hatte er sich wieder in der Gewalt und sagte mit verstellt freundlichem Tonfall:

»Wenn es denn sein muss ... ich habe nichts zu verbergen ... folgt mir bitte ... hier entlang!«

Er öffnete die Tür zum Korridor, und ich sah eine biegsame Gestalt barfuß in das zur rechten Seite hin gelegene Badezimmer huschen, um lautlos darin zu verschwinden; das kostbare Seidenhemd umwehte ihren Körper wie ein feiner Schleier; sie hatte gelauscht: Ein Blick in Rufus' Gesicht genügte, um zu erkennen, dass auch ihm die Szene nicht entgangen war; dennoch taten wir so, als wäre nichts geschehen ...

Furius stieß die Tür auf, welche in sein Schlafzimmer führte, dessen Wände mit stilisierten bunten Blumen vor grünem Hintergrund bemalt waren; in der Mitte stand ein zerwühltes Bett, die Laken und Decken wahrlos zusammengeknüllt; an der hinteren Wand ein dreitüriger Schrank aus Kastanienholz; er war so groß, dass er fast die gesamte Wand einnahm.

Eine Tür nach der anderen öffnete er nun, um uns seine Garderobe vorzuführen: Eine Vielzahl von unterschiedlichsten Tuniken, Togen und allem anderen an Kleidung, samt zahllosen Schuhen jedweder Art, prangte darin, alles von wertvollster Machart; die Garderobe eines reichen Mannes; eine Caracalla war aber nicht darunter; Rufus fragte ziemlich barsch:

»Vor einem Monat hast du beim Schneidermeister Marcus Gallicus eine typische Caracalla erworben; sie wurde aus schwarzer Seide gefertigt, in welches ein grauer Faden eingewebt war; was ist aus ihr geworden?«

Furius kratzte sich am Kopf und schien angestrengt nachzudenken; unruhig trippelte er von einem Fuß auf den anderen; schließlich murmelte er:

»Ach, jetzt weiß ich es wieder: Ich war kürzlich, als ich sie

116

das letzte Mal trug, in ein Unwetter geraten; mein Hausmädchen hat sie am nächsten Tag in die Wäscherei[83] gebracht, aber diese verdammten Sklaven ... man sollte sie allesamt zu Tode peitschen lassen, denn sie ...

Sie haben das kostbare Stück zu all den Lumpen in den üblichen Bottich voller Urinlauge geworfen und mit bloßen Füßen darauf herum gestampft; nach dem Spülen, so erfuhr ich, legten sie sie über ein Weidengestell, unter dem Schwefel brannte; soweit so gut; als sie sie aber zuletzt mit der Stachelbürste weich klopften, schlugen sie ein Loch in den Stoff; und da ich grundsätzlich keine beschädigten Kleider trage, habe ich mich von dieser Caracalla getrennt; ich bin ja auch kein Gallier.«

»Und was hast du mit der Caracalla gemacht?«

»Ich habe sie einem der Obdachlosen, die da unter den Tiberbrücken schlafen, geschenkt; wäre es die kalte Jahreszeit, hätte ich mir die Mühe gespart und sie im nächstbesten Kohlebecken[84] verbrannt.« – »Hast du sie persönlich überreicht oder durch die Sklavin?«

»Persönlich; niemand war dabei.«

»Welche Brücke?«

»Die zur Insel[85] des Aesculapius; am Pons Fabricius.«

»Kannst du mir den Tippelbruder beschreiben?«

»Nein; ich habe nicht darauf geachtet.«

»Wann war das?«

»Vorgestern.«

»Zeugen?«

»Nicht dass ich wüsste; es war schon dämmerig.«

»Gut, das genügt fürs Erste. Geleite uns jetzt wieder ins Arbeitszimmer und rufe das Mädchen!«

---

83 Im Folgenden schildert Furius authentisch, wie es damals in einer (bestialisch stinkenden) römischen Walkerei zuging; man duldete sie nur außerhalb der besseren Stadtviertel.

84 Es sei der Hinweis gewagt, dass die alten Römer i.d.R. keine richtige Heizung kannten und daher die Luft in der Wohnung durch Kohlebecken verdarben.

85 Berühmte Brücke zur bis heute erhaltenen Tiber-Insel mit dem Heiligtum des Heilgottes Aesculapius oder Asklepios, rund 700 m. Luftlinie westlich des Kolosseums, unmittelbar unterhalb des riesigen Marcellus-Theaters.

»Afra, he, Afra!«, rief er, »komm ins Tablinum; Herr Paulus will dir einige Fragen stellen.«

Die pummelige kleine Schwarze kam eilig auf ihren dicken kurzen Beinen herein getrippelt, im allerliebsten blauen Kleidchen mit weißer Schürze darüber und brachte den Geruch der Küche mit sich, einen Hauch von Bratendunst und Gewürzen; sie sah so arglos und harmlos aus, als hätte sie gerade erst ihre Stelle irgendwo auf dem Lande verlassen, um in die Hauptstadt des Römischen Reiches zu wechseln; fragend sah sie auf ihren Herrn; Furius warf ihr einen vernichtenden Blick zu; sie sagte:

»Ich bin schon mit dem Zubereiten der Cena beschäftigt und kann die Küche nicht lange alleine lassen.«

»Es wird rasch gehen«, antwortete Rufus, »liebe Afra, übernachtest du in der Wohnung deiner Herrschaften?«

»Wie sollte das gehen? Ich bin nur Sklavin, und für all uns Sklaven des ganzen Hauses ist im Untergeschoss ein Schlafraum eingerichtet; jeder hat seine winzige Koje; und wir haben einen gemeinsamen Raum zum Waschen und für die unvermeidlichen Verrichtungen.«

Ich blickte Rufus an, und er sah mir ins Gesicht; beide dachten wir gleichzeitig, dass man so mit Menschen nicht umgehen sollte, auch wenn es sich nur um Sklaven handelte:

»Bist du letzte Nacht erst spät in diesen, äh, stinkenden Verschlag hinunter gegangen?«

»Es war kurz nach Sonnenuntergang, nachdem ich Geschirr gespült und die Küche aufgeräumt hatte.«

»Wo war dein Herr, Furius, zu dieser Zeit?«

»Natürlich ist er nach dem Essen in seinem Studio untergetaucht, um zu arbeiten.«

»Welche Kleidung trug er?«

»Diese da, glaube ich; so ähnlich wie jetzt.«

»Und seit wann ist die, äh, Caracalla deines Herrn, äh, abhanden gekommen?«

Afra warf einen ängstlichen Blick auf Furius und rief dann ganz außer Atem:

»Damit habe ich überhaupt nichts zu tun; ich bin nur die Küchenmagd, und um seine Sachen kümmert er sich selber oder lässt es seine Frau besorgen; ich weiß nichts, gar nichts; gelegentlich, glaube ich, trug er ein solches Ding, aber das ist schon länger her, vielleicht ein halbes Jahr.« – »War es eine schwarze Caracalla mit grauen Streifen?«

»Ich weiß nicht; ich habe es vergessen; ich glaube nicht, aber mir ist es auch gleichgültig, was die Herrschaften tragen; darauf achte ich nicht; ja, vielleicht war sie dunkelgrau.«

»Danke, meine Liebe, du kannst gehen; du hast uns sehr geholfen; vielen Dank!«

Dann zu mir im Flüsterton:

»Gehe hinunter und hole den Hauptmann mit seinen beiden Soldaten herauf!«

Ich eilte rasch zum Ausgang; bereits im Gehen, sah ich Furius zittern und puterrot anlaufen:

»Was … was … hat das zu bedeuten?«, fragte er.

»Wir beschuldigen dich des vierfachen Frauenmordes in der Subura, geschehen in den vergangenen vier Nächten, stets kurz nach Mitternacht; der Mörder trug jedes Mal eine schwarze Caracalla mit hellgrauen Streifen und benutzte ein solches Gerät wie dieses da …«

Ich verharrte im Eingang und sah Rufus sich mit einem Riesensatz auf Furius stürzen und ihm mit einem gezielten Faustschlag eine aufblitzende doppelschneidige Sica aus der Hand zu schlagen; während sie klirrend aufschlug, rannte ich hinunter, um Galba zu Hilfe zu rufen, denn oben im Penthaus war die wüsteste Rauferei entbrannt, untermalt von lästerlichem Fluchen des Hausherrn; sie war freilich nur von kurzer Dauer, denn im Nu hatten die drei Polizisten dem Wüterich die Hände auf den Rücken gebunden und führten ihn ab.

Rufus rappelte sich vom Boden auf, die erbeutete Sica in der rechten Hand, rieb sich die gerötete linke Wange mit der linken Hand, wandte sich noch einmal an Furius und sagte:

»Tut mir leid, Herr Furius, aber so stehen die Dinge nun einmal; fürs Erste genügen dir Galba und seine Soldaten als Begleitung; ich werde mich noch einmal mit deiner Frau unterhalten; sie mag alles zusammenstellen, was ein Häftling so braucht; und wenn ich mir noch eine kleine Bemerkung gestatten darf: Du bist ein verdammt kräftiger und geschmeidiger Bursche; ich habe dich ein klein Wenig unterschätzt; dafür haben wir hier die Tatwaffe: Eine echte Sica, die eine der beiden Schneiden, wie ich vorhergesagt habe, mit einer kleinen Macke.«

Rufus reichte Galba den Dolch, der ihn sorgsam einwickelte und in der speckigen ledernen Tasche, von der er unzertrennlich war, verschwinden ließ:

»Ihr habt den Falschen verhaftet«, knirschte Furius wütend, »und damit werdet ihr euch vor den Zeitungsleuten lächerlich machen.«

Weder wir noch Galba reagierten darauf; ein Stein war uns allen vom Herzen gefallen, den Mörder so rasch überwältigt zu haben; Galba rief laut nach Cornelia; sie öffnete verstört die Tür zum Badezimmer, immer noch so luftig wie zuvor gekleidet und sah schreckensbleich auf die Szene, die sich ihr bot:

»Verehrte, liebe, liebe Frau Cornelia«, sagte Galba, sie anzüglich musternd, »du bist von vornehmer Herkunft und könntest uns kleinen unbedeutenden Staatsdienern gram sein; bedenke aber bitte, dass wir nur unsere Pflicht tun; wenn sich die Unschuld deines Mannes herausstellt, wird er in Ehren aus der Haft entlassen; bis dahin solltest du ihn fürstlich versorgen; desweiteren erwarte ich dich morgen früh zu einer Besprechung auf dem Revier; eine Frage aber schon jetzt: Besitzt dein Mann eine seidene Caracalla?«

»Nicht mehr; die Sklaven in der Wäscherei haben sie ihm verdorben; wenn ich ihn richtig verstanden habe, hat er sie vor einigen Tagen einem Bettler am Pons Fabricius geschenkt.«

»Danke! Wir werden das nachprüfen; ich will gleich einige meiner Männer losschicken, um der Sache nachzugehen.«

Ich sah Cornelia erbleichen und ihrem in Fesseln liegenden Mann seltsame Blicke zuwerfen; sie sagte jetzt nichts mehr; Rufus murmelt sich etwas Unverständliches in den Stoppelbart; mir war klar, was er dabei dachte … Galba nickte ihr zu und ging hinaus; die beiden Soldaten folgten ihm und führten den in ihrem Griff sich windenden Gefangenen polternd die Stiege hinunter und hinaus auf den Vicus Viminalis, wo im roten Licht der späten Sonne bereits eine Kutsche auf sie wartete; der Verhaftete wurde hinein gestoßen; der Kutscher ließ die Peitsche knallen, und das Gespann setzte sich gemächlich in Bewegung.

Rufus und ich blieben noch einen Augenblick, um die hemmungslos schluchzende Frau zu trösten; ich ließ es mir jetzt nicht mehr nehmen, sie in die Arme zu schließen, um ihren glühenden Leib durch den hauchfeinen Umhang hindurch zu genießen, doch da geschah etwas Überraschendes und Erschreckendes:

Cornelia schob plötzlich das Hemd hinab, bis in die Taille, schlang mir beide Hände um den Nacken, drückte sich fest an mich, beugte sich ein Wenig zu mir herunter und drückte ihre wulstigen Lippen auf meine Lippen.

Ein heißer Schauer durchraste mich; und schon gewährte sie ihrer schlangengleichen Zunge freies Spiel; es war göttlich, und ich war nun ganz versessen darauf, es ihr gleich zu tun, während meine breiten Hände genießerisch ihren Rücken hinab glitten, tiefer, immer tiefer, um zuletzt auf einer zweigeteilten Rundung zu verharren, während ihre Hände tastend auf meiner Kehrseite zur Ruhe kamen …

Rufus hatte gewiss schon längst seine Schlüsse aus dem spontanen Verhalten der Frau gezogen, schmunzelte hörbar und blickte dezent zur Seite; er kannte mich … – Dann schlüpfte sie geschmeidig aus meinen Armen, um den seidenen Fummel wieder empor zu zerren, und wir verließen sie kichernd; wie gerne wäre ich noch da geblieben, denn sie blickte mich vielversprechend und sehnsüchtig aus ihre großen hellgrünen Augen an, aber Galba hatte um unser beider Anwesenheit beim Verhör des Furius gebeten; so schied ich schweren Herzens von dieser seltsamen Frau, die möglicherweise Komplizin eines vierfachen Mörders war:

Zweifellos hatte ich mich in die Nymphe verliebt, und sie hatte all meine Sympathien im Sturm erobert, wie auch immer … und ich nahm mir vor, ihr zu helfen, komme da, was da wolle.

2.10 Wieder auf dem Revier

Die Sonne hing bereits blutrot über den westlichen Hügeln Roms und drohte im Meer zu versinken, als wir todmüde und mit bleiernen Gliedern vor dem Revier anlangten; welch eine Nacht, welch einen Tag hatten wir hinter uns! Wann eigentlich hatten wir den letzten Schlaf genossen? War es nicht vor mehr als hundert Jahren gewesen? Und doch galt es, jetzt beim Verhör des Furius hellwach zu sein, der jedenfalls ausgeschlafen war.

Als wir ins Atrium traten, erwartete uns eine unangenehme Überraschung: Meister Hircus von den Acta Diurna samt einem ganzen Rattenschwanz von Männern der privaten Zeitungen war hier eingedrungen.

Wie ich später erfuhr, hatten sie das Gebäude den ganzen Tag über nicht aus den Augen gelassen; immer war einer von ihnen auf der Lauer gelegen, um alle anderen zu benachrichtigen, wenn sich etwas tat; und so war ihnen die Verhaftung des Gaius Furius Bononiensis nicht entgangen; Hauptmann Galba, der damit gerechnet hatte, sorgte freilich dafür, dass der Verhaftete das Gesicht mit einem feinen Tuch verbergen konnte; jetzt also war auch Rufus gekommen:

»Da ist er ja, Roms berühmter Privatdetektiv! Und hast du wenigstens diesmal den Richtigen erwischt?«, spottete Hircus, als Galba samt dem Verhafteten über den Korridor ging.

Der Hauptmann blieb einen Augenblick lang stehen und warf dem Reporter einen vernichtenden Blick zu; dieser blickte rasch zu Boden, während der Stilus des Schnellzeichners über die schwarze Schiefertafel, die mit einer weißen Wachsschicht bedeckt war, nur so sauste und flitzte; alles, was dabei aber heraus kam, war ein schlanker hoch aufgeschossener verschleierter Mann in einer Tunika aus Seide, ein gut gekleideter Mann also, der sich von anderen in nichts unterschied.

Im Büro angekommen, ließ Galba einige Öllampen anzünden und an ein ehernes Candelabrum hängen, um die herein brechende Nacht zum Tag zu machen; dann befahl er, einen Schreiber zu holen, der Protokoll führen sollte, winkte uns freundlich zu und bot uns zwei wackelige Stühle an; erschöpft nahmen wir Platz; Furius blieb stehen blickte von einem zum anderen und stand unschlüssig in der Mitte: »Setz dich doch endlich!«, sagte Galba und schob ihm einen bequemen Sessel mit gebogener Rücklehne zu; zögerlich hockte der Verhaftete sich auf die Kante der Sitzgelegenheit und starrte kalt und hasserfüllt zu uns beiden hinüber; Galba, der als Offizier der Stadtwache jetzt persönlich und energisch die Fäden in die Hand nahm, während er uns, wie er gerne sagte, Amateure keines Blickes mehr würdigte, fragte er ihn:

»Wie lange, verehrter Furius, bist du schon verheiratet?«
»Sieben lange Jahre.«

»Aha! Darf ich dein Alter wissen.«

»Warum nicht: sechsundzwanzig; ich habe meine Cornelia mit neunzehn geheiratet; ist das ein Verbrechen?«

Rufus und ich warfen einander vielsagende Blicke zu: Die Süße, die ich gerade eben noch nicht nur hatte küssen dürfen, war demnach elf Jahre älter als ihr Mann ...

»Und wie alt ist dann deine Frau, mein lieber Gaius«, fragte Galba unerbittlich.

Furius lief knallrot an, schwieg verbissen und rüttelte am Strick, mit dem seine Hände zusammen gebunden waren; mir tat er trotz allem leid, denn welcher Mann sagt das schon freiwillig, was er nun gestehen sollte; er schwieg also:

»Seine Cornelia ist, wenn man ihr das glauben darf, bereits neununddreißig; vielleicht sogar ein oder zwei Jährchen älter, wer weiß?«, sagte Rufus triumphierend, während ihn Furius musterte, als wollte er ihn auf der Stelle ermorden; ich blickte zu Boden; es trat eine vorübergehende Stille ein, während der Galba seine Hände unruhig und wie große weiße Spinnen auf der rissigen Platte seines Schreibtisches hin und her krabbeln ließ, bis er endlich sagte:

»Bist du ein Maler?«

»Nein, Künstler; das Malen gehört auch dazu; leider bin ich zurzeit noch nicht berechtigt, ein Haus zu bauen; dazu fehlt mir das Diplom; aber ich liefere den Architekten meine künstlerischen Entwürfe.«

»Hast du irgendeine Ausbildung gemacht? Besitzt du das Zertifikat eines abgeschlossenen Studiums?«

»Nein, ich habe ... nichts gelernt und war bei keinem Meister in der Lehre; als ich siebzehn war, fing ich an zu malen ... ich bin ... äh ... Autodidakt.« – »Hast du eine höhere Schule besucht oder studiert?«

»Nein; alles, was ich gelernt habe, habe ich beim Hauslehrer meiner Eltern gelernt, einem griechischen Sklaven; nur Lesen, Schreiben und Rechnen hat er mir beigebracht; mehr brauchte ich auch nicht; ich wollte schon immer Künstler werden; und als man mich verhaftete, konnte man ja die vielen Bilder in meiner Wohnung sehen; sie sind alle von mir; ich werde noch von mir reden machen ...«

Auch Galba, das verriet er mir später, fand Themen und Gestaltung dieser Gemälde bedrückend; immer nur Tragödien vor düsterem Hintergrund; überall Mord und Totschlag; besonders abgestoßen habe ihn, dass Furius in Darstellungen der hingeschlachteten Töchter der Niobe[86] geradezu schwelgte: Stets habe Furius sie mehr oder weniger nackend, im Blute schwimmend und von Pfeilen gespickt, dargestellt und sich insbesondere dem Darstellen der verkrampft auf der Erde liegenden Töchter der Niobe gewidmet ...

»Sagen wir es mit einem Wort«, fuhr Galba fort, »du hast keinen bestimmten Beruf, und Künstler darf sich jeder nennen, wenn er Lust dazu hat.«

»Ja, ich weiß«, sagte Furius, grausam lächelnd, »auch du und Rufus, ihr haltet mich doch für einen Versager, nicht wahr? Aber daran habe ich mich ja gewöhnt; ich kann und will niemanden daran hindern, so hässlich über mich zudenken; es hätte auch keinen Sinn; oft genug musste ich mir Dergleichen anhören.«

»Findest du denn auch genügend Abnehmer deiner, deiner, äh, Werke?«

»Mir sind meine wenigen Kunden lieber, wenn sie nur Vertrauen zu mir haben, Menschen, die meiner Inspiration freien Lauf lassen, Freunde, denen meine Art der Gestaltung gefällt und die nach keinem Diplom fragen.«

»Soll das heißen, dass du vom Erlös deiner Produkte gar nicht leben kannst oder könntest?«

»Das Geld ist mir wie jedem guten Künstler gleichgültig; wir sind reich genug, um ein sorgenfreies Leben zu genießen.«

---

[86] Niobe war die Tochter des Tantalos, der einst den Göttern seinen zerstückelten Sohn Pelops als Braten angeboten hatte und schließlich zu fürchterlichen Qualen in der Unterwelt verdammt wurde: Sie hatte einen ganzen Stall voll Kinder, vielleicht sieben Jungen und sieben Mädchen; als sie die Göttin Leto beleidigte, weil sie nur zwei Kinder habe, verlangte diese von ihnen Rache, und die beiden, Apollon und Artemis, brachten sämtliche Kinder der Niobe um; diese Szene des Grauens war ein beliebtes Motiv der Malerzunft; die Kopie eines anonymen Gemäldes hat sich in mehreren Exemplaren erhalten (z.B. Florenz); ein Bild der Niobe des hochberühmten Malers Zeuxis (5. Jh. v. Chr.) ist als Kopie erhalten (Neapel), Niobe zusammen mit Leto beim Würfeln zeigend: Auf solch ausgetretenen Spuren lustwandelt demnach unser Möchtegernkünstler Furius.

»Ist es ... äh ... das Vermögen, welches ... äh ... deine Frau in die Ehe mitgebracht hat?«

Furius sprang aus dem Sessel auf und brüllte mit einer scheußlich überschnappenden Fistelstimme:

»Wer bei uns wie viel Geld eingebracht hat, geht euch verfluchte Bullen einen feuchten Dreck an; wir sind verheiratet und besitzen ein gemeinsames Vermögen, wie sich das für Eheleute gehört.«

Er hockte sich wieder hin; Galba gab dem Sklaven einen Wink; er stellte einen Krug Wasser vor Furius, der ihn vorsichtig mit den aneinander gefesselten Händen ergriff, an den Mund führte und auf einen Zug leerte; auch Galba und wir befeuchteten uns jetzt Zunge und Kehle; durch das vergitterte Fenster wehte die schwüle Abendluft herein; ich blickte hinaus und sah feines Wetterleuchten in der Ferne.

»Gut, dann ein anderes Thema«, sagte Galba:

»Bist du hier in Rom geboren?«

»Nein; aber ich war noch ganz klein, als meine Eltern aus Bononia (Bologna) hier zuwanderten.«

»In welchem Stadtviertel bist du aufgewachsen.«

»In der Subura.«

War das nicht die Gegend, in der gerade erst vier Frauen ermordet worden waren?, dachte ich, auf dem knatschenden Stuhl hockend und vor Müdigkeit fast wegtretend:

»Welche Straße?«

»Clivus Viminalis,[87] in einem Eckhaus ungefähr hundert Doppelschritt (150 m.) von seiner Einmündung in die Hauptstraße der Subura entfernt; das ist auf halber Stecke hinauf zum Viminalis und nur über steile Treppen zu erreichen.«

»Genau dort, wo wir die Spur des Mörders verloren haben, letzte Nacht«, flüsterte mir Rufus ins Ohr.

»Leben deine Eltern noch?«, fragte Galba.

»Nur noch meine Mutter; sie wohnt immer noch im Elternhaus, eben dort, wo ich aufgewachsen bin.«

Rufus warf mir einen vielsagenden Blick zu.

---

87 Man könnte es mit »Viminalische Steige« übersetzen; dass der Viminalis einer der sieben Hügel Roms ist, sei für Vergessliche gerne wiederholt.

»Wie ist dein Verhältnis zur Mutter?«

»Wir verstehen uns einmalig gut; ich habe meine Mutter lebenslang geliebt; sie ist eine wunderbare Frau; es könnte keine bessere geben.«

»Gilt solches Lob auch für deinen Vater?«

Furius blickte wie versteinert zu Boden, knirschte mit den Zähnen und schwieg; Galba sagte: »Also nicht?«

»Er ist schon lange tot; er starb, als ich erst zehn Jahre alt war; ich hasse ihn bis heute.«

Rufus flüsterte mir zu:

»Jetzt weiß ich, wo der Bursche seine Wurzeln hat; ich kenne mich da aus; im besagten Haus befindet sich ein Metzgerladen; er ist zurzeit verpachtet ...« – »Welchen Beruf übte dein Vater aus?«, fragt Galba den Gefangenen gnadenlos:

»Lanio (Metzger)«, flüsterte Furius erbleichend; für einen Augenblick schien es so, als schluchzte er.

»Und was geschah mit dem Laden, als dein Vater starb?«

»Mutter hat ihn verpachtet, bis heute; sie lebt von der Miete; sonst hat sie ja nichts als mich; aber ihre Wohnung im Obergeschoss hat sie behalten; es ist eine nett und gemütlich eingerichtete Behausung.«

Er blickte liebevoll in irgendeine Ferne, als er dies sagte und lächelte versonnen; uns blieb das nicht verborgen.

»Gut«, sagte Galba zu dem Sklaven, der hinter ihm stand und auf Befehle wartete: »Lass jetzt unsere Männer herein kommen, wie vereinbart.«

Zehn seiner Soldaten, diesmal in unauffälligem Zivil, ganz so, als wären sie in die Saepta Iulia[88] unterwegs, um dort einzukaufen, betraten den Raum und stellten sich in einer Reihe an der hinteren Wand auf; zwei Uniformierte bugsierten dann Furius zwischen den ersten und zweiten von links; und schon klopfte es an; Galba rief sein obligatorisches »herein«: Ein uniformierter Mann der Stadtwache betrat den Raum, gefolgt von einer jungen Frau; er salutierte zackig und sagte:

»Hier ist die gewünschte Zeugin; ich habe sie aus dem Ludus Magnus abgeholt und her geleitet: Meine Herren, hier ist

---

88 Saepta Iulia: von Julius Caesar begründendes Luxus-Einkaufszentrum.

die Sklavin und Gladiatorin, welche sich Mustela[89] nennt.« –
»*Salve, mi Musteola*«, sagte Galba jovial, »bekanntlich hattest du
letzte Nacht Gelegenheit, den Mörder aus der Nähe zu sehen,
nicht wahr?«

»Gewiss, mein Hauptmann, aber das Licht war schlecht.«

»Gut, dann wollen wir hier ähnliche Verhältnisse herstellen;
Syrus, lösche bitte alle Öllampen bis auf eine.«

Der Sklave tat, wie geheißen:

»Ist es so recht?«

»Ja, mein Hauptmann.«

»Dann drehe dich jetzt um; an der Wand stehen elf Männer
von ungefähr gleicher Größe; welcher könnte der Täter sein?«

Die Gladiatorin schritt die starr stehende Reihe zweimal ab,
um dann zielstrebig vor dem zweiten Mann von links stehen zu
bleiben; sie betrachtete ihn eine Zeitlang eingehend, während
wir alle den Atem anhielten; dann sagte sie:

»Nur mit diesem da hatte der Mörder eine gewisse Ähnlichkeit; alle anderen scheiden aus.«

»Bist du dir da sicher?«

»Nicht ganz; ich möchte ihn auch im Profil sehen.«

Die Wachmänner drehten Furius so, dass man ihn zuerst
von rechts, dann von links betrachten konnte; er ließ es sich
gefallen, ohne eine Miene zu verziehen:

»Ihr Götter«, stöhnte die Mustela, »er ist es; es ist der Mann,
der meine liebe Kollegin umgebracht hat; jetzt bin ich mir meiner Sache sicher; allerdings war er ganz anders gekleidet als
jetzt; er trug eine schwarze gallische Kapuzenjacke.«

»Danke, vielen herzlichen Dank, mi Musteola, du hast uns
sehr geholfen.«

»Kann ich jetzt gehen?«

»Gewiss doch, meine Honigpuppe; ich werde dich beim
nächsten Kampf lautstark anfeuern und freue mich schon darauf; vale, mi Musteola!«

Die kleine Gladiatorin lief vor Freude feuerrot an, verbeugte sich und verließ, von zwei Soldaten eskortiert, den Raum;

---

89 Mustela: hübscher Name für eine Kämpferin: das Wiesel; indem sie Galba
jetzt mi Musteola – mein Wieselchen anredet, zeigt er, wie charmant er sein
kann ...

Galba sagte zu den zehn Männern: »Vielen Dank, meine Kameraden; auch ihr habt uns weiter geholfen: ihr dürft jetzt gehen, Feierabend; und du, lieber Furius, nimm bitte wieder Platz.«

Während Furius sich, eisig drein blickend, auf den angebotenen Stuhl setzte, stürmte ein junger Tiro (Rekrut) der Stadtwache ins Vernehmungszimmer hinein; er wedelte mit einem seltsamen Stück Textil und stieß unartikulierte Schreie aus; als ihn Galba streng anblickte, riss er sich zusammen und sagte:

»Das schmutzige Ding da habe ich soeben an der Fabricischen Brücke einem Tippelbruder für einen Denar abgekauft; ich denke, es ist die gesuchte Caracalla.«

»Zu schön, um wahr zu sein«, rief Galba, während Rufus mit einem Satz nach vorne federte, um das Kleidungsstück zu mustern; es war aus rabenschwarzer Seide gefertigt, in welche ein grauer Faden eingewebt war:

»Sie ist es, denke ich«, sagte Rufus und begann damit, den unteren Saum der Jacke abzutasten, bis er mit genießerischem Grunzen »heúreka!«[90] schrie; und schon zauberte er den ominösen Fetzen aus der Tasche hervor und hielt ihn an den ausgefransten Saum der Caracalla: Er passte exakt hinein!

»Das sollte für eine Anklage genügen«, sagte Galba; ich nickte dazu; Rufus hielt sich vornehm zurück; Furius murmelte ein ums andere Mal, es müsse sich um eine unglückliche Verkettung ungünstiger Umstände handeln, denn er sei frei von jeder Schuld; dann ließ ihn Galba in die Arrestzelle bringen; das geschah, während der Tribunus Marcellus das Haus betrat, um sich den Verhafteten einmal gründlich anzusehen; zwei Soldaten mit Fackeln in Händen begleiteten ihn; aber nach kurzer Zeit schon verließ er kopfschüttelnd die Zelle und sagte zu Galba:

»Ich bin mir sicher, dass ich diesen Kerl schon einmal gesehen habe, aber ich weiß nicht mehr, wo.«

»Er ist der Sohn des verstorbenen Fleischermeisters Furius aus dem Clivus Viminalis und, von daher betrachtet, in der Subura aufgewachsen, wo er jeden Pflasterstein kennen sollte.«

---

90 Griechisch »heúreka« = »ich habe es (gefunden)«; berühmt geworden durch den Ingenieur Archimedes, als er das spezifische Gewicht entdeckt hatte.

»Irgendwie und irgendwann bin ich mit ihm schon einmal aneinander geraten; was war es nur?«

»Ich kann dir da auch nicht weiterhelfen; am besten, denke ich, wäre es, wir ließen uns dort hin kutschieren, um uns einerseits die Bude, andererseits die Frau Mama unseres vermeintlichen Mörders zu Gemüte zu führen; noch steht uns ein Wenig Tageslicht zur Verfügung.«

»Einverstanden«, knurrte Marcellus, »besser heute als morgen; wir haben keine Zeit zu verlieren; und ich schlage vor, Rufus und Sokrates kommen mit; sie sind ja ohnehin in die Sache verwickelt und haben uns ein paar kleinere Tipps gegeben, die durchaus nützlich waren.«

Ich blickte Rufus an; er grinste breit und nickte; ich erklärte unsere Bereitschaft, die beiden Herren in den Clivus Viminalis zu begleiten; die Kutsche war schon fahrbereit.

»Bevor wir los fahren, muss ich noch kurz die Leute von den Zeitungen informieren, damit wieder Ruhe unter das Volk von Rom kommen kann«, sagte Marcellus.

Gemeinsam traten wir also vor die Traube der Reporter, die uns erwartungsfroh entgegen sahen; Marcellus nahm das Wort und sagte mit feierlichem Ernst:

»Meine sehr verehrten Herren, ich kann euch eine Botschaft der Freude übermitteln: Mit an Sicherheit grenzender Wahrscheinlichkeit haben wir den vierfachen Mörder der Subura verhaftet; dieser Erfolg ist der Umsicht, Entschlossenheit und Energie meines geschätzten Hauptmanns Galba zu verdanken; freilich wollen wir hierbei die Hilfe, die uns Lucius Aemilius Paulus hat angedeihen lassen, auch nicht verschweigen; Doktor Sokrates sei ebenfalls herzlich gedankt! Jeder hatte seine eigenen Methoden, den Fall zu lösen; der Vergleich der Ergebnisse erbrachte dann die Überführung des Täters.«

»Dürfen wir wissen, wer der Mörder ist?«, fragte Hircus.

»Rom ist ein Rechtsstaat; wir dulden grundsätzlich keine Vorverurteilung; daher bitten wir um Geduld, bis morgen; um die Mittagsstunde, hoffe ich, kann ich euch Näheres mitteilen; vielen Dank, meine Herren; erfüllt jetzt eure Pflicht und unterrichtet das Volk von Rom, dass der Mörder hinter Gittern sitzt.«

Nachdem er dies gesagt hatte, stürmte alles, was Stilus und

Wachstafel zu handhaben gewohnt war, aus dem Haus, um sich in alle vier Himmelsrichtungen zu zerstreuen; wir warteten noch eine Zeitlang, bis Ruhe eingekehrt war, um uns dann in die staatliche Karosse zu setzen; der Kutscher sah fragend auf Marcellus:

»Durch die Carinae[91] und über das Argiletum geradeaus in die Subura hinein; in der Mitte der Subura ist eine Kreuzung, von wo aus es über den Clivus Viminalis steil bergauf geht, unpassierbar für Fahrzeuge; dort setzt du uns ab und wartest.«

Der Kutscher nickte nur, ließ die Peitsche fröhlich knallen, und schon setzte sich das Gespann in Bewegung; kurz darauf rumpelten wir am Ludus Magnus vorüber und durch den Schlagschatten des riesigen Amphitheaters hindurch, von dort aus nordwärts an der Großbaustelle vorüber, an welcher die zu klein geraten Thermen des Kaisers Titus gerade durch die gewaltigen Thermen des Traianus ersetzt wurden, und geradewegs durch die Carinae und übers Argiletum hinweg in die im Dämmerlicht verschwimmende Subura, wo der Kutscher die Rösser mit einem heftigen Ziehen an den Leinen zum Stehen brachte.

Noch schnaubten sie und scharrten mit den Hufen, da waren wir allesamt schon ausgestiegen, denn zur rechten Hand erschien der enge Clivus Viminalis; sonst ist er zu dieser Zeit eine finstere Gasse; heute war er aus zahlreichen Fenstern heraus mit Öllämpchen erleuchtet, gewiss eine Folge des Schreckens und der Furcht ...

Sofort begannen wir, das steile Pflaster zu erklimmen; meine Füße, so wollte es mir vorkommen, waren mittlerweile zu einer einzigen Blase entartet; mühsam humpelte ich hinter den anderen her, bis wir eine ziemlich bedeutende und hell erleuchtete Metzgerei erreichten, die im Gewölbe des Erdgeschosses eines fünfstöckigen Hauses untergebracht war; da wussten wir uns am Ziel und gingen schnurstracks in den Laden hinein.

Ein dicker Mann in Schürze stand vor dem Hackklotz, ohne uns zu bemerken und zerteilte Fleisch in kleinere Portionen; an Haken vor einer gekachelten Wand hingen mit dem Kopf nach

---

[91] »Carinae = (Schiffs-)Kiele«; Name einer prächtigen Straße, rund 100 m. nordwestlich des Kolosseums beginnend, die geradewegs zur Subura führt.

unten eine Gans und ein Kaninchen; daneben der mächtige Schinken eines Schweines; darüber wie eine rötliche Girlande aufgespannt eine Kette Lukanischer Würstchen;[92] Galba räusperte sich hörbar; der Metzger fuhr herum und sah erstaunt auf uns vier Männer, war er es doch gewohnt, meist nur Frauen an der Theke zu begrüßen:

»Was darf's sein, die Herren?«, fragte er freundlich.

»Tribunus Marcellus und Hauptmann Galba von der Stadtwache«, sagte Galba barsch und richtete sich stramm auf.

»Ach, so ist das«, sagte der Metzger erbleichend, »ihr seid gekommen, um mich zu kontrollieren; nun, ich habe nichts zu verbergen; womit kann ich dienen?«

»Wir sind ausnahmsweise einmal nicht gekommen, zu überprüfen, was in deiner Wurst so alles untergebracht ist; heute geht es uns um andere Dinge, die wir unbedingt wissen wollen: Oben in diesem Haus«, sagte Marcellus, »wohnt die verwitwete Frau deines Vorgängers Furius, nicht wahr?«

»So ist es; ihr gehört das ganze Gebäude; ich bin nur Mieter.«

»Gut«, sagte Marcellus, »dann solltest du auch den Sohn deiner Vermieterin kennen?«

»Natürlich! Er heißt Gaius Furius und ist ihr Ein und Alles; kaum ein Tag vergeht, an dem er ihr nicht seine Aufwartung macht; es ist, einmal abgesehen von seinem Hang zum Jähzorn, ein reizender Junge und seiner Mutter sehr zugetan; er hätte das Geschäft hier vom Vater übernehmen können, aber weder er noch seine Mutter mögen mein Handwerk, und ich denke, er ist dafür auch körperlich nicht geeignet.«

»War Gaius Furius auch gestern hier?«

»Darauf habe ich nicht geachtet; er kommt so oft, dass man es kaum noch zur Kenntnis nimmt; niemand achtet mehr auf ihn, wenn er hier erscheint; ja, man könnte ihn sogar für einen Unsichtbaren halten.« – »Wie lange warst du gestern noch im Laden.«

»Bis zur ersten Nachtwache;[93] dann habe ich geschlossen und bin nach Hause gegangen; ich wohne nicht hier; ich lebe

92 Lukanische Würstchen sind mit Hackfleisch und Gemüse gefüllt.
93 Das ist noch im ersten Drittel der Nacht.

unten in einem Hinterhaus an der Hauptstraße der Subura.« – »Schade, wirklich schade!«, murmelte Marcellus; wir bedankten uns beim Fleischermeister für die Auskünfte und begaben uns durch die doppelflügelige Haustür hinein in den spärlich erleuchteten Hauskorridor:

Im Unterschied zum kleinen Palast des Furius und seiner Cornelia war das Treppenhaus hier enger, die Stufen steiler, die Türen enger, die Luft dumpfer und von schweren Küchengerüchen geschwängert; kein Läufer dämpfte unsere Schritte auf dem ausgetretenen Sandstein; billige Pappkartons mit den Namen der Wohnungsinhaber ersetzten die Messingschilder; kurz:

Wir waren in einem irgendwie deutlich herunter gewirtschafteten Mietshaus gelandet, wie sie in der Subura zu hunderten anzutreffen sind; noch standen wir unschlüssig im Dämmerlicht, als Marcellus lautstark »ich hab's« rief; Rufus fragte ihn, was das sei; er flüsterte:

»Es ist schon über ein Jahr her, da ist dieses Muttersöhnchen mit einer Frau in Streit geraten; worum es ging, konnte nicht ermittelt werden; jedenfalls hat dieser Wüterich sie auf offener Straße zusammengeschlagen; wären ihm nicht einige Passanten in den Arm gefallen, wer weiß? Vielleicht hätte er sie noch umgebracht; es kam aber zu keinem Prozess; die Frau zog die Anzeige zurück, nachdem sie ein fürstliches Schmerzensgeld erhalten hatte; und das war's, woran ich mich vorhin vergeblich zu erinnern suchte; wir mussten den gewalttätigen Mann freilassen.«

»Verdammt vielsagend«, sagte Rufus, und wir setzten unseren Weg treppauf fort; erst im dritten Obergeschoss fanden wir den richtigen Eingang und lasen auf dem Schild, dass hier eine Gabinia, Witwe des Furius wohne; wir klopften an; es dauerte ein Wenig; dann öffnete sich die Tür knarrend; vor uns stand, ein Lämpchen in der filigranen Hand, eine schmale Frau, die erheblich jünger war, als wir uns das vorgestellt hatten, dezent in ein hübsches langes Gewand gehüllt, fein geflochtene Sandalen an den Füßen und musterte uns:

»Was wollt ihr von mir?«

»Ich bin Tribunus Marcellus von der Stadtwache, und das ist mein Mitarbeiter Galba; ferner sind Aemilius Paulus und sein

Freund Sokrates mitgekommen; wir müssen dich in einer wichtigen Angelegenheit sprechen; dürfen wir eintreten?«

»Und ihr wollt wirklich zu mir, einer schwachen Frau, und das gleich ganze vier Mann hoch?«

Es war jetzt an mir, dem erfahrenen Arzt, sie gründlich einzuschätzen; meine Blicke glitten aufmerksam an ihr auf und ab:

Sie war höchstens Anfang vierzig, sah gut aus, etwa so groß wie ich; dunkle Augen; schlank und rank; dennoch von auffällig weiblicher Figur, und mit ihren gewissen Rundungen das genaue Gegenteil der kaum jüngeren Schwiegertochter; sie war aber nicht so blond wie ihr Sohn, eher brünett; das kurz gehaltene, von der Brennschere des Tonsors gewellte Haar mit einigen Silberfäden durchwirkt; sie mochte einst sogar als Schönheit gegolten haben, denn auch jetzt noch machte sie Eindruck auf mich; der Sohn, dem sie in noch jugendlichem Jahre das Leben geschenkt hatte, war ihr wie aus dem Gesicht geschnitten und hatte das feine Antlitz der Mutter geerbt.

»Wenn es denn sein muss«, seufzte sie, »dann kommt herein in die gute Stube!«

Wir folgten ihr; sie zündete vier an einem Candelabrum[94] baumelnde Öllämpchen an, um das Dämmerlicht zu verscheuchen, bot uns Sitzgelegenheiten an und setzte uns mit Wasser verdünnten Wein vor; ihre Wohnung war klein, aber geschmackvoll möbliert und ausgesprochen reinlich; wenn sie etwas von den Umtrieben des Sohnes wusste, verstand sie es hervorragend, dies zu verbergen; fragend sah sie nun von einem von uns zum anderen; Rufus sagte:

»Liebe Frau Gabinia, wann hast du deinen Sohn das letzte Mal gesehen? War es nicht in der letzten Nacht?«

Das Wort »Sohn« aus dem Mund meines Freundes genügt, sie empört empor springen zu lassen: »Was will die Stadtwache von meinem Sohn?«

»Wir wollen wissen, ob er in der vergangenen Nacht hier war oder wann er dich zuletzt besuchte«, knurrte Galba.

---

94 Ein Candelabrum ist eine schlanke eherner Säule, die auf breitem Fuß steht und sich oben in Arme verzweigt, an deren Haken man Lämpchen hängt; unser Fremdwort Kandelaber ist davon abgeleitet.

»Wieso? Warum soll ich ihn in der Nacht gesehen haben?«
– »Ich nehme doch an, dass er seine Mutter hin und wieder besucht«, sagte ich, »und wann war es das letzte Mal?«

»Er besucht mich sehr oft, manchmal täglich.«

»Bringt er dabei seine Frau mit?«

»Das geht euch einen Dreck an; dazu sage ich nichts.«

Trotzig blieb sie stehen und schleuderte giftige Blicke um
sich; wir blieben gelassen sitzen und betrachten uns in aller
Muße die Bilder an den Wänden, welche unverkennbar die
Handschrift des Verhafteten trugen; dann sprang Rufus mit einem Riesensatz aus dem Sessel und fuhr die Ärmste an:

»Gib es doch zu, er war letzte Nacht hier!«

»Ich pflege nachts zu schlafen«, giftete sie ausweichend,
»und von daher keine nächtlichen Besucher zu empfangen; und
ich will jetzt endlich wissen, wohin diese Befragung zielt; dies
hier ist meine Wohnung; und wenn man mich nicht besser behandelt, verweigere ich jede weitere Auskunft und weise euch
die Tür; also, was ist? Was wollt ihr von mir? Habt ihr einen
Haftbefehl in der Tasche?«

Marcellus erhob sich auffällig langsam und sagte dann mit
besänftigendem Tonfall:

»Liebe Frau Gabinia, ich muss dir leider mitteilen, dass wir
deinen Sohn verhaftet haben; er steht im dringenden Verdacht,
in den letzten vier Nächten vier Frauen in der Subura ermordet
zu haben; was sagst du dazu? Was weißt du darüber? Hat er mit
dir darüber gesprochen?«

Feurige Röte schoss jetzt über ihr Gesicht; sie zitterte am
gesamten Körper; nur mühsam unterdrückte sie einen Tob-
suchtsanfall; mir wollte das Ganze eher wie ein Theaterstück
vorkommen, welches sie gerade zum Besten gab:

»Und du hast es gewagt, meinen Gaius zu verhaften? Diesen
lieben guten Jungen? Er kann doch keiner Fliege etwas zuleide
tun; hier, seht einmal her!«

Sie holte einen Caudex[95] aus dem Regal und blätterte ihn
auf; Seite um Seite war ein wunderschöner kleiner Junge auf

---

[95] Dass die Römer ihre Bücher gewöhnlich in Form von Rollen gestalteten,
ist dem Leser gewiss schon bekannt; aber es gab auch den Caudex (oder co-
dex), der in etwa unserem Buch entspricht; davon abgeleitete unser Kodex.

die Pergamentblätter gemalt, ein Bildchen hübscher als das andere, stets ein niedliches blondgelocktes Kind zeigend; neugierig beugten wir uns darüber; sie flüsterte liebevoll:

»Schaut doch einmal, was mein süßer Gaius für ein netter Junge ist; wenn ihr das seht, könnt ihr solche Ungeheuerlichkeiten doch gar nicht mehr wiederholen.«

Mich beeindruckte das freilich kaum; wie oft schon hatte ich verzweifelte Eltern in meiner Praxis erleben müssen, die mir da ihr Leid klagten, indem aus einem ungewöhnlich süßen und lieben Kind mit Eintritt der Pubertät ein Ungeheuer wurde; freilich sind bereits Behauptungen dieser Art, kleine Kinder seien die reinsten Unschuldslämmchen, von vorn herein zurück zu weisen; denn vielen solcher kleinen Bestien ist das, was ich als Grieche stets »empázomai«[96] nenne, von Natur aus nicht gegeben, und in manchen Kindergruppen geht zu wie im Krieg; man sollte ihnen nur Waffen in die Hände geben; ich sagte:

»Gute Frau, das ist ja alle schön und gut, tut aber nichts zur Sache; wir müssen wissen, ob dein Sohn letzte Nacht, kurz nach Mitternacht, hierher gekommen ist; ja oder nein?«

»Nein, tausend mal nein!«, schrie sie aufgebracht, »wie oft soll ich euch das noch sagen?«

»Und wann war er letztmals hier?«, fragte Galba.

»Das weiß ich nicht; ich führe darüber nicht Buch.«

»Du erinnerst dich also an keinen Besuch in letzter Zeit?«

»Nein, an keinen einzigen.«

»Ein anderes Thema«, brachte sich nun Rufus ein, »war dein Sohn als Kind irgendwann einmal schwer krank?«

»Nur die üblichen Kinderkrankheiten; er hat sie allesamt gut überstanden; und wenn du mich für dumm verkaufen willst, großer Detektiv, dann bist du auf dem Holzweg; du willst doch nur von mir hören, dass mein Gaius seit irgendeiner Erkrankung geistesgestört ist, oder?«

Rufus schwieg; ich sah ihn leicht erröten; er hatte gegen die kluge Frau den Kürzeren gezogen; Marcellus mischte sich ein und nahm das Heft in die Hand:

»Dein Sohn hat eine gewisse Cornelia mit neunzehn gehei-

---

96 Griechisch *empázomai* ≈ *sich kümmern um*; fürsorglich sein; Verständnis oder Einfühlung (Einfühlungsvermögen) haben.

ratet; das war vor sieben Jahren; seine künftige Frau war damals bereits, äh, einunddreißig Jahre alt oder älter, eine ungewöhnliche Verbindung, denke ich, nicht wahr? Und wie alt warst du damals, als diese, äh, Ehe geschlossen wurde?«

»Dreiunddreißig; ich bin eine sehr junge Mutter.«

»War dein Mann damals schon tot? Wenn ja, woran ist er denn gestorben?«

»Schon seit zwei Jahren; man hatte mich an einen alten Knacker verschachert; ich habe ihn gehasst; in Gedanken ekle ich mich noch heute ob seiner widerlichen Gelüste.« – »Woran ist er gestorben?«

»Er hat verdorbenes Fleisch gegessen, rohes Fleisch, wie das seine abscheuliche Gewohnheit war; und das war es; er als Fleischermeister hätte er es besser wissen müssen, aber er war nicht allzu intelligent.«

Rufus warf mir einen bestimmten Blick zu; ich wollte etwas sagen, aber er hielt den Finger vor die Lippen, und schon setzte Marcellus das Verhör fort:

»Gab es dazu eine Untersuchung?«

»Nein, natürlich nicht; wen kümmert es schon in Rom, wenn in der Subura ein ältlicher Metzger stirbt? Jeden Tag werden solche Leute ins Massengrab vor die Stadt gekarrt.«

Rufus grinste dazu so boshaft wissend, als ob er der Frau einen Giftmord unterstellte, den zu ahnden man damals leider versäumt hätte; Gabinia bemerkte das und nickte ihm bitterböse zu, als wollte sie sagen, dass es nun für ein Verfahren zu spät sei; mir lief es eiskalt den Rücken hinunter; Marcellus sprach:

»Wie alt war dein Mann, als er starb.« – »Zweiundfünfzig.«

»Dann war er ja bald zwanzig Jahre älter als du.«

»Man hat mich nicht gefragt, ob ich ihn heiraten wollte; ich hatte keine Eltern mehr, und meine geldgierige Verwandtschaft, diese widerlichen Gabinier, wollte mich versorgt sehen …«

Marcellus schüttelte bedauernd den Kopf:

»Nun, lassen wir dieses leidige Thema und kommen wir zur Hochzeit deines Sohnes zurück: Warst du damit einverstanden, dass er diese Frau heiratete?«

»Bedauerlicher Weise ja; ich habe mich sogar dafür stark gemacht, in meiner damaligen Verblendung.«

136

»Also hast du diese Eheschließung sogar arrangiert?«

»Gewiss; Cornelia stammte aus einer reichen Familie, und wir waren arm; und Gaius hatte sich erstaunlicher Weise in die Giftschlange verliebt; sie war seine erste Geliebte; aber das hat heutzutage nichts mehr zu sagen.«

»Darf ich davon ausgehen, dass du von deiner, äh, Schwiegertochter, äh, bitter enttäuscht bist?«

»Darüber sage ich nichts; das Intimleben meines Sohnes geht niemanden etwas an; er muss es wissen, ob und warum und wie lange noch er es mit dieser Hexe aushält.«

Marcellus wusste jetzt nicht mehr weiter; das Verhör hatte uns nicht voran gebracht; Rufus mischte sich ein und sagte:

»Hast du seinerzeit diese Ehe gefördert, weil du dich der Verlobten deines Sohnes überlegen fühlte, da sie nun einmal eine ... äh ... eine von allen anderen Männern sitzen gelassene, äh, bereits allmählich alternde, äh, Androgyne war?«

»Davon wussten wir beide nichts«, rief Gabinia allzu heftig, »denn sie verstand es, ihre Mängel zu verbergen; mein Gaius begriff erst in der Hochzeitsnacht, was er sich da eingehandelt hatte; sie haben seitdem getrennte Schlafzimmer; mein Sohn hat dieses Weib unberührt gelassen; sie ist eine alte Jungfer.«

»Ach, und das hat er dir erzählt, einfach so? Und er hat, wenn ich das so sagen darf, seine cata in sacco gekauft?«

»Warum nicht? Er hatte eben keine Erfahrung in solchen Dingen und kannte nur mich; ich war die einzige Frau, die er kannte; er hatte vor seiner Hochzeit keine Freundin gehabt, und zu den dreckigen Huren ist er auch nicht gegangen, niemals; zu mir jedenfalls hat er grenzenloses Vertrauen, bis heute, und ich könnte dieses verfluchte Mannweib ...«

»Was könntest du sie?«

»Ach, das ist doch gleichgültig; und mein Gaius ist wirklich verhaftet und eingesperrt?«

»Er steckt in der Arrestzelle auf dem Revier.«

»Wird er in den Carcer Publicus überstellt werden?«

»Wahrscheinlich; sobald der Prozess eröffnet ist; wir haben, glaube ich, genügend Beweise zusammen bekommen; ferner hat ihn eine Frau, die den letzten Mord aus der Nähe beobachtete, sofort wiedererkannt, aus einer Gruppe von insgesamt elf ähnlich aussehenden Männern heraus.«

»Diese Hure lügt; man hat ihr vorher schon gesagt, wen sie benennen soll; ich kenne das; immer diese falschen Schlangen; darf ich mit euch aufs Revier kommen? Ich möchte meinen Sohn sehen; ich möchte ihn umarmen.«

»Das will ich dir nicht abschlagen«, sagte Marcellus; und schon gingen wir samt der zornigen Frau die Stiege zum Clivus Viminalis hinunter und durch die enge Gasse hinab zur Kreuzung, wo der Kutscher unser harrte; in rascher Fahrt ging es zurück aufs Revier, während der unsere schöne Gabinia ununterbrochen hektische Selbstgespräche führte, welche allesamt darauf hinaus liefen, dass sie es diesen Bullen schon noch zeigen werde; schließlich sagte sie sogar:

»Ich werde an den Kaiser appellieren; er wird es einsehen und befehlen, dass man meinen Gaius frei lässt.«

Noch zeterte und lamentierte sie, da waren wir schon beim Revier vorgefahren, und es hieß, auszusteigen; Marcellus geleitete die Frau persönlich ins Gebäude hinein, wo uns eine unangenehme Überraschung erwartet:

Die Zeitungsreporter Roms samt an ihrer Seite klebenden Schnellzeichnern hatten sich sensationslüstern im Atrium zusammengerottet und warteten auf uns:

Kaum waren sie Gabinias ansichtig geworden, als die Stifte nur so über die feine Wachschicht kritzelten; Gabinia sah dies und stürzte sich wütend über sie, um ihnen die Tafeln zu entreißen, und nun entbrannte die reinste Rauferei.

Doch schon hatte Marcellus den Wüterich in sein Amtszimmer bugsiert, wohin kurz zuvor auch Gaius Furius gebracht worden war und auf sie wartete:

»Du brauchst jetzt keine Angst mehr zu haben, lieber Gaius, jetzt bin ich ja da«, sagte sie, während sich Furius erhob, die Hände aneinander gefesselt:

»Haben die Schufte dir etwas getan, Mama?«, fragte er und mimte ein besorgtes Gesicht:

»Nein, mein Sohn; mit mir ist alles in Ordnung; aber sie haben kein Recht, dich hier festzuhalten; ich werde mir Roms besten Anwalt nehmen, und wenn ich darüber mein Haus verkaufen muss; das lasse ich mir nicht gefallen.«

»Beruhige dich doch, Mama«, sagte Furius, »alles ist nur halb so wild; es wird sich als Irrtum erweisen.«

138

»Was heißt hier Irrtum? Du bist freier Bürger eines freien Staates, und niemand hat das Recht, dich einzusperren: Weiß diese Cornelia wenigstens, dass du hier bist?«

»Sie weiß es.«

»Warum ist sie nicht da?«

»Das musst du sie selber fragen.«

Galba schaltete sich jetzt ein:

»Verehrte Frau Gabinia, willst du nicht Platz nehmen?«

»Ich denke gar nicht daran; ich bin empört: Niemand hat das Recht, meinen Sohn festzuhalten; ich werde mich beschweren.«

Marcellus brummte jetzt grimmig:

»Setze dich endlich hin und beantworte die Fragen, welche wir noch zu stellen haben, wenn du nicht über Nacht in der Zelle neben deinem Söhnchen eingesperrt werden willst.«

»Ist mir doch alles gleichgültig!«

Und schon war sie zu Furius hinüber gegangen, um ihn gründlich abzuküssen:

»Fürchte dich nicht, mein Kleiner, ich kümmere mich um dich und sorge dafür, dass du hier heraus kommst; ich gehe jetzt, um den Anwalt aufzusuchen.«

Dann hasserfüllt zu uns:

»Und Fragen beantworte ich keine mehr; ich bin lange genug verhört worden, als wäre ich eine Verbrecherin; man hat mich wie Dreck behandelt; ich werde das dem Kaiser melden; noch gibt es Gesetze!«

Mit verächtlich herunter gezogenen Mundwinkeln schritt sie an uns vorbei und strebte den Ausgang an:

»Sollen wir sie gehen lassen?«, fragte Galba.

»Gewiss doch«, antwortete Marcellus, »wir wissen ja jetzt, wo wir dran sind ...«

»Ja«, sagte ich, während von draußen das Wutgebrüll der Dame herein brandete, das sie über den neugierigen Zeitungsleuten, welche darauf mit lautem Gelächter reagierten, nur so hernieder prasseln ließ, »dieser Fall ist, den unsterblichen Göttern sei es geklagt, pathologisch.«

Rufus nahm jetzt das Wort und sagte zu Furius:

»Deine Mutter scheint dich ja abgöttisch zu lieben.«

»Ich war von Geburt an ihr Ein und Alles; meinen Vater hat sie verabscheut; sie hatte dann nur noch mich; weitere Kinder sind ausgeblieben; so ist das.« – »Weißt du noch, was für ein Mensch dein Vater war?«

Furius knirschte mit den Zähnen und schwieg.

»Dann war deine Mutter nicht glücklich mit ihm, oder?«

Furius lief knallrot an; er zischte zwischen zusammen gebissenen Zähnen hervor:

»Wie kann man einen Fleischer lieben?«

»Hat sie sich geschämt, einen Metzger zum Mann zu haben?«

»Sie stammt aus dem erlauchten Hause der Gabinier; dort hat es zahllose große Männer im Stammbaum; aber ihre Eltern haben das Vermögen verspekuliert und brachten sich dann um; die Verwandten, denen sie nun auf der Tasche lag, wollten sie los sein und haben sie an einen Fleischer verhökert.

Ansonsten wäre es besser, meine Mutter und meine Frau aus dem Spiel zu lassen; ich weiß doch ganz genau, worauf ihr hinaus wollt, wenn ihr einen Gegensatz zwischen den beiden konstruiert; verhört mich also, solange ihr wollt, aber lasst die beiden Frauen gefälligst in Ruhe!«

»Gut«, sagte Rufus, »dein Wunsch sei mir Befehl: Kommen wir zunächst noch einmal zu deiner Caracalla zurück:

Der Mörder der vergangenen vier Nächte trug stets eine Caracalla; das ist sicher; der Schneider bezeugt, nur dir einen solchen Umhang geliefert zu haben; ein Fetzen blieb beim letzten Überfall in der Hand der Getöteten; er passt exakt in den Saum der Caracalla, die wir einem Obdachlosen am Tiber abkauften; willst du leugnen, dass es deine Caracalla ist?«

»Sie ist es nicht; beweist mir das Gegenteil!«

»Gut«, sagte Rufus seufzend, »dann berichte uns lückenlos, was du in den vergangenen vier Nächten getan hast.«

»Ich war im Studio am Arbeiten.«

»Deine Frau und die Zofe konnten das nicht bezeugen.«

»Ich pflege alleine und in aller Stille zu arbeiten.«

Rufus zuckte mit den Schultern und schwieg; auch ich wusste jetzt nicht weiter; ob die Geschworenen mit den bislang gesammelten Beweisen zufrieden sein würden? Ich hatte da meine Zweifel; ein guter Anwalt konnte all unsere scheinbaren Beweise als reine Vermutungen ausgeben; Furius war ein harter Gegner, auch wenn er jetzt in sich zusammengesunken auf dem

Stuhl hockte; er war müde; wir alle waren müde; Marcellus raffte sich dann auf, noch eine Frage zu stellen; geradezu beiläufig und wie ein verständnisvoller Vater sagte er:

»Nicht wahr, Furius, du bist ein todunglücklicher Mensch.«

»Warum sollte ich unglücklich sein?«

»Seit du entdeckt hast, dass du anders bist, als deine Altersgenossen, also ab Eintritt der Pubertät.«

Furius begann am ganzen Leib zu zittern; Schweißperlen standen ihm auf der Stirn; er tat spöttisch und sagte:

»Was sollte an mir schon anders sein als bei den anderen Männern?«

»Nun, als du noch ein ganz junger Mann warst ... und feststelltest ... dass du ... und die Mädchen ... und das war ganz anders, als bei deinen Kameraden, die wie verrückt auf die Mädchen aus waren, nicht wahr?«

Er blickte den Gefesselten durchdringend an; er wusste, dass es jetzt nur noch des richtigen Wortes bedurft hätte, um den ältlichen jungen Mann zum hemmungslosen Heulen zu bringen, aber das rechte Wort fiel ihm nicht ein.

Er hätte ihm nur sagen müssen, »mein lieber, guter Junge, ich verstehe dich; und du tust mir leid; was hat man dir nur angetan!«; stattdessen murmelte er schulmeisterlich belehrend:

»Doktor Sokrates könnte es dir besser erklären als ich, was man mit Menschen Deinesgleichen macht; sie sind nicht verantwortlich für das, was sie tun ... und sie brauchen sich nicht vor Gefangenschaft oder Henker zu fürchten.«

Furius richtete sich trotzig auf und fauchte:

»Ich brauche nichts und niemanden zu fürchten; ich bin unschuldig und das Opfer einer Verwechslung oder unerklärlicher Umstände; ich habe schon viel zu viel gesagt; ab sofort verweigere ich jede Aussage und überlasse alles meinem Anwalt; und dabei bleibt es.«

Marcellus, dieser alte Hase in allen möglichen Verhören, begriff, dass er durch seinen eigenen Fehler der Befragung des Verdächtigen ein Ende bereitet hatte; achselzuckend läutete er nach dem Amtsdiener Syrus, der Furius in den Kerker zurück bringen sollte; bereitwillig stand dieser auf und wollte schon gehen, als Rufus ihm zurief:

»Warte, Furius; eine letzte Frage!«

Der Verhaftete blieb stehen und musterte meinen Freund verächtlich; dann sagte er:

»Ich werde nichts mehr antworten.«

»Das wollen wir einmal sehen«, sagte Rufus, »denn meiner Meinung nach hast du diese, äh, Cornelia nur deshalb geheiratet, weil sie zumindest in der oberen Körperhälfte ein Mann ist, nicht wahr, und deine Mutter lügt, wenn sie sagt, du hättest es erst in der Hochzeitsnacht erfahren.«

Weiter kam Rufus nicht, denn Furius stieß ein tierisches Heulen aus, dem der Hyäne ähnlich, und stürzte sich über meinen Freund, um ihn wie eine Bestie anzufallen, obwohl ihm die Hände gefesselt waren; zwei Soldaten der Stadtwache warfen sich auf ihn, um ihn zu bändigen; wie eine Raupe, die unter die Ameisen geraten ist, wand und drehte er sich unter dem Zugriff der Beamten, Schaum vor dem Mund; Rufus kicherte und sagte, als das irre Kreischen des Furius abgeebbt war:

»Bis zur Eheschließung, lieber Furius, warst du ein Muttersöhnchen, warst du im Grunde mit der Mutter verheiratet und wurdest von ihr gegängelt, aber durch die Hochzeit mit Cornelia bist du vom Regen in die Traufe geraten, denn deine arme unschuldige Androgyne musste bald begreifen, dass du immer noch mit der Mama verbandelt und ihr hündisch Untertan warst und mit dir im Bett nichts anzufangen war, weil deine Bestrebungen auf das eigene Geschlecht gerichtet sind.

So verachtete und unterdrückte sie dich zugleich, bis dein Hass auf Frauen alle Grenzen überstieg; weil du aber weder wie weiland Kaiser Nero zum Muttermörder werden konntest noch, wie er, es wagtest, auch noch deine Frau umzubringen, hast du dich eben an unschuldigen Dritten gerächt und vier von ihnen ermordet; willst du das leugnen?«[97]

»Lügen, Lügen, alles nur Lügen«, kreischte Furius wie von

---

[97] Kaiser Nero (alias Domitius Ahenobarbus) war der letzte direkte Nachkomme des Augustus; er brachte die herrschsüchtige Mutter Agrippina um, die angeblich auch noch seine Geliebte sein wollte, und ließ auch seine Gattin Octavia, Tochter des Kaisers Claudius, seines Vorgängers auf dem Thron, ermorden, um Sabina Poppaea zu heiraten; als diese schwanger war, trat er ihr in den Unterleib und tötete so auch sie; seinen Adoptivbruder ließ er vergiften.

Sinnen, »und die hast du alleine aufgetischt, du verfluchter kleiner privater Schnüffler, du elendes Würstchen und Wichtigtuer; warte nur, das zahle ich dir heim; nicht lange, und ich werde dir den Schädel dafür einschlagen, du Ratte! du räudiger Hund! Du dreckiges Schnüffelschwein! Ich bringe dich um!«

Furius ging die Puste aus; keuchend hing er in den Armen der beiden Wachmänner, die ihn untergehakt hatten:

»Hihihi«, tönte Rufus, »das haben mir schon andere angekündigt, aber noch lebe ich; wie auch immer, mein kleines Jüngelchen, zum Einen haben wir uns deine einseitig beschädigte Sica gesichert, mit der du deine Opfer gemeuchelt hast; und es war sogar noch eine gehörige Portion Blut daran, du dummer, dummer Anfänger!«

Ich darf hier Rufus' Rede tadelnd unterbrechen; es war nämlich keinerlei Blut an der ominösen Sica; Rufus log, um den Mörder in die Enge zu treiben; durfte er das? Heiligt der Zweck die Mittel? Nun, ich will das hier nicht entscheiden und rasch den Rest seiner flammenden Rede wiedergeben:

»Zum Zweiten haben wir deine Caracalla in Verwahrung genommen; der einzige Schneider, der sie in letzter Zeit aus schwarzer Seide mit eingewebtem grauen Faden fertigte, hat sie nachweislich an dich verkauft; der Fetzen, den dein letztes Opfer aus ihr heraus gerissen hatte, passt genau hinein; wenn du es immer noch abstreitest, der Besitzer zu sein, so lügst du.

Zum Dritten hat dich die Zeugin wiedererkannt; zum Vierten: Du warst wie vom Erdboden verschluckt, als Sokrates und ich dir folgten, und welch Zufall! Genau an dieser Stelle entdeckten wir das Haus deiner abgöttisch geliebten Mutter.

Ich komme zum Fünften: Du hast für keine einzige der vergangenen vier Nächte ein Alibi; das kann kein Zufall sein, und du weißt ganz genau, dass deine Mutter lügt; wir werden sie notfalls Tag und Nacht verhören, bis sie alles zugibt, bis sie endlich gesteht, dass du nach den vier nächtlichen Morden jedes Mal bei ihr Unterschlupf fandest.

Und warum hast du diese vier Morde begangen? Auch das lässt sich jetzt leicht beantworten: Weil du ein Feigling bist; weil du ein Schwächling bist; weil du ein Weichling bist; weil du dich im Bett vor Frauen fürchtest, du von dir selbst ernannter Künstler, der du in Wirklichkeit ein jämmerlicher Stümper bist;

du hündisch ergebener Sklave deiner Mutter; du hasserfüllter Sklave deiner Androgyne Cornelia! – Nachdem du aber den ersten Mord hinter dich gebracht hattest, fühltest du dich stark, fühltest du dich vorübergehend mächtig; jetzt endlich war der Mann in dir erwacht, aber ach!

Ganz gleich ob zuhause bei Cornelia oder in der Wohnung der Mutter, überall holte dich deine alte Rolle wieder ein, und so war es zwanghaft logisch, dass du weiter töten musstest; in Wirklichkeit ermordetest du jedes Mal deine Frau und noch viel mehr deine Mutter, das ist die Wahrheit, und wenn du jemals wieder in Freiheit kämest, müsstest du weiter morden, müsstest du dich weiterhin an wehrlosen unschuldigen Wesen vergreifen, um dir selbst hinweg zu helfen über das Wissen um deine grenzenlose Minderwertigkeit, nicht wahr?«

Der innere Widerstand des Furius brach jetzt vollends in sich zusammen; er knirschte mit den Zähen, heulte, wimmerte, röchelte und gurgelte nur noch und wäre sofort auf den Estrich gestürzt oder hätte sich einfach fallen lassen, wenn ihn die beiden Soldaten nicht aufrecht gehalten hätten; seine Augen zeigten den irren Blick des Wahnsinnigen; der Mund klappte mehrfach auf und zu, ohne dass er noch ein Wort herausbrachte, um dann halb offen zu verharren, während die Lippen wie flatternde Schmetterlinge zu zittern begannen ...

»Abführen!«, dröhnte der Bass des Marcellus in diese schaurige Szene hinein, »und ich erkläre die heutige Vernehmung für beendet; morgen ist auch noch ein Tag; jetzt ist es schon spät in der Nacht; ich wünsche euch allen eine gute Ruhe; morgen werden wir sehen, wie es weiter geht.« – Während Furius wieder in seine Zelle gesperrt wurde, schickte Rufus ihm aufmerksame Blicke hinterher, die in einem versonnenen Lächeln endeten, als sich die eisenbeschlagene Pforte hinter dem Verhafteten schloss; mir war nichts Besonderes aufgefallen, aber ich kannte ja die Methoden des Freundes; daher fragte ich ihn umgehend, was daran so interessant gewesen sei, aber er sagte nur, wir müssten jetzt möglichst bald schlafen gehen, denn bereits kurz nach Sonnenaufgang werde Galba bei uns vorsprechen; an ausschlafen sei also nicht zu denken. – »Aber der Hauptmann hat uns doch gar keinen Besuch angekündigt«, flüsterte ich ihm ins Ohr.

144

»Und dennoch wird er zur Stelle sein und gleich zwei Gründe dafür haben«, sagte Rufus und erhob sich vom Sitz; dann entfernten wir uns eilig; mein Freund tänzelte vor mir Jammergestalt daher und pfiff ein Liedchen; ich stellte nun keine weiteren sinnlosen Fragen mehr und folgte ihm mühsam humpelnd, stöhnend, jammernd und klagend:

»Ich bin Arzt und kein Langstreckenläufer.«

»Aber das waren doch höchstens zwanzig Meilen (30 km.), die wir heute zurückgelegt haben«, entgegnete Rufus und beschleunigte seine Schritte; schon waren wir im Argiletum angekommen und begaben uns in sein Haus; ich Stinktier ließ mich auf die erstbeste Liege im Triklinium fallen, ohne noch lange das Schlafzimmer aufzusuchen, um unverzüglich einzuschlafen, während sich mein Rufus durch nichts auf der Welt davon abbringen ließ, eine Zeitlang genüsslich unter der Dusche zu stehen und die kühlen Fluten an sich hernieder brausen zu lassen …

2.11 Überraschung nach der fünften Nacht

Wie lange und wie fest ich geschlafen hatte, weiß ich nicht; wie betäubt muss ich gelegen haben, fest mit dem Polster verwachsen, und nur so viel steht fest: Während Jubar, der strahlende Gott, seine ersten rötlichen Pfeile waagerecht über der allmählich erwachenden Stadt verschoss, nachdem er mühsam über die Gipfel der östlichen Berge geklettert war, wurde ich mit dem Ruck des Sturzes in einen schwarzen Abgrund aus dem tiefsten Schlaf gerissen: Rufus hatte mich geweckt und schnaubte: »Steh jetzt sofort auf, du stinkendes Faultier, und sieh zu, dass du dir den gestrigen Schweiß vom Körper entfernst! Jeden Augenblick wird Galba bei uns aufkreuzen, um all das zu berichten, was ich ohnehin schon weiß; willst du, dass er in deiner Gegenwart erstickt?«

Im Halbschlaf grunzte ich, das sei mir gleichgültig und mir täten die Beine weh, als wäre ich von Marathon nach Athen gerannt, ohne eine Pause einzulegen, aber Rufus war unerbittlich und zog mir einfach die Decke weg, die ich mir gestern eben noch besorgt hatte und kitzelte mich grausam an den Füßen.

Ihn leise verfluchend, erhob ich mich also, um mich ins Bad

zu schleppen; unterwegs aber zitierte ich eine Stelle aus dem Satiricon des berühmten Dichters Petronius, welchen weiland Kaiser Nero, das Ungeheuer, zum Selbstmord gezwungen hatte und murrte:

»Wasser hat Zähne«, um dann folgendermaßen weiter zu maulen:

»Und du Neunmalkluger weißt natürlich schon jetzt, was in der verbliebenen Nacht, die wir verschlafen haben, geschehen ist, oder warst du wieder einmal heimlich unterwegs, statt zu pennen? Ich jedenfalls brauche meine Nachtruhe und sage dir als dein Arzt, dass man ohne hinreichenden Schlaf früher stirbt oder wahnsinnig wird.«

»Beeile dich lieber; es wäre schön, wenn du dich frisch gemacht hättest, bevor Galba antanzt, um sich mit seinen sensationellen Neuigkeiten zu brüsten; ich jedenfalls bin vorhin eine halbe Ewigkeit unter der kalten Dusche gestanden und dadurch putzmunter geworden; so, und jetzt hinein mit dir ins heiß ersehnte Lavacrum; du müffelst wie eine halbe Latrina!«

Energisch schob er mich ins Bad und zog mir die vor getrocknetem Schweiß bretthart gewordene Tunika über den Kopf, nahm sie mit und warf die Tür hinter sich ins Schloss; ich öffnete den Schieber und stellte mich leise fluchend unter das eisig herab stürzende Wasser, um dort auszuharren, solange es ging; schließlich war ich rundum blau angelaufen, aber dennoch wie neu geboren, insbesondere, nachdem ich mich anschließend auch noch gründlich abgerubbelt hatte; ich schrie dann wie verrückt nach einer neuen Tunika, und Rufus persönlich bediente mich. – Frisch gebadet und gekleidet lag ich dann in unserem heimeligen Frisierstuhl, und der dafür ausgebildete Sklave seifte mich ein, um mir die Bartstoppeln abzurasieren; nach einer kurzen Gesichtsmassage, frisch eingecremt und mit einem duftenden Wässerlein besprüht, erhob ich mich, schlapp, wie ich war, um über den schwankenden Estrich ins Triklinium zu stolpern, wo mein Rufus schon auf mich wartete:

Köchlein hatte frisch geröstetes Brot, welches er dick mit Käse belegt hatte, samt einer Schüssel voller Oliven aufgetischt und eine Riesenkaraffe daneben gestellt, die mit Wasser gefüllt war, dem er einen Schuss Wein beigegeben hatte, damit es nicht so schal schmeckte.

Faul und schlaff wie ein Mehlsack ließ ich mich auf die zweite Liege fallen, während die dritte immer noch leer war; doch da kam auch schon unser Janitor samt Galba im Schlepptau herein geschneit; der Hauptmann ließ sich grußlos auf die dritte Liege fallen und krähte:

»He und hallo, ihr zwei Faultiere! Gut geschlafen, nicht wahr? Aber während ihr hier bequem gerüsselt habt, musste ich Sensationelles erleben, hellwach und stramm auf dem Posten, wie immer; gleich will ich euch berichten, was sich zugetragen hat; ihr werdet staunen!«

»Gemach, gemach!«, sagte Rufus, »zuvor wollen wir in aller Ruhe frühstücken, denn ich weiß ja schon, was im Revier und der Stadt geschehen ist; Köchlein hat für drei gedeckt, und ich habe dich erwartet; also lasst uns essen; das ist jetzt das Wichtigste; an all dem Übrigen lässt sich ohnehin nichts mehr ändern.«

»Da hast du ausnahmsweise einmal recht«, knurrte Galba garstig, »und gewiss hast du in aller Götterfrühe schon einen Gang durch die Stadt gemacht und alles erfahren.«

»Nein, wir beiden haben den Schlaf ausgiebig genossen; Sokrates ist als Arzt der Meinung, dass man ohne genügend Schlaf vorzeitig stirbt oder dem Irrsinn anheim fällt; und da hat er wahrscheinlich recht; doch was in dieser Nacht so alles vorfallen würde, wusste ich schon gestern Abend, spätestens als ich das Revier verließ.«

»Bist du ein Hellseher? Und warum hast du uns dann nicht verraten, dass neues Unheil im Anmarsch wäre?«

»Ich gäbe einiges dafür, ein Hellseher zu sein«, sagte Rufus seufzend, »denn das wäre für meinem Beruf nützlich; aber alles, was ich weiß, weiß ich aufgrund logischen Denkens; ich wollte den Dingen ihren Lauf lassen; früher oder später wäre nämlich Dasselbe geschehen, unvermeidlich, und ich denke, dass es für alle so, wie es ist, besser ist, oder hättest du Gaius Furius gerne als Opfer der Kampfhunde im Großen Amphitheater wiedergesehen?«

»Nein, natürlich nicht, diesen im Grunde armen Kerl«, sagte Galba lahm und begann damit, die Platte zu putzen; Köchlein lugte kopfschüttelnd um die Ecke und besorgte Nachschub, staunend, wie viel ein Hauptmann der städtischen Wache in den Schlund werfen kann. – Schließlich war er gesättigt, rülpste theatralisch und sagte ein erwartungsfrohes »Und?«

Gewiss wollte er herausfinden, ob Rufus wirklich wusste, was er nicht wissen konnte; mein Freund rieb sich vergnügt die Hände, kicherte eine Zeitlang, blickte auf die aneinander gelegten Fingerspitzen und hub an:

»Machen wir es kurz: Es gab den fünften Frauenmord in der Subura, zu dem ich anschließend Details beitragen möchte, und Furius hat sich aufgehängt, nicht wahr?«

»Du hast den Nagel auf den Kopf getroffen«, staunte Galba kopfschüttelnd, »und willst du jetzt nicht mit mir in die Subura kommen? Wir haben die Leiche so liegen lassen, wie man sie vorfand; vielleicht interessieren dich die Details.«

»Wozu die Mühe machen?«, sagte Rufus und gähnte herzhaft: »Sokrates und ich haben uns gestern die Haxen abgelaufen und sind immer noch hundemüde; wozu einen unnötigen Gang? Einzig und alleine den Namen der Ermordeten weiß ich nicht; wie hieß die Ärmste?«

»Licinia.«

»Nicht wahr, sie könnte nicht mehr als jung und auch nicht als besonders schlank gelten? Sie gehörte zum sogenannten ältesten Gewerbe und wurde durch eine Vielzahl von Stichen in den Rücken ermordet, die mit einem Küchenmesser oder Dergleichen ausgeführt wurden; der Mörder besaß offenbar keine Sica und musste sich behelfen.«

»Stimmt auffallend; sie war Mitte vierzig und schon tüchtig abgehalftert; höchsten noch etwas für betrunkene Matrosen; die Verletzungen habe ich ganz nach deiner Methode untersucht; es waren insgesamt sieben Stiche; alle mit einer verhältnismäßig kurzen und einschneidigen Klinge ausgeführt; das giftgrüne Kleid der Nutte hatte der Mörder diesmal nicht aufgeschlitzt; immerhin war die Blutlache, in der sie lag, von beachtlichem Umfang.«

»Und es war eine sternenklare Nacht, wir hatten sogar Vollmond; was hat dein Zeuge gesagt?«

»Zeugin, Zeugin, mein Lieber und nennt sich Formica;[98] sie war eine Kollegin dieser feisten Licinia, um die es gewiss nicht

---

98 Lateinisch Formica = Ameise.

schade ist: Beide hatten den Zeitungsleuten darin Glauben geschenkt, dass der Mörder einsitze und waren mal wieder auf Anschaffe gegangen; die Formica war aber zu weit vom Tatort entfernt, um Details zu erkennen; das grässliche Kreischen der Licinia hat sie freilich mit anhören müssen; es soll fürchterlich von den Wänden der Häuser widergehallt haben, um dann zu verstummen; sie will dann hin gerannt sein, um der Ärmsten beizustehen, aber diese verröchelte schon ihren Geist; dann sah Formica den Täter:

Sie spricht von einer auffällig großen Gestalt, welche sich, als sie näher kam, einen dunklen Umhang, wie ein Radmantel, über den Kopf zog und wie verrückt den Clivus Viminalis hinauf flüchtete; ich denke, unser Furius hat sich das Leben voreilig genommen; jetzt ist er postum entlastet; nach dem neuerlichen Mord hätten wir ihn doch wohl laufen lassen müssen.«

»So ein Unfug; das wäre ja einer Katastrophe gleich gekommen«, sagte Rufus, »denn wenn er wirklich zu Unrecht verhaftet worden wäre, hätte er wie ein Löwe um sein Recht gekämpft, schon der heiß und innig geliebten Mama zuliebe; der vorhersehbare Selbstmord gleicht daher einem Geständnis.«

»Zunächst einmal könntest du mir sagen, wieso du den Suizid vorherzusagen im Stande warst, ohne ihn aber verhindern zu wollen; ferner musst du mir erklären, was der erneute Frauenmord dann zu bedeuten hat und wie ich ihn einordnen muss.«

»Es wird keinen einzigen weiteren dieser Morde mehr geben, jedenfalls auf absehbare Zeit und im bisherig üblichen Zusammenhang; dass es in der Subura grundsätzlich keine Morde mehr geben wird, kann man freilich nicht ausschließen; solche Vorfälle gab es dort schon immer; alle Indizien freilich, lieber Galba, die du aufs Gründlichste gesammelt hast, sprechen die eindeutige Sprache, dass hier ein anderer Mörder am Werk war; ein Nachahmungstäter, ein sogenannter Trittbrettfahrer«

»Und wer sollte das gewesen sein?«

Rufus zuckte mit den Achseln und sagte:

»Das heraus zu finden, ist ganz die Sache der Stadtwache; für mich persönlich ist mit der Verhaftung und der glücklicherweise erfolgten Selbsttötung des Furius der Fall erledigt; ich habe jedes weitere Interesse daran verloren:

149

Woher ich wusste, dass sich Furius umbringen wollte, willst du noch wissen, nicht wahr? Lieber Herr Kollege, ich schätze deine Tatkraft und Zähigkeit beim Verfolgen von Verbrechern seit Jahren sehr; aber du hast es immer noch nicht gelernt, dich in das Seelenleben des Täters einzuklinken: Sag an! Was hättest du an Furius' Stelle getan?«

»Mich erhängt; das geht schnell«, seufzte Galba, »und um zu verhindern, dass man mich nackt und bloß in die Arena schickt, wo die blutrünstigen Bestien auf mich gehetzt werden; oh, ich Hornochse, ich blöder!«

»Bitte, jetzt kein geistiges Selbstschlagen, sonst kommt mir das Frühstück hoch«, sagte Rufus, »und bedenke doch einmal, was du dem Neurotiker erspart hast, als du darauf verzichtetest, ihn die gesamte Nacht unter Bewachung zu stellen?

Was er vor hatte, war doch für jeden aufmerksamen Betrachter sonnenklar: Während ihn deine zwei Soldaten in die Zelle verschleppten, um ihn für den Rest der Nacht dort einzusperren, habe wenigstens ich ihn ganz genau beobachtet: Zunächst war er halb wahnsinnig vor Angst und Verzweiflung und wehrte sich nach Kräften; dann begriff er, dass nichts zu machen sei und erschlaffte am ganzen Körper; ohne die Ehrengarde, die du ihm beigegeben hast, wäre er zu Boden gegangen.

Indem er den Kopf nun hängen ließ, fielen seine Blicke auf die seidene Schnur, mit der er seine kostbare Tunika in der Taille gegürtet hatte und seine Augen leuchteten jetzt wie im Fieber; so etwas wie ein überirdisches Glück strahlte aus ihnen, und da wusste ich, was er zu tun beabsichtigte und billigte sein Vorhaben von Herzen.«

»Ja, wirklich«, sagte Galba schmunzelnd, »wenn ich es so betrachte, dann war es wirklich keine Hexerei und sogar die reinste Lappalie; rein zufällig war ich aber noch mit dem Tribunus ins Gespräch vertieft, so dass mir diese Kleinigkeiten leider entgangen sind.«

»Siehst du, mein lieber Sokrates«, sagte Rufus schmunzelnd, »wohin es kommt, wenn man offen und ehrlich ist: Omnia arcana sunt mirifica ac stupenda.«[99]

Galba erhob sich, um zu gehen; Rufus wünschte ihm viel

---

[99] Auf Deutsch: »Alles Geheimnisvolle ist wunderbar und staunenswert«.

150

Glück bei der Fahndung nach dem neuerlichen Täter, und der Hauptmann machte sich auf den Weg zum Tatort, um die Leiche entfernen zu lassen.

Wir blieben zurück, bei Tische liegend, und genossen die besten Häppchen, die sich der voreilige Kollege hatte entgehen lassen, tranken süßen Wein, naturgemäß mit Wasser vermischt, dazu und ließen die Götter gute Menschen sein.

Als wir damit fertig waren, sagte Rufus, noch heute zur Cena (Abendessen) kämen zwei Gäste, auf die er sich freue; da sie noch nichts von ihrem Glück wüssten, müsse er jetzt sofort die entsprechenden Einladungen schreiben und ihnen durch Eilboten zustellen lassen.

Mit diesen Worten erhob er sich, während ich faul auf dem Speisesofa liegen blieb, um ins Tablinum zu eilen, wo er sich an seinen Schreibtisch hockte und zwei Briefe schrieb, die er versiegelte und seinem schnellsten Diener anvertraute; mit Inhalt und Adressaten tat er geheimnisvoll und antwortete, als ich ihn unmittelbar danach fragte, ausweichend; nur so viel verriet er mir, dass ich heute Abend leider hinter ihm auf derselben Liege Platz nehmen müsste, da es nun einmal unmöglich sei, die beiden Geladenen nebeneinander liegend speisen zu lassen, ohne dass es zu unangenehmen Zwischenfällen käme.

Das war alles, was ich aus ihm herausbekam; eine Zeitlang zupfte er virtuos auf der Kithara herum, um auf andere Gedanken zu kommen; er hatte das Talent zum Berufsmusiker; dann endlich verließen wir das Haus, spazierten am Tiberufer entlang und kamen an einer hölzernen Wand vorbei, auf der die Schreibsklaven folgenden in Blockbuchstaben auf Papyrusbahnen geschriebenen Text untergebracht hatten:

Neuer Frauenmord in der Subura

Obwohl unsere Stadtwache gestern einen Tatverdächtigen verhaftet hat, kam es in der vergangenen Nacht zum fünften Frauenmord in Serie; wir von den Acta Diurna hätten die sofortige Entlassung des offensichtlich zu Unrecht Inhaftierten verlangt, doch die Herren Galba und Marcellus hatten ihn dergestalt in die Enge getrieben, dass er keinen anderen Ausweg wusste, als sich zu erhängen:

151

Dass es dazu kommen musste, halten wir für einen Skandal und verlangen eine sofortige Untersuchung; da auch der stadtbekannte Privatdetektiv Rufus an diesem groben Fehler mitgewirkt hat, sollte man auch ihn zur Rechenschaft ziehen:

In Rom gehen die Mörder um, und nichts geschieht; wie lange noch? Wozu haben wir unsere Stadtwache?

Rufus kicherte erheitert und sagte weiter nichts dazu; wir schlenderten schließlich über das Marsfeld zum Odeion hinüber, welches bekanntlich am stumpfen Ende des von Domitianus errichteten Stadions angebaut und für uns beide mit einer schmerzlichen Erinnerung[100] verbunden ist, die sich unauslöschlich in unser Gedächtnis eingeprägt hat:

»Sie geben König Ödipus von Sophokles«, rief Rufus schwärmerisch verzückt, »einen echten Sophokles in der griechischen Originalsprache! Verlassen wir doch die Niederungen der Barbarei! Schreiten wir hinein in die Gefilde der Kultur!«

Ich folgte ihm missmutig; ein leckeres Mahl an der Theke der Bratenduft verströmenden Eckkneipe wäre mir lieber gewesen; wie oft hatte ich dasselbe Stück schon gesehen? Knurrend und murrend folgte ich dem Freund, bis uns ein unfreundlicher Sklave zu den Sitzen geleitete: Die Leistung der Schauspielertruppe war mittelmäßig; die Aussprache meiner geliebten hellenischen Sprache glich einer Katastrophe; der Zuschauerraum war halb leer geblieben; der Beifall verhalten und von Fuu-Rufen unterbrochen ... »Vita brevis, ars longa[101]«, murmelte Rufus, während wir die grünen Fluren des stillen Marsfeldes gewannen und an eben der Stelle kurz verharrten, wo mein Freund sich das Duell mit dem als Gespenst verkleideten Mörder geliefert hatte, welcher dort das arme Mädchen, um das es gar nicht ging, erschossen hatte und dann die Flucht ergriff, um im Odeion wieder aufzutauchen ...

Tief in Gedanken versunken gingen wir weiter und kamen allmählich wieder zur brodelnden Innenstadt zurück:

---

[100] Nachzulesen im dramatischen Geschehen, unmittelbar am Ende von: »Privatdetektiv Rufus und die mörderische Hetzjagd auf Fabiola«; in diese Fabiola waren Rufus und Sokrates gleichermaßen verliebt gewesen.

[101] Alter Spruch: »Das Leben ist kurz, die Kunst ist lang«.

152

Jetzt endlich durfte ich mich am Tresen der zuvor schmählich außer acht gelassenen Wirtschaft laben und von den Schrecken des Sophokles erholen; Rufus bestellte sich ein mit Käse überbackenes Pulmentum[102] in der glühend heißen Tonform, typisch für diesen Gesundheitsapostel; ich aß lieber frisch gegrillten Pfauenbraten mit Weißbrot; dazu tranken wir eine Mischung aus Wasser und Wein; er wählte einen herben grünlich schimmernden gallischen Tropfen aus, ich bevorzugte einen bernsteinfarbenen feurig süßen Sizilianer.

2.12 Gruppenspiel mit Damen

Schließlich war der Abend gekommen, und Köchlein hantierte emsig mit Pfannen und Töpfen, als wir das Triklinium für den geheimnisvollen Besuch vorbereiteten:

Links und rechts des gemauerten Pfostens, der schon darauf wartete, dass das Speisebrett darüber gestellt und nach einer Weile durch ein neues ersetzt würde, stellten wir die beiden Gästeliegen auf, zierliche, gut gepolsterte und mit weicher Seitenlehne zum Aufstützen des linken Armes, jeweils nur für eine Person eingerichtet.

An das Kopfende des Raumes, also hinter die beiden genannten Sofas, postierten wir eine geräumige Doppelliege, das Lager für Rufus und mich; der Zugang zum genannten Pfosten blieb auf der Vorderseite frei, damit Köchlein und Kellner jederzeit Zugang für das herein und hinaus zu tragende Tablett hatten und durch diese Lücke hin und her wieseln konnten, ohne die Speisen gefährlich über unseren Häuptern balancieren zu müssen.

Kaum waren wir mit all diesen Vorbereitungen fertig und hatten uns in eine festliche Tunika gehüllt, da riss uns schon energisches Klopfen aus den Träumen; kurz darauf geleitete der Janitor den ersten Gast ins Triklinium; Rufus kicherte, als ich vor Staunen das Maul nicht mehr zu bekam, denn es war … es war nämlich Cornelia, die da herein tänzelte, in eine ärmellose blaue Männertunika gehüllt, die ihr kaum eine Handbreit

---

102 Pulmentum: Getreide-Gemüse-Auflauf; Rufus ist so etwa sie ein Vegetarier.

über das Gesäß reichte; dazu silberfarbene Flipflops an den Füßen; sie trug keinerlei Schmuck und war weder geschminkt noch parfümiert.

Herausfordernd, um nicht zu sagen frech blickte sie erst Rufus und dann mich an, ohne etwas zu sagen und kräuselte dabei verführerisch ihre auffällig breiten Lippen; dann hockte sie sich lässig auf die Kante der Liege und schlug die rosig aufblühenden Schenkel übereinander, um sie dadurch in voller Länge zur Schau zu stellen: Eine heiße Woge durchbrauste mich und ich konnte die Blicke von diesem weiblichen Adonis[103] nicht mehr losreißen; Rufus schmunzelte wissend und schwieg; er kannte seinen Pappenheimer ...

Erneut schlug nun der eiserne Türklopfer gegen das mächtige Holz der mit Eisen beschlagenen Pforte, und kurz darauf brachte der Janitor unseren zweiten und letzten Gast zu seiner Liege; es war, wie ich nun freilich erwartet hatte, Gabinia, die Mutter des toten Furius:

Sie trug ein federleichtes faltenreiches bodenlanges Kleid, das ihre auffällig weibliche Figur umschmeichelte; es war aus dunkelgrauer, fast schwarzer Seide gefertigt und in der Taille mit einer silbernen Kordel gegürtet; das Gewand lief in feine Ärmel aus, welche unmittelbar am Handgelenk endeten; ihre Füße steckten in filigran geflochtenen dunkelblau gefärbten Sandalen; sie war dezent geschminkt und verströmte den sanften Duft der Rosen; eine Halskette aus Bernstein sowie silberne Armreifen und schlichte Ringe aus Silber an den Fingern beider Hände ergänzten das Geschmackvolle und Gepflegte ihrer unübersehbar damenhaften Erscheinung:

Auch Gabinia blieb auf der Kante der Liege sitzen und warf zu Stein erstarrt verächtliche, ja, hasserfüllte Blicke auf die knabenhafte Erscheinung gegenüber, der sie zusätzlich die unpassende Aufmachung verübelte: Der Gegensatz dieser beiden ungefähr gleichaltrigen Frauen konnte nicht größer sein.

Rufus begrüßte nun die beiden einander in wildem Hass zugetanen Frauen und hieß sie, sich zu Tisch zu legen, denn

---

[103] Adonis: Sagengestalt; Geliebter der Aphrodite (Venus); von ihrem Gatten Hephaistos (Vulcanus) aus Eifersucht getötet und von Zeus (Jupiter) wieder auferweckt; Symbol für einen besonders schönen jungen Mann.

154

schon schleppten Köchlein und Kellner das prall gefüllte erste Tablett herein, um es auf dem dicken Pfosten abzusetzen; es wurde das Feinste vom Feinsten serviert, dazu der beste Wein samt warmem Wasser zum Verdünnen, und Rufus ließ seine Gäste munter zulangen; das taten sie denn auch, und mir ward jetzt mit jähem Schreck bewusst, welch gespenstisches Essen mein Freund hier veranstaltete, nämlich das Leichenmahl für Furius, der sich in der letzten Nacht das Leben genommen hatte, gegeben für Mutter und Ehefrau des Verblichenen!

Beide hatten, der alten Sitte gehorchend, den gesamten Tag über weder etwas gegessen noch etwas getrunken; umso gieriger griffen sie nun in die Schüsseln[104] und leerten die Becher, einen nach dem anderen; alle Hemmungen schienen gefallen, und es dauerte nicht lange, bis der Geist des Weines seine Wirkung tat, Zungen und Seelen zu lösen; bekanntlich wird nirgendwo so viel gelacht wie auf einer Leichenfeier …

Rufus nahm nun, als er den Augenblick für gekommen hielt, das Wort und sagte:

»Liebe Gabinia, liebe Cornelia, ich habe euch hierher zu einem rein privaten Abendessen geladen, um des Toten auf eine angemessene Weise zu gedenken, sowie diese heikle Angelegenheit mit euch zu besprechen; sollte das Ergebnis zu meiner Zufriedenheit ausfallen, werde ich die Sache auf sich beruhen lassen; wenn ihr nicht mit mir zusammenarbeiten wollt, muss ich leider Galba einschalten und ihm berichten, was ich weiß; kommen wir zur Sache: Jemand hat sich, ohne bereits um den Selbstmord des Furius wissen zu können, darum bemüht, ihn aus dem Gefängnis zu befreien, indem er vergangene Nacht in der Subura eine fette Hure erdolchte; sie hieß übrigens Licinia und war ein übles Dreckstück; dennoch: Mord bleibt Mord, obwohl das eine, wie sich herausstellte, sinnlose Tat war.«

Cornelias Lippen verzogen sich bei diesen Worten zu einem flüchtigen Lächeln; mit leisem Triumph sah sie zur Schwiegermutter hinüber; Rufus bemerkte dies sofort und unterbrach seinen Vortrag für kurze Zeit, indem er ablenkend sagte:

---

104 Der Römer kannte die Gabel (furca) nur als Heu- oder Mistgabel, aber nicht als Teil des Bestecks; also griff man entweder mit der Hand in die Schüsseln oder verwendete den zugespitzten Griff des Messers als Gabel-Ersatz (!).

»Liebe Frau Cornelia, ich kenne einige Leute von deiner Sippe, aber keinen einzigen mit so auffällig schönen Lippen wie dich: Sie sind von ebenmäßiger Form, fast herzförmig und erheblich breiter, als man das sonst gewohnt ist; darf ich fragen, ob du einen Afrikaner unter deinen Vorfahren hast?«

»Ja«, sagte sie, heftig errötend, »einer meiner vier Urgroßväter heiratete ein halbafrikanisches Mädchen; er soll ganz verrückt auf die Hübsche gewesen sein; meine Lippen, auf die ich stolz bin, könnten ein Erbe dieser Ehe sein.«

»Danke, vielen Dank«, sagte Rufus, »etwas Ähnliches hatte ich mir gedacht; nun zurück zum Thema:

Der, äh, Mörder wollte ganz Rom glauben machen, dass der inhaftierte Furius unschuldig sei, das steht fest; eine solche Tat konnte aber nur jemand begehen, der den wahren Mörder abgöttisch liebte, nicht wahr? Oder war es nur, um einer gewissen Person, die ihn über die Maßen liebte, zu zeigen, wer hier Herr und Meister des eigentlichen Mörders wäre?«

Gabinia und Cornelia erstarrten bei diesen Worten und sahen einander über den Tisch hinweg hasserfüllt an; Rufus blickte von einer zur anderen und schien fürs Erste mit der Wirkung seiner Rede zufrieden zu sein:

»Furius war einmal ein Kind wie jedes andere, denke ich, zumindest äußerlich, und der Sohn eines Fleischers; nicht wahr, Frau Gabinia, du hast dich geschämt, auch für deinen Sohn geschämt, Gattin eines Metzgermeisters zu sein?«

Sie gab keine Antwort und stierte zu Boden; auch ohne die erforderliche Antwort war sonnenklar, dass Rufus recht hatte; er fuhr gnadenlos fort:

»Weil du es nicht ertragen konntest, hast du deinem Mann eines Tages das Leben genommen, glaubtest du, es ihm nehmen zu müssen und hast ihn vergiftet; willst du das leugnen?«

»Nein, jetzt nicht mehr; das ist inzwischen gleichgültig und unbedeutend«, keuchte Gabinia, »aber ich wollte nicht, dass mein kleiner Prinz in einer stinkenden Metzgerei aufwächst; der Gedanke war mir unerträglich.«

»Woher hattest du das Gift?«

»Von Locusta[105] junior.«

---

[105] Lucusta heißt Heuschrecke; eine Locusta soll Nero Gift geliefert haben;

»Ha! Eine altbekannte Dynastie von Kräuterhexen und Giftmischerinnen; Locustas längst zum Orcus gefahrene Mutter war in Diensten des Kaisers Nero und hat ihm das Gift geliefert, mit dem er seinen Bruder Britannicus umbrachte …

Gut! Du warst also eine von diesen Müttern, die aus ihrem Sohn, wie man so hübsch sagt, etwas Besseres machen wollen; die Vorstellung deines Sohnes als eines Metzgers am Hackklotz muss für dich entsetzlich gewesen sein; in dem Büchlein aus Papyrus, das ich einsehen durfte, waren jede Menge Bilder von dir und Gaius, aber keines von deinem Mann; das sagt schon alles; du hast dich seiner geschämt; und du hast deinen Sohn dazu gebracht, den Vater ebenso leidenschaftlich zu verabscheuen wie dich zu lieben, das ist die Wahrheit.«

Wieder schwieg Gabinia verbissen.

»Warum sich aber der Sohn, den du umhegtest wie ein zartes Pflänzchen, welches ständiger Pflege bedarf, nicht gegen dich aufgelehnt hat, wie das andere junge Männer an seiner Stelle getan hätten, ist leicht zu erklären: Er ist, äh, war ein elender Schwächling und Feigling, nicht wahr?«

Gabinia warf Rufus einen Blick zu, der töten sollte.

»Ja, das war unermesslich bequem; was immer ihm zustoßen mochte, die Mama war ja da; so konnte sich Furius so gut wie alles erlauben, aber das hatte seinen Preis: hündische Ergebenheit und Unterwürfigkeit gegenüber der Mutter! Es war ihm nicht vergönnt, ein richtiger Mann zu werden.

Und um dies zu verhindern, liebe Frau Gabinia, hast du ihn als Neunzehnjährigen verheiratet; die erwählte Frau entsprach, wie es schien, ganz deinen Vorstellungen: eine sitzen gelassene alternde Jungfer, zehn Jahre älter als dein Sohn, halb Mann, halb Frau; eine Androgyne; mit dieser dachte du nach Belieben schalten und walten zu können; und du hast gestern gelogen, als du sagtest, Furius und dir sei es völlig unbekannt gewesen, dass Cornelia den Oberkörper eines Mannes besaß; gib es doch endlich zu! Sag' endlich, woher du wusstest, wie sie ohne Hemd am Oberkörper aussah!

Gewiss hat sie Furius in den Thermen gesehen oder beim

manche moderne Historiker meinen aber, Britannicus, Adoptivbruder des Nero und Sohn des Kaisers Claudius, sei an Epilepsie gestorben.

Baden im Tiber beobachtet und dir davon berichtet; du hörtest es mit Behagen und plantest, ihn mit dieser Frau zu verheiraten, die dir vor lauter Glück, endlich noch unter die Haube gekommen zu sein, aus der Hand fressen würde, nicht wahr?«

»Nein«, sagte Gabinia, »Gaius hat sie bei den Gladiatoren im Ludus Magnus kennen gelernt; ich hatte ihn dorthin geschickt, damit er sich mit den professionellen Kämpfern messen und so zu besserer Kondition gelangen könnte; mitten unter diesen raubeinigen Kerlen focht auch ein hübscher Adonis, in den sich mein Sohn verliebte; seitdem weiß ich, dass er in erster Linie, wenn auch nicht alleine, dem gleichen Geschlecht zugetan ist; dass der junge Mann in Wirklichkeit aber ein Mädchen war, erfuhr er spätestens dann, als er sich an sie heranmachte und sie den Lendenschurz fallen ließ ...«

Rufus schlug sich vor die Stirne und murmelte:

»Und ich habe mich schon die gesamte Zeit über gefragt, woher ich diese Cornelia denn kenne; natürlich! Es war zu der Zeit, als ich von Karthago nach Rom übersiedelte und meine Übungen im Ludus Magnus aufnahm, also vor ungefähr acht Jahren; dort war auch ein etwas weichlicher Jüngling anzutreffen, den man gerne gewinnen ließ; auch ich habe ihn gewinnen lassen; wir alle liebten ihn; es war ein hübscher Junge, der sich Cornelius nannte; und woher sollten wir wissen, dass unter dem Lendenschurz eine Frau verborgen war? Nicht wahr, Cornelia, als Gladiator Cornelius trugst du nichts anderes am Leib als stets ein blaues Tuch um die Hüften?«

»So sicher, wie du immer ein grünes an hattest«, entgegnete sie süffisant lächelnd, »und ich bewunderte dich und war sogar in dich verliebt; du warst ein ganz besonders hübscher Jüngling, und auch wenn ich nicht danach aussehe, ich fühle dennoch wie eine Frau; wer kann ferner schon so rote Haare wie die deinigen vergessen? Wir alle im Ludus Magnus hielten dich für einen echten Gallier.«

Rufus schmunzelte und errötete ein Wenig; so nüchtern er sonst ist, bricht dennoch gelegentlich ein Anflug von Eitelkeit aus ihm hervor; er sagte:

»Vielen Dank für die netten Worte, Cornelia; ich bin tatsächlich ein Gallier; aber auch an deinen Sohn, liebe Gabinia, kann ich mich noch erinnern; freilich mochte ich ihn nicht besonders leiden; er war mir zu weibisch, zehnmal weibischer als du, meine Cornelia, warst; und ich ärgerte mich, dass es zu einem, wie es mir schien, gleichgeschlechtlichen Verhältnis von euch beiden kam; kurz darauf wart ihr verschwunden, und es verging viel Zeit, bis ich euch wieder entdeckte ...«

»Es wäre besser gewesen, du hättest sie nie wieder entdeckt; ohne deine Einmischung lebte Gaius noch«, sagte Gabinia und warf Rufus einen mörderischen Blick zu:

»...und dein reizendes Söhnchen murkste dann weiterhin eine Frau nach der anderen ab«, ergänzte ich grimmig.

»Falls er der Mörder war; meiner Meinung nach ist nichts bewiesen«, sagte Gabinia kalt; Rufus nahm jetzt wieder das Wort und fand den Weg zur Sachlichkeit zurück:

»Zunächst einmal, das haben meine Ermittlungen glasklar ergeben, gabst du dem seltsamen Pärchen die freie Wohnung unmittelbar über der verpachteten Metzgerei, naturgemäß, um Herr der Lage zu bleiben und den Sohn nicht aus den Krallen zu lassen, aber Cornelia, dieses vermeintlich dumme und fügsame Gänslein, entwickelte einen unerwarteten Besitzerstolz und bugsierte den Ehemann in ihre eigene Behausung, wo sie bis zuletzt zusammen lebten.

So brach denn zwischen der Mutter und der Gattin des Gaius Furius ein unerbittliches Ringen um seine Seele aus, in welchem er bald zur einen, bald zur anderen, bald zu keiner, insgeheim aber stets zu sich selbst hielt, denn dieser jämmerliche Schwächling und Feigling wagte es nun genauso wenig, sich offen gegen die Ehefrau aufzulehnen, um ein Mann zu werden.

Im Grunde war eurem Gaius seine für einen Mann unerträglich erniedrigende Lage aber dennoch irgendwie recht; er hatte nun einmal keinen Mut zum Widerstand; die Natur hat es ihm versagt, und er schwelgte in der doppelten und somit doppelt scheußlichen ihm entgegen gebrachten Fürsorge, Nachsicht und Bewunderung seiner beiden ungleichen Frauen, ohne zu bemerken, wie sehr er sich selber dadurch erniedrigte, nicht wahr, das ist richtig gedacht, Frau Cornelia?«

Rufus blickte herausfordernd zu ihr hinüber; sie hatte sich jetzt aufgesetzt, Beine angewinkelt, die Füße auf der Liege und die Hände um die Knie geschlungen; auf diese Weise wie hinter dem trutzig aufragenden Wall einer doppeltürmigen Festung verschanzt, erwiderte sie den stechenden Blick meines Freundes; ich bemerkte übrigens erst jetzt, dass ihre Schenkel ganz und gar unbehaart waren ...

Rufus erhob sich, wischte sich die roten Haare aus den Augen und ging ans Fenster, um frische Luft zu schnappen; mit einer weißen Mappa tupfte er sich den Schweiß von der Stirn; sein Gesicht hatte den gespannten Ausdruck eines Mannes angenommen, der auf die Entscheidung aus ist und sich kurz vor dem Ziel sieht; dann hockte er sich lässig im Schneidersitz auf die Liege und schlürfte durstig einen ganzen Humpen leer:

»In dieser Lage, meine Damen, war also ihr Goldstück und wusste um seine Laschheit und Schwäche, wusste um das jämmerliche Dasein, zu dem ihn seine beiden Frauen verdammt hatten; wie oft hatte er das brennende Verlangen verspürt, euch umzubringen! Wie sehr musste er einen Nero beneidet haben, der den Mut fand, Gattin und Mutter zu ermorden, um sich, wie er wähnte, von all diesen Zwängen zu befreien!?

Ich denke, Furius hasste seine Mutter schon als Junge bis auf den Tod und später dich, liebe Cornelia, auf gleiche Art und Weise; und dieser Hass hat sich in seiner Seele unaufhörlich angestaut, wie das gurgelnde Wildwasser hinter einem Staudamm, während die Wogen bereits an die Deichkrone schlagen, und ihr beide habt dieses Spiel geliebt und genossen, bis es zu einem entscheidenden Schlag gegen den Rest, gegen sein Selbstbewusstsein kam, der dazu führte, dass Furius ausrastete und erstmals kein lahmes Lämmchen mehr war; wie ihr das zuwege gebracht habt, dass dieser Feigling seinen restlichen Überlebenswillen in wilder Tat zu bestätigen suchte, mag euer Geheimnis bleiben, aber es war so, nicht wahr?«

Gabinia und Cornelia warfen sich böse Blicke zu; ich dachte, man müsste ihnen jetzt nur noch eine frisch geschliffene Sica in die Hand drücken, und sie fielen mörderisch übereinander her, um einander zu töten; Cornelia knirschte mit den Zähnen und knurrte bitterböse:

»Warum soll ich es dir nicht sagen? Jetzt ist alles gleichgültig; Gaius fing an, sich heimlich mit einem jungen Mann zu treffen; er betrog mich mit einem Freund von siebzehn Jahren; Gabinia hat es herausgefunden; sie hat es ihm angesehen und auf den Kopf zu gesagt; sie kannte ihn besser als ich; er hat alles gestanden, und sie hat es mir weiter gesagt; genüsslich hat sie es verraten.«

»Das war, um es genau zu sagen, vor gut zehn Tagen«, sagte Rufus kalt, »und vor genau zehn Tagen bist du dann zur Tat geschritten.«

»So ist es«, sagte Cornelia, »es war in der Nacht vor zehn Tagen, als es geschah; aber in einem irrst du, lieber Rufus, nicht ich, wir sind zur Tat geschritten.«

»Ach, da sieh' mal an«, sagte Rufus, verhalten kichernd, »ihr wart euch ausnahmsweise einmal einig; na so etwas!«

»Jetzt reicht es mir«, brüllte ich, »ich lasse mich nicht länger für blöd verkaufen; hier weiß offenbar jeder Bescheid, nur ich nicht; ich verlange jetzt Aufklärung!«

Rufus rieb sich die Hände und sagte unbeeindruckt:

»Mein Lieber, wie schwach ist doch dein Gedächtnis! Worüber haben wir vor exakt neun Tagen diskutiert?«

»Ach so«, sagte ich, »Spaziergänger fanden ein Wenig stromabwärts des Marsfeldes einen ertrunkenen jungen Mann; er war ans Ufer gespült worden; Galba ließ ihn untersuchen; die Ärzte fanden nicht die Spur von Gewaltanwendung; er war eben ertrunken, wie das hin und wieder vorkommt, wenn sich die Schwimmer überschätzen; ich verwies in diesem Zusammenhang an die junge Frau, die ich, als wir uns bemühten, der süßen Fabiola das Leben zu retten, aus den Fluten des Tibers barg, wo sie die Kräfte verlassen hatten.«

»Und ich hatte dir gesagt, dass Galba gut daran getan hätte, mich hinzu zu ziehen; er hat wieder einmal alle Details, die auf eine andere Erklärung hinwiesen, übersehen; beispielsweise war der Jüngling voll bekleidet, wie ich hörte, und darum war die gegebene Erklärung hirnrissig; entweder hatte er Selbstmord begangen, da solche Leute nicht nackt gefunden werden möchten, oder es lag ein Gewaltverbrechen vor; ich tippte damals bekanntlich auf die zweite Möglichkeit; Nun, meine Damen, wäre es an der Zeit, uns reinen Wein einzuschenken!«

»Ich habe als Mutter des Gaius seinen kleinen Liebhaber zu einem abendlichen Spaziergang am Tiber eingeladen, vom Marsfeld aus stromabwärts; Cornelia war mit von der Partie; wir gaben ihm etwas zu trinken; ich hatte noch ein Wenig von Locustas Gift übrig; dann wurde ihm plötzlich schlecht;

er hockte sich ans Ufer und jammerte; der Ärmste hatte Leibschmerzen; als er schließlich bewusstlos wurde, stießen wir ihn ins Wasser; es war alles ganz einfach; er ging unter und trieb ab; wir schlenderten nach Hause, als wäre nichts geschehen.«

Gabinia schwieg; Cornelia nahm das Wort:

»Und dann habe ich über Gaius triumphiert wie noch nie zuvor; ich habe ihm in allen Einzelheiten gebeichtet, was wir getan hatten; das war genau ein Tag vor dem ersten Frauenmord in der Subura; er war ganz außer sich; er schäumte vor Wut; ich riet ihm, Mutter und Ehefrau bei der Stadtwache anzuzeigen, aber er wagte es nicht; man hätte ihm gewiss keinen Glauben geschenkt, und die Wasserleiche war längst eingeäschert.«

Rufus schmunzelte über so viel Offenheit; er sagte:

»An diesem Tag also spätestens überkam es euren Gaius zwanghaft, sich endlich einmal als Mann zu bestätigen; es musste eine Tat sein, mit der er sich über die ganzen Heerscharen der gewöhnlichen Männer stellte; dabei kam ihm zuerst der nahe liegende Gedanke, seine beiden Frauen zu ermorden; das wäre ihm im Grunde am liebsten gewesen und hätte ihm die größte Genugtuung verschafft; doch diesen Plan verwarf er augenblicklich wieder, da er für ihn viel zu gefährlich war, zumal er damit rechnen musste, dass sie vor ihm auf der Hut waren; also tat er so, als ob sein Zorn verrauscht wäre und tat wieder so wie das allerliebste und allergehorsamste Kind.

Selbst ein biederer Wachmann wie Galba hätte nämlich solch einen Fall gelöst; ferner dürfte von nun an niemand mehr dagewesen sein, ihm zu helfen und ihn zu trösten; der Gedanke, ohne Mutter und Frau, die ihm Mut und Zuversicht predigten, auf Leben und Tod vor Gericht zu stehen, war ihm unerträglich, selbst wenn sie ihm den Geliebten genommen hatten.

Da verstand er es denn, den grenzenlosen Hass auf die beiden Frauen, die ihn nach Lust und Laune beherrschten, in einen blinden Abscheu auf alle Frauen übertragen; und so richtete sich seine Wut vor genau fünf Nächten gegen eine Passantin, die ihm hätte gleichgültig sein müssen:

Ihre Ermordung erfüllte ihn mit Selbstbewusstsein und Genugtuung, denn er hatte in Wirklichkeit die Mutter oder Ehefrau getötet; und jetzt sah er, wie die Stadtwache im Dunkeln tappte, da es ja kein erkennbares Motiv zu entdecken gab; das eröffnete ihm den Weg zu drei weiteren Frauenmorden, denn mit lähmendem Entsetzen musste er begreifen, dass die Erleichterung, die er sich mit jeder Gräueltat verschaffte, nur von kurzer, immer kürzerer Dauer war; eines Tages, das begriff er, würde er die beiden ihn beherrschenden rivalisierenden Frauen eben doch noch ermorden müssen ...«

Rufus blickte erst Cornelia, dann Gabinia fest in die Augen; sie zeigten keine Regung und schwiegen verbissen.

»Furius mordete, wie er lebte, als Feigling! Er wählte die Sica aus, den mörderischsten Dolch, den es gibt und überfiel hilflose Frauen im Dunkel der Subura, wo er sich so gut auskannte, dass er jedes Mal mit Leichtigkeit entkommen und bei seiner Mama im finsteren Clivus Viminalis Unterschlupf finden konnte; habe ich Recht, Gabinia?«

Sie verzog keine Miene und starrte auf ihre Hände.

»Jedes Mal, wenn er seine Opfer schlachtete, fühlte Furius auch eine körperliche Befriedigung; er war endlich ein Mann geworden, dem sich die Frauen hingeben mussten, dachte dieser Furius, obwohl er nicht in der Lage war, sie zu schänden, wie das andere Verbrecher seiner Art stets tun; er beschränkte sich darauf, ihnen das Gewand aufzuschlitzen, um sie in obszöner Haltung liegen zu lassen; wäre er wirklich ein Mann gewesen, wenngleich ein abscheulicher, so hätte er ihnen an anderem Orte aufgelauert, ihnen die Sica an die Kehle gesetzt und sie vergewaltigt, bevor er ihnen den Rest gab.«

Rufus war jetzt wieder aufgesprungen und lief außer sich vor Erregung im Zimmer auf und ab; ich sah, wie Gabinia mehrfach den Mund öffnete, um ihn stumm wieder zu schließen; Cornelia bleckte die Zähne; ihre breiten Lippen zuckten; Rufus stützte sich nun auf den gemauerten Pfosten, der vorhin noch das Speisebrett getragen hatte und starrte abwechselnd auf die beiden bleich in sich gekehrten Frauen:

»Ich will euch gar nichts vormachen«, zischte er, »Furius hat kein Geständnis abgelegt; er hat alles abgestritten; und was ich eben gesagt habe, entspringt meiner Intuition, und dennoch: Er hat vier Frauen getötet, das kann weder seine Frau noch seine Mutter leugnen; sie kennen seine Motive vielleicht besser, als ich es zu schildern vermochte, aber dann ...«

Ich sah Rufus ins Gesicht; er hatte den fuchsigen Ausdruck

des Spielers angenommen, der den entscheidenden Zug tut, um den Gegner zu erledigen; auch die beiden Frauen starrten wie gebannt auf ihn:

»Und dann hat sich eine von euch beiden eingebildet, es könne ihr mit einem vergleichbaren Mord gelingen, den jämmerlichen Untertan aus dem Gefängnis loszueisen, um ihn diesmal ganz allein in ihre Gewalt zu bekommen; sie hat ihn entweder dergestalt geliebt oder war in ihrem Besitzerstolz so unermesslich verletzt, dass sie sogar zum Mord bereit war.«

Ich sah, wie Gabinia der Schwiegertochter einen tödlichen Blick zuschleuderte; noch nie hatte ich in einem menschlichen Antlitz solchen Hass lodern sehen; Cornelia hingegen war nur ein Wenig mehr in sich zusammen gesunken und ließ die Unterschenkel jetzt von der Liege herab baumeln, die Augen starr und wie in Hypnose auf Rufus gerichtet, ihre unbedeckten Oberschenkel waagerecht mit der Liege verwachsen und fest aneinander gepresst; Rufus brüllte:

»Furius ist tot; er hat sich selbst gerichtet; jetzt aber ist der fünfte Mord geschehen, und eine von euch beiden war es, das könnt ihr vor einem Rufus nicht leugnen; wenn ich den Fall aus den Händen gebe und die Sache Marcellus überlasse, dann weiß die Mörderin, was auf sie zukommt:

Diesmal wird man sie, aus dem Suizid des Furius klug geworden, ununterbrochen bewachen, Tag und Nacht, damit sie sich nichts antun kann, denn der lüsterne Pöbel dürstet nach Rache und giert nach ihrem Blut:

Man wird diese elende Frau bar aller Kleider in die Arena schicken und den ausgehungerten Kampfhunden zum Fraße überlassen; so wird sie für ihre Tat büßen; und das alles hat sie nur getan, um einem Verbrecher und Mörder, den sie für ihr Eigentum hielt, das Leben zu retten.«

Rufus schwieg und wischte sich den Schweiß von der Stirn; welche von beiden würde sich zur Tat bekennen?

»Es macht mir nicht das Geringste aus, für meinen Sohn zu sterben«, flüsterte jetzt Gabinia, »er war mein Kind, mein einziges; ich stand zu ihm, ganz gleich, was er tat, und um die dreckigen Huren der Subura ist es nicht schade.«

»Ihr unsterblichen Götter!«, rief ich, »du also hast Formica, diese stadtbekannte Prostituierte erdolcht?!«

»Ich denke, ja, aber höre ihren Namen zum ersten Mal.«

»Aha«, sagte Rufus trocken, »du warst also die Bestie, die unmittelbar vor der Einmündung des Clivus Viminalis das abscheuliche Blutbad veranstaltete, oder?«

»Ja«, sagte sie zögerlich.

»Dann wirst du gewiss wissen, welche Farbe das Kleid der grausig Hingeschlachteten hatte, nicht wahr?«

»Es war zu dunkel, um etwas zu erkennen.«

»Hihihi«, kicherte Rufus, »von wegen zu dunkel; wir hatten nachweislich Vollmond, und zur Tatzeit war an besagter Stelle die Straße geradezu grell beleuchtet; jaja, wie heißt es doch? Dunkel war's, der Mond schien helle, hihihi.«

Eine kurze Stille, eine geradezu gespenstische Stille folgte dem unheimlichen Kichern meines Freundes; dann erhob sich Cornelia; leise, langsam und beinahe wie gelähmt glitt sie von der Liege herunter, ließ ihre Füße in die Flipflops gleiten, zog die hoch gerutschte Tunika, feuerrot anlaufend, über die Hüften von dort weiter nach unten, strich sie über den schwellenden Oberschenkeln glatt, seufzte kurz und lächelte dann so versonnen, als wäre sie von einer anderen Welt, um schließlich mit ersterbender Stimme zu murmeln:

»Es war giftgrün.«

Mit diesen Worten warf sie den Kopf in den Nacken und sah herausfordernd, ja, triumphierend zur vor ohnmächtiger Wut zitternden Schwiegermutter hinüber, als wollte sie ihr sagen:

»Ich habe das Spiel gewonnen.«

»Ja«, seufzte Rufus, »es war giftgrün.«

Gabinia war mittlerweile kraftlos in sich zusammen gesunken, schlug sich die Hände vor das Gesicht und sah plötzlich wie eine alte Frau aus, der man den Sinn des Lebens geraubt hat; dann begann sie, hemmungslos zu schluchzen.

Rufus lächelte jetzt seltsam schief, legte die Fingerspitzen aufeinander und sagte:

»So, das war's dann, Kinderchen, der Fall ist gelöst, endgültig; es gibt nichts mehr zu ergänzen.«

»Und was soll nun geschehen?«, fragte ich.

»Was soll schon geschehen?«, sagte Rufus leicht hin, »die Sache ist abgeschlossen; ich werde mich ab morgen mit interessanteren Dingen zu befassen haben ...«

»A-aber«, sagte ich, »wirst du nicht alles Galba ... damit er das goldige Mädchen ... das kannst du doch nicht wollen?«

»Wozu sollte ich mich denn in seine Angelegenheiten einmischen?«, fragte Rufus scheinbar erstaunt, »er hat bekanntlich andere Methoden als wir; habe ich ihm nicht gesagt, dass es von nun an keinen dieser Morde mehr geben wird? Nicht wahr, meine Damen, es wird keine mehr geben?! Und Galba wird den Fall spätestens in einem Monat zu den Akten legen, denn ohne meine Hilfe wäre er ja nicht einmal Gaius Furius auf die Schliche gekommen; ach übrigens:

Die Formica war ein übles Luder und verstand es, ihre Kunden mit gewissen Essenzen einzunebeln und auszuplündern; ich war schon einmal auf sie angesetzt, aber man konnte ihr seinerzeit nichts nachweisen; jahrelang hat sie unter der Nase der Stadtwache ihr fieses Geschäft betrieben, bis sich ein lobenswerter Mörder der Sache angenommen hat.«

»Und was sollen wir jetzt tun? Sollen all die Mord etwa unaufgeklärt bleiben?«, fragte ich voller Staunen; Rufus sah mich voller Staunen an: »Wir müssen die beiden Hübschen nach Hause bringen«, sagte er süffisant und verweigerte mir eine unmittelbare Antwort auf die heikle Frage, »denn Frauen ohne männliche Begleitung sollen in diesen Zeiten besonders des Nachts in der Subura ihres Lebens nicht mehr sicher sein; ich denke, ich übernehme Gabinia und du kümmerst dich um deine entzückende Cornelia; nicht wahr, mein Freund, das ist dir doch lieber als umgekehrt?!«

***

So geschah es denn auch, und gegen Mitternacht waren Rufus und ich endlich wieder zu Hause, um uns in Morpheus' Arme zu werfen; wir hatten es bitter nötig und schliefen wie die Murmeltiere; mein Kumpel hatte mir eben noch prophezeit, dass sich Galba uneingeladen zum Frühstück einfinden werde, um uns mit Fragen zu löchern; und ich war fest davon überzeugt, dass Rufus damit Recht haben werde; Köchlein war schon im Bilde, dass es wieder einmal ein Ientaculum für drei gegen werde ...

***

Ach übrigens: Dem neugierigen Leser sei hier noch eben verraten, dass ich die entzückende Mörderin auf der finsteren Gasse vor ihrem Haus gründlich abküsste, ihre wulstigen Lippen samt unruhiger Zunge genießend, und es nicht einmal dabei sein Bewenden hatte, denn die allzu kurze Tunika, ihr einziges Kleidungsstück, leistete meinen genießerisch von den Knien aufwärts an ihrem schlanken Leib sich empor tastenden Händen nur geringen Widerstand; die Entzückende freudigen Herzens abtastend, hatte ich übrigens das Gefühl, eher eine biegsame Riesenschlange denn ein süßes Mädchen in Armen zu halten:

Noch während wir schmusten wie die albernen kleinen Kinder, fiel mir siedend heiß ein, dass sich ihr Mann ja erst letzte Nacht erhängt hatte; oh, verdammt! Ich sagte:

»Hast du deinen Mann denn gar nicht geliebt?«

Sie antwortete zögerlich:

»Äh, nur zu Beginn; da ahnte ich noch nicht, welcher Charakter sich hinter der Fassade des feinen Herrn verberge; danach sah ich mich gezwungen, den Kampf gegen die Schwiegermutter aufzunehmen; ich hatte keine andere Wahl; und eines kannst du mir unbesehen glauben:

Gaius Furius hätte in unserer Wohnung nicht mehr lange zu leben gehabt; meine Pläne, ihn und seine Mutter umzubringen, hatten bereits Gestalt angenommen, als er plötzlich ausflippte und mordend durch die Subura zog ...«

»Du bist eine außergewöhnliche Frau, liebe Cornelia«, sagte ich und küsste sie erneut auf den Mund, »und ich liebe außergewöhnliche Frauen; willst du mich heiraten?«

Jetzt musste sie doch schallend lachen; als sie endlich wieder zu Atem kam, sagte sie kichernd:

»Lieber Doktor, ich wäre ja schon deine dritte Frau, ganz abgesehen von der stürmischen Romanze, die du mit deiner süßen versoffenen Fabiola[106] hattest, hihihi.«

»Das ist aber schade! Wirklich schade! Du lehnst meinen Antrag also ab«, sagte ich verlogen, denn der Gedanke, solch ein mörderisches Biest im Ehebett liegen zu sehen, ließ mir die Haare zu Berge stehen:

»Lass uns lieber Freunde werden und bleiben; casa mea est

---

106 Näheres im Rufus-Buch »Die mörderische Hetzjagd auf Fabiola«.

aperta amicis meis [107]«, sagte sie glucksend, »und du wirst mein kleiner Freund sein, während ich deine große Freundin bin.«

Ich ärgerte mich darüber, dass sie meine geringe Körpergröße erwähnt hatte, schwieg jetzt, schluckte den Ärger hinunter und stieg wieder ins Spiel der Lippen und Zungen ein; was wollte ich mehr; nach der Durststrecke, die ich seit dem Verlust meiner Fabiola hinter mir hatte, eröffneten sich für einen alten Schwerenöter wie mich neue Möglichkeiten, und sei es mit dieser göttlichen Adonis-Frau.

Ja, das alles und nicht mehr geschah übrigens, bevor sie sich aus meinen Armen befreite und in ihre Wohnung begab, mich draußen stehen lassend, und der irgendwo weit oben schon erwähnte Janitor des Hauses mir die Tür dermaßen krachend vor der Nase zuschlug, dass es mehrfach von den Wänden und Mauern des schweigenden Viminalis widerhallte.

Zuvor hatten wir noch vereinbart, uns von nun an regelmäßig zu treffen, ganz gleich, wo, und es geschah denn auch so, etwa einen Monat lang; dabei konnte ich mir noch so viel Mühe geben, über das schon in der obigen Nacht eingeübte Küssen kam ich nie mehr hinaus; und so ging das eine Zeitlang, bis ich die Schnauze voll davon hatte, und wir endlich wieder voneinander ließen:} Rufus, der mich ja kennen sollte, hatte Dergleichen vorhergesehen und aus diesem Grunde lieber die Frau Mama nach Hause geleitet, um sie nie wieder zu sehen; als er mich nach geraumer Zeit mit hängendem Kopf bei sich einschleichen sah, tröstete er mich hingebungsvoll und meinte, mit dieser bösen Schlange, die nur in der unteren Hälfte eine Frau, im Kopf aber härter als ein harter Mann sei, wäre es mir auf Dauer übel ergangen:

Er ist und bleibt eben ein unübertrefflich netter Kumpel.

---

[107] »Meine Hütte steht meinen Freunden offen.«

3. Nachwort des Doktor Sokrates

Nur weil Rufus wieder einmal recht hatte, durfte ich nicht in den Tag hinein schlafen, denn der verfluchte Hauptmann erschien zu beinahe noch nachtschlafender Stunde, kaum dass die Sonne ihr Licht in die engen Gassen Roms strömen ließ.

Ungefragt und uneingeladen lümmelte er sich in Kissen des Korbsessels, den ihm Rufus angeboten hatte; wir hockten also wieder einmal zu dritt am Frühstückstisch; was es diesmal gab, habe ich glatt vergessen, so müde war ich noch; es werden wohl wieder einmal leckere Schnittchen samt frischem Obst nebst Obstsaft gewesen sein; Galba sagte boshaft kichernd und erwartungsfroh:

»Es hat wieder einen Mord gegeben.«

Rufus wurde weiß um die Nase, denn er hatte dem Hauptmann ja erst gestern gesagt, es werde gewiss keinen mehr geben; Galba lächelte schief und sagte:

»Am Fuße des Kapitols war es, als sich ein Räuber über einen Bankboten her machte und ihn erstach; als er dann mit dem ganzen Geld türmen wollte, ist er mir und meinen Leuten in die Arme gelaufen; wir haben ihm die Fresse poliert und ihn dann ins Kittchen geschmissen, hehehe! Da staunst du!«

Rufus atmete auf; er hatte Schlimmeres erwartet:

»Ein langweiliger Fall, nichts von Bedeutung«, sagte er, »ein harmloser Fall, bei dem von vorn herein alles klar ist; gibt es denn nichts Besonderes? Etwas, das sich nur durch Kombinieren lösen lässt?«

Er gähnte herzhaft; Galba sagte dann, vorsichtig auf den Busch klopfend:

»Mir lässt der fünfte und letzte Frauenmord der Subura immer noch keine Ruhe; ich komme da nicht weiter, so oft ich auch nachdenke und habe das dumpfe Gefühl, dass du wieder einmal mehr weißt, als du zugibst; es wäre wirklich nett, wenn du mir bei der Jagd nach dem Verbrecher helfen könntest; schließlich hast du deine eigenen Methoden, mit denen du uns von der Stadtwache gelegentlich schon einmal einen kleinen Dienst erweisen konntest; also, wie wäre es?«

Rufus sah den Hauptmann schelmisch an, rieb sich die Hände und sinnierte: – »Zunächst einmal sind es nur Theorien, welche ich habe, und ihr wollt ja immer nur Fakten sehen; ich bin aber über diese meine Theorien noch nicht hinaus gekommen und müsste aktiv werden, um ihnen nachzugehen; genau das aber beabsichtige ich diesmal nicht, denn meine Sympathien gelten eher dem Täter als dem Opfer; es wurde Zeit, dass der Formica jemand das Handwerk legte; wie lange noch wollten wir zusehen, wie sie straflos ihre Freier beraubte? Nun, sie hat, was sie verdient: Und, ist es seitdem zu weiteren Frauenmorden in der Subura gekommen oder haben wir jetzt Ruhe?«

»Nein, kein Mord mehr«, sagte Galba, »das Leben dort ist inzwischen in die normalen Bahnen zurück gekehrt.«

»...und dann nur dieser primitive Raubüberfall?! Gibt es im großen Rom denn überhaupt keine Verbrecher mehr von Format? Hat es in der Hauptstadt nur noch Stümper? Wenn das so weiter geht, verschwinde ich von hier und gehe zurück nach Karthago; Hauptmann Hasdrubal, mein alter Kumpel, schreibt mir, in benachbarten Tunis gehe ein Serienmörder um und lasse sich einfach nicht fassen ...«

»Nun, wie ich meine guten alten Römer kenne«, entgegnete Galba schmunzelnd, »lässt der nächste Fall, der deine kleinen grauen Zellen mächtig auf Touren bringt, nicht mehr lange auf sich warten; doch jetzt genug der Reden; ich will mein Frühstück in Ruhe genießen; dein Köchlein hat höchste Anerkennung verdient; ich beneide dich um ihn.«

»Natürlich hat er das«, sagte Rufus, »und weil er ebenso tüchtig wie brav ist, habe ich ihn kürzlich aus dem Sklavenstand in die Freiheit entlassen und ihm eine dicke Sklavin als Bettgesellin geschenkt; er ist jetzt sozusagen Angestellter des Hauses, ohne seinen Dienst jemals zu vernachlässigen, ja, möchte ich sagen, er dient Sokrates und mir jetzt sogar mit gesteigerter Freude.«

4. Ein Jahr später

Rufus machte mit seiner obigen Androhung ernst; wir siedelten für einige Zeit nach Karthago über, wo ich Hauptmann Hasdrubal, Rufus' alten Kumpel, endlich persönlich kennen lernen konnte; hier Näheres über ihn zu schreiben, hieße Eulen nach Athen tragen; ich habe ihn längst ausführlich beschrieben.[108]

Nachdem wir unserem nunmehr gemeinsamen Freund im Fall des Frauenmörders von Tunis Beistand geleistet und mit ihm gemeinsam den Fall aufgeklärt hatten, blieben wir noch einige Zeit in der, wie Rufus sagte »schönsten Stadt der Welt«; dann reisten wir nach Rom zurück; ein Jahr war seitdem vergangen, und der glühende und kochend heiße Augustus hatte Rom wieder einmal fest im Griff:

Mein Rufus brauchte seine Zeit, sich wieder an sein gewohntes Dasein zu gewöhnen und lümmelte tagelang untätig in seinem kleinen Schloss herum; er war wieder einmal, wenn er eine größere Sache hinter sich hatte, einer grenzenlosen Lethargie verfallen und tat stundenlang nichts anderes als auf seiner Kithara zu zupfen.

Als drüber bereits fünf Tage vergangen waren, forderte ich ihn auf, mit mir einen Spaziergang durch die Subura und zu den Schauplätzen des kürzlich dort erlebten Dramas zu machen: Nach ausgiebigem Nachdenken gab er gähnend seine Zustimmung; wir schnürten die Calceï[109] und schlüpften in eine baumwollene Tunika; dann ging es los; ein heißer Südwind machte uns zu schaffen; kaum zu glauben, dass seit den Subura-Morden ein ganzes Jahr vergangen war …

Dann stiegen wir den Clivus Viminalis empor, um nach Gabinias Haus zu sehen; eine riesige Überraschung harrte unser, denn die Metzgerei hatte einer wunderschönen Wirtschaft Platz gemacht; neugierig schlenderten wir hin:

Eine lange runde Theke, fein aus Marmorplatten gefügt, war an Stelle des Fleischertresens getreten; hinter ihr war ein

---

108 Zu finden in Sokrates' spannendem Buch »Privatdetektiv Rufus und das Drama um die bezaubernde Virginia«.

109 Nur für Vergessliche: römische Schaftstiefel mit je zwei langen Schnürsenkeln an den Seiten des jeweiligen Schaftes.

171

rabenschwarzer Koch damit beschäftigt, alles Mögliche über einem Kohlebecken zu garen oder zu grillen; im Hintergrund stand eine ganze Armee von Amphoren, am schlanken Hals das Etikett mit der Bezeichnung der Weinsorte; ganz vorne aber wuselte eine hübsche Frau hin und her, um die Gäste zu bedienen, die sich da zahlreich um den Tresen versammelt hatten:

Als wir näher traten, erkannten wir unsere Gabinia wieder, aber in welch unerwartetem Maße hatte sie sich verändert: Als ehrenwerte Matrona[110] hatten wir sie zuletzt nach Hause gebracht, streng altrömisch gekleidet, und jetzt?

Rufus kicherte und kicherte, als er sie gewahrte und wiedererkannte: Sie trug einen seidenen Fummel, der ihr wie eine zweite Haut auf den Leib geklebt war, ärmellos und kurz; das Haar hatte sie sich blondieren und mit der Brennschere in Locken legen lassen; im Ausschnitt, der tiefe Einblicke zuließ, baumelte eine Kette mit Glitzersteinchen; Armillae aus Silber umringelten ihre Unterarme; das Gesicht grell geschminkt; Lippen knallrot; die Augen in einem blauen Feld schwimmend...

Als sie uns kommen sah, klatschte sie vor Freude in die Hände und rief:

»Lieber Aemilius Paulus, lieber Doktor Sokrates, kommt zu mir an die Theke; mein Lebensgefährte wird euch ein prächtiges Mahl auftischen, dazu den besten Wein, alles natürlich umsonst, so oft ihr auch kommt; oh, diese Freude!«

Mit diesen Worten eilte sie zum Seitenpförtchen und hinaus auf die Gasse, um meinem Freund um den Hals zu fallen und ihn ausgiebig abzuküssen:

»Ab sofort darfst du Rufus zu mir sagen«, sagte Rufus errötend und wischte sich verlegen die Wangen ab, an welchen die Spuren der Schminke hafteten, »und ich freue mich, dass du wieder ins wilde Leben zurück gefunden hast; doch wer ist der freundliche schwarze Mann da?«

»Mein Koch und Liebster zugleich; ich habe ihn auf dem Sklavenmarkt gekauft und freigelassen; er liebt mich und ich liebe ihn; wir sind seit Kurzem verheiratet; es gibt keinen bes-

---

[110] Wieder nur für Vergessliche: Für den Römer ist die Matrona eine ehrenwerte Ehefrau; unsere negative Bedeutung »Matrone« (fettes Weib) kannte er nicht.

seren Koch auf der Welt als ihn.« – »Da wäre ich mir nicht so sicher«, sagte ich, »denn du kennst noch nicht den Koch unseres nunmehr gemeinsamen Freundes; er ist ebenfalls ein Freigelassener, aber nur braun.«

»Nun ja, einmal schon konnte ich mich von seiner Kunst überzeugen lassen, aber soll das heißen, dass ich bei euch eingeladen bin?«, schrie sie, vor Begeisterung ganz aus dem Häuschen.

»Warum nicht?«, sagte Rufus vergnügt, »erscheine morgen Abend zur Cena; ich freue mich darauf; aber wundere dich nicht, wenn es zu einer Überraschung kommt.«

»Ich lasse mich gerne überraschen«, sagte sie, aber ich wurde das Gefühl nicht los, dass sie Rufus durchschaut hatte.

Nachdem wir fröhlich gegessen und gezecht hatten, schlenderten wir den Clivus empor, um auf den Viminalis zu gelangen, denn unser nächster Besuch galt einem wunderschönen kleinen Palast; aber auch hier war nichts, wie es gewesen war; quer über der Fassade buchstabierte ich folgende Aufschrift:

M. Cornelius Scipio Nasica – Librarium[111]

Das gesamte Erdgeschoss war ein einen großen Buchladen umgebaut worden; vorne eine marmorne Theke; dahinter der auffällig großer und schlanker Verkäufer, das leicht angegraute Haar sehr kurz gehalten; er steckte in einer wertvollen Tunika aus Seide und hantierte gerade mit einer Rolle; ein Käufer starrte misstrauisch auf das Werk.

Etwas weiter hinten erblickte ich eine mollige Blondine an einem Stehpult, die gerade damit beschäftigt war, eine alte Rolle auf eine neue Rolle zu kopieren; ganz hinten an der Wand stand ein Regal voller Buchrollen, alle fein säuberlich im hübsch beschrifteten Etui steckend.

Als der Mann hinter der Theke uns erblickte, ließ er den Kunden stehen, stieß einen hellen Schrei der Freude aus, verließ seinen Platz durch das seitliche Törchen und fiel mir um den Hals, um mich gründlich abzuküssen.

Rufus kicherte vergnügt, als der Buchhändler mir zurief:

---

111 Lateinisch »Librarium« heißt »Bücherkiste«.

»Das ist ja süß, mein Sokrates, dich und Lucius Aemilius Paulus endlich einmal wiederzusehen; da schau! Ich habe alle deine Werke im Programm und sie verkaufen sich bestens.«

Ja, mein herzallerliebster Leser, der Mann, der mir um den Hals fiel, war ... meine Cornelia!

»Und wer ist die Frau da hinten am Stehpult?«, fragte sie Rufus neugierig, nachdem sie mich aus ihren kräftigen Pranken entlassen hatte:

»Das ist meine Assistentin und Frau zugleich«, sagte sie errötend, »und ich nenne sie Scintilla; ich habe sie gekauft, mich in sie verliebt, sie frei gelassen und sie ... äh ... geheiratet.«

Jetzt gab es kein Halten mehr: Aus Rufus und mir platzte ein wahrhaft homerisches Gelächter hervor; wir lachten so lange, bis Herr Cornelius Scipio Nasica[112] und seine Frau lärmend mit lachten; sogar der Kunde lachte jetzt schallend; Rufus nahm schließlich, als er wieder zu Atem gekommen war, das Wort:

»Du darfst mich ab sofort Rufus nennen, und ich lade dich für morgen Abend zur Cena ein; es wird allerdinge eine kleine Überraschung für dich geben.«

»Ach ja«, kicherte der vermeintliche Herr Buchhändler, »dann werde ich ja endlich die liebe Gabinia wiedersehen.«

***

So verblüfft wie dieses Mal habe ich meinen Rufus selten aus der Wäsche gucken sehen; er wird die Frauen wohl nie verstehen.

FINIS

---

[112] Das dürfte der volle Nachname ihres Vaters gewesen sein; der Leser sei daran erinnert, dass die gleichgeschlechtliche Liebe in der Antike so wenig verpönt war, dass man nicht einmal ein eigenes Wort dafür besaß; unsere Begriffe dafür sind modernen Ursprungs.

Zu diesem Buch

Auch im dritten Rufus-Band geht es munter zur Sache: Halb Rom lacht über einen Verrückten, der nichts anderes im Sinn hat als nachts alle möglichen Büsten des vor rund 150 Jahren ermordeten Diktators Caesar zu zerschmettern; als es schließlich dabei zu einem scheußlichen Mord kommt, holt Hauptmann Galba, der nicht mehr weiter weiß, Rufus zu Hilfe; dieser geht der Sache mit gewohnter Akribie nach, um zu seiner eigenen Überraschung schließlich auf eine rätselhafte Frau zu stoßen ...

Kaum ist der Fall des *Caesar-Hassers* geklärt, kommt es in Roms »Soho«, der Subura zu einer Mordorgie; ein Täter, von dem man nur weiß, dass er sich in einen Kapuzenmantel hüllt, stürzt sich, den Dolch in der Hand, im Dunkel der Nacht scheinbar wahrlos auf Damen, die es immer noch wagen, alleine auszugehen; auch hier ist die Stadtwache mit ihrem Latein am Ende; aber nicht einmal Rufus kann den nächsten Mord verhindern; nur allmählich bringt er Licht in die verworrene Geschichte, und ein fünfter Mord muss noch geschehen, bis er dem Töten ein Ende bereitet; diesmal sind sogar *zwei Frauen* in den Fall verwickelt, und Doktor Sokrates, der alte Schwerenöter, stellt einmal mehr fest, dass sein Freund, so genial er sonst sein mag, zu wenig von ihnen versteht ....

Zum Autor

Meinhard-Wilhelm Schulz alias latinisiert *Meginhardus-Guilelmus Scultetus* ist Historiker und Latinist. Er verfasste u. a. Studien zu Caesar und Tacitus, als passionierter Reiter eine Schrift zum Thema antike Reiterei und erarbeitete eine Ausgabe lateinischer Hymnen mit Übersetzung und Kommentar. Seine besondere Leidenschaft gilt dem Erzählen und dabei der Abfassung historischer Erzählungen und Romane, darunter als »Gruselschulz« insbesondere Grusel– und Gespenstergeschichten (dabei auch aktiv für für *Arcana*, das *Magazin für klassische und moderne Phantastik*)). Für literarisch weiter interessierte Leser ist seine erstmals in modernes Deutsch übertragene Übersetzung von Apuleius' »Metamorphosen« (»Der goldene Esel«), des großen antiken »Roadmovie-Roman« der römischen Literatur, hervorzuheben.

Der Umschlag dieser Krimireihe (Gestaltung: *textus:*) zeigt einen Ausschnitt eines originalen römischen Bodenpflasters aus dem 2. Jh. n. Chr. (Foto: Archiv *textus*.)

Furcht Grusel Horror
von M. G. Scutterut

Herausgegeben von Helmut Schareika

Bisher sind erschienen:

Himmlische Neue Welt
Wehrmanns Weg nach dem Dritten Weltkrieg
Erzählungen
224 Seiten
2016, ISBN 978-3-7412-1002-0

Aurelia & Flammetta
Liebe und Horror im alten Rom
Zwei Romanerzählungen
228 Seiten
2016, ISBN 978-3-7412-0977-2

Das Tröpfeln des Blutes
Gruseliges aus Old Merry England
Neu entdeckte Novellen
220 Seiten
2016, ISBN 978-3-7412-1001-3

Vom selben Autor
Wolf
Drama um eine autistische Familie
Eine authentische Geschichte
über das Schicksal eines jungen Mannes
330 Seiten,
2016, ISBN 978-3-8423-8296-1

BoD – Books on Demand

FURCHT **G**RUSEL **H**ORROR
von M. G. Scutletur

Herausgegeben von Helmut Schareika

Neu in der Reihe:

Rufilla
Die Hexe von Londinium
Roman, 274 Seiten
2017, ISBN 978-3-XXXXXXX

Melissa
Aufzeichnungen eines Wahnsinnigen
Roman, 244 Seiten
2017, ISBN 978-3-XXXXXXX

Matilda —Das Weib des Satans
Bruder Benedictus und das Mädchen
Zwei Thriller aus dem Mittelalter
271 Seiten
2017. ISBN 978-3-XXXXXXX

BoD — Books on Demand

Privatdetektiv Rufus
löst Kriminalfälle im alten Rom

von M. G. Scultetus

Herausgegeben von Helmut Schareika

Privatdetektiv Rufus
Band 1: ... und die mörderische Hetzjagd auf Fabiola
Kriminalroman, 165 Seiten
2017, ISBN 978-3-XXXXXX

Band 2: ... und das Drama um die bezaubernde Virgilia
Kriminalroman, 236 Seiten
2017, ISBN 978-3-XXXXXX

Band 3: ... und der Würger von Rom
Kriminalroman, 175 Seiten
2017, ISBN 978-3-XXXXXX

Band 4: Herr der Frauen
und
Der Fall Romulus und Remus
Zwei Kriminalromane, 217 Seiten
2017, ISBN 978-3-XXXXXX

@@@

Erst recht fantastisch und spannend:
Apuleius
Des reisenden Lucius erotische Abenteuer, tierische Leiden und schließliche Erlösung
oder: »Der goldene Esel«
Der große antike »Roadmovie-Roman« der Weltliteratur;
aus dem Lateinischen neu übersetzt von M. W. Schulz
280 Seiten, 2016, ISBN 978-3-8370-7776-6

BoD — Books on Demand